Es sind Wölfe im Wald

Rolf Dieckmann

ES SIND WÖLFE IM WALD

Kriminalroman

Ellert & Richter Verlag

„Wie viele Jahre habe ich gewartet? Wie viele Tage? Warum kann ich es nicht einfach vergessen? Aber dieser Hass, dieser elende Hass. Ich muss es tun und ich werde es tun. Nicht kurz und schmerzlos. Leiden sollst du. Ich bin in deiner Nähe. Ich bin näher, als du glaubst."

1

Es war einer dieser Abende Anfang Mai, an dem man meinte, den Sommer schon spüren zu können, obwohl man wusste, dass dieser trotz milder Temperaturen noch weit weg war. Es dämmerte bereits, in der Luft lag ein intensiver Geruch von Blüten und feuchtem Waldboden. Heinrich Wolf stellte den Subaru Forester fünf Kilometer hinter Gutfeitzen an dem asphaltierten Wirtschaftsweg ab, dort, wo eine Treckerspur in den Wald führte. Er hängte sich seine alte Mauserbüchse mit dem Lauf nach unten über die Schulter und stapfte mit entschlossenem Blick los. Nach einer Viertelstunde Fußmarsch öffnete sich der Wald und mündete in eine idyllisch gelegene Weide, auf der im Sommer seine Pferde grasten.

Schnaufend stieg er die Leiter zum Hochsitz hinauf, der so aufgestellt war, dass man den Waldrand im Blick und dennoch freies Schussfeld auf die Weide hatte, die nur bei Anwesenheit der Pferde von einem Elektrozaun begrenzt wurde.

Wie viele Stunden, dachte Wolf, hatte er hier schon auf ihn gewartet? Bisher immer vergeblich. Der Bursche war schlau und vorsichtig. Nur einmal war er für Sekunden aus dem Wald herausgetreten, aber sofort wieder verschwunden, ehe der Schütze die Büchse hatte heben können. Ein schwarzer Rehbock, gut vier Jahre alt. Den musste er haben, und was ein Heinrich Wolf haben wollte, das nahm er sich auch. Der Jäger kniff die Augenlider zusammen und stellte die Mauser neben sich.

Das Rascheln war leise, aber Wolf hörte trotz seiner fünfundsechzig Jahre noch immer sehr gut. Im Zeitlupentempo griff er nach der Mauser, ohne den Blick vom Waldrand abzuwenden. Er spürte eine Bewegung, legte die Büchse an und ließ sie enttäuscht sinken, als ein Feldhase auf die Weide hoppelte und kurz darauf wieder in der Deckung verschwand.

Blödes Vieh, dachte Wolf. Dennoch spürte er mit dem Instinkt eines Jägers: Heute Abend würde er ihn kriegen. Irgendetwas Besonderes lag in der Luft.

Er sollte recht behalten. Wenigstens zum Teil. Schon zehn Minuten später war der Moment gekommen, auf den er so lange gewartet hatte. Erst sah er nur den Kopf mit dem auffallend dunklen Fell, dann schob sich der schwarze Bock Zentimeter um Zentimeter aus der Deckung heraus. Komm schon, komm schon, dachte Wolf, zog den Kolben der Mauser vorsichtig an die rechte Schulter, steckte den Finger in den Abzugsbügel und spürte, wie sich kleine Schweißperlen auf seiner Oberlippe bildeten. Nur wenige Sekunden und der Rehbock stand in der idealen Abschussposition. Jetzt gehörte er ihm, dachte Wolf.

In diesem Moment krachte es hinter dem Hochsitz. Kein Schuss, sondern das laute Geräusch eines morschen Astes, der absichtlich über dem Knie gebrochen wird.

Im Bruchteil einer Sekunde war der Bock verschwunden. Heinrich Wolf riss Augen und Mund auf.

„Das ist doch …“, entfuhr es ihm mit heiserer Stimme.

Der Schreck verwandelte sich in Wut. Er drehte sich um und starrte in die Dämmerung, konnte aber nichts entdecken. Die Wut hielt an. Er beugte sich weit aus dem

Hochsitz heraus. Jetzt erblickte er die Gestalt hinter der Eiche.

„Was zum Teufel ...“, brüllte er und beugte sich noch weiter vor, um besser sehen zu können. Er riss die Augen auf und schluckte. Seine Stimme klang krächzend.

„Was zum Teufel, wer sind Sie ...?“

Es war die letzte Frage, die Heinrich Wolf in seinem Leben stellte. Der Pfeil, der sich lautlos durch sein rechtes Auge ins Gehirn bohrte, warf ihn auf den Boden des Hochsitzes.

Der gurgelnde Laut, den er reflexartig von sich gab, hallte durch die Dämmerung wie der eines angeschossenen Tieres.

2

Ziemlich genau fünf Wochen zuvor saß Kriminaloberkommissar Erik Corvin in seiner Lieblingskneipe „Koslowski" im Hamburger Stadtteil Ottensen vor seinem dritten Bier und fand das Leben zum Kotzen. Eigentlich war er auf den Namen Enrico getauft worden, weil seine Mutter eine glühende Verehrerin des großen Caruso gewesen war. Der Junge hatte sich mit diesem Namen allerdings nicht besonders wohlgefühlt und darauf bestanden, Erik genannt zu werden. Nur einige Freunde waren bei der Kompromissform Rico geblieben.

An diesem Abend sprudelte es aus Corvin, der eigentlich mehr zur Einsilbigkeit neigte, geradezu heraus, denn der „Koslowski"-Wirt war ein Meister des Zuhörens.

„Ich sage dir, Uli, das war schon immer so in meinem Leben. Wenn etwas schiefgehen kann, dann geht bei mir immer gleich alles schief. Das ist ein Gesetz."

Hans-Ulrich Schäfer, Gemütsmensch mit grauem Bart und Äquatortaille, hörte schweigend zu und stellte dabei Gläser aus der Spülmaschine ins Regal.

„Und ich dachte", sagte er und hielt ein Glas gegen das Licht, „du wärst über die Sache mit Gabi längst hinweg."

Corvin winkte ab.

„Bin ich ja auch fast. Aber ich musste es über Monate aushalten, dass sie jeden Abend mit einem Riesenhals aus ihrem Büro nach Hause kam, weil ihre neue Cheftusse sie wieder den ganzen Tag tyrannisiert hatte. Und dann rate ich ihr noch, zu einem Coach zu gehen, der ihr sagt, welche Fehler sie macht. Und beteilige mich auch noch an den Kosten."

Corvin stürzte den Rest seines Bieres hinunter.

„Mach mir bitte noch eins. Wo war ich stehen geblieben? Ach so ... und dann kommt sie und sagt, dass der Dominik und sie herausgefunden hätten, dass ich wohl das Hauptproblem sei."

Uli runzelte die Stirn.

„Dominik?"

„Ja, das ist dieser Coach, mit dem sie in die Kiste gestiegen ist. Jetzt wohnt sie schon bei ihm."

Uli strich sich über die schütteren Haare.

„So sind die Frauen. Sie kommen und gehen. Mach dir keine Sorgen, die nächste ist schon unterwegs. Hast du denn immer noch Ärger mit deinem Chef? Oh, entschuldige, ich muss mal an Tisch fünf."

Corvin zog die Augenbrauen nach oben. Und was für einen Ärger er mit dem Chef hatte. Kriminaldirektor Krause! Nur weil er dem Daniels vom Abendblatt nach dem Überfall auf den Juwelier Wenger gesagt hatte, es gäbe noch keine Spur. Nichts ahnend, dass Krause demselben Mann eine Stunde früher erzählt hatte, es gäbe eine heiße Spur, obwohl er genau wusste, dass das nicht stimmte. Den Dienstwagen, den er kurz zuvor zu Schrott gefahren, und die Ohrfeige für einen Randalierer, der eine Kollegin aufs Übelste beleidigt hatte, lagen noch im äußersten Toleranzbereich, aber der war jetzt wohl überschritten.

Uli kam mit einem vollen Tablett geleerter Gläser zurück. Corvin strich sich über seine kurzen dunkelbraunen Haare.

„Ärger mit Krause? Den habe ich permanent. Wir rasseln dauernd aneinander. Er hat mir schon geraten, dass ich meine Versetzung beantragen soll, bevor er das tut."

Er zog seine Jacke an.

„Kann ich dann mal zahlen?"

Uli nickte.

„Kannste, aber vorher geb ich noch einen Grappa aus. Lass uns darauf trinken, dass alles besser wird. Immerhin hast du ja noch deine Jungs und die Band. Das ist doch was Konstantes."

Corvins Gesichtsausdruck war immer noch gequält.

„Aber in wenigen Tagen bin ich fünfundvierzig. Und dann sind es nur noch fünf Jahre bis fünfzig. Für jemanden, der Rockmusik macht, keine besonders erotische Zahl."

„Ach, Rico, mach dir keinen Kopf", sagte Uli und leerte das Grappaglas in einem Zug. „Solange Keith Richards älter ist als du, kannst du locker weitermachen."

3

Corvins Wohnung lag nur zwei Ecken vom „Koslowski" entfernt. Missmutig schlurfte er durch den nasskalten Märzabend. Hätte er Uli sagen sollen, dass sich die Band auch gerade in der Auflösung befand? Ganz plötzlich war das gekommen. Horst, Bassist und leitender Ingenieur bei der Baubehörde, hatte kaum noch Zeit und die Übungstermine zogen sich mit jedem Mal weiter auseinander. Immer häufiger mussten sie wieder bei Null anfangen. Meistens, so lautete eine alte Musikerweisheit, beginnt das Ende einer Band, wenn der Schlagzeuger mitteilt, er habe jetzt auch mal etwas komponiert.

Bei ihnen war das anders. Tom, dem Drummer, war plötzlich alles zu laut gewesen. Und um den Pegel herabzusetzen, spielte er nur noch ganz leise mit Stahlbesen, sodass die Drums kaum noch zu hören waren. Das sorgte stets für kollektive schlechte Laune.

Dabei waren alle vor Kurzem noch bester Dinge gewesen, hatten ihn wegen seiner Angst vor seinem Geburtstag gehänselt und angekündigt, sie würden ihm einen Rollator schenken. Und nun standen sie vor einem riesigen Trümmerhaufen.

Zu Hause angekommen, schloss er die Tür des großen alten Mietshauses aus der vorletzten Jahrhundertwende in der Friedensallee auf und stellte fest, dass niemand aufgeräumt oder abgewaschen hatte.

„Ist ja auch kein Wunder", knurrte er, „wenn man plötzlich wieder Single ist."

Von einer bösen Vorahnung getrieben, eilte er in die Küche und riss den Kühlschrank auf. Gott sei dank, er hatte sich getäuscht. Eine Dose Bier war noch da.

Gerade, als er den Verschluss aufgerissen und ihn in die Küche gefeuert hatte, klingelte das Telefon.

„Hey, Rico“, hörte er eine fröhliche Männerstimme sagen, „lebst du eigentlich noch?“

Andreas Feindt musste sich nicht mit seinem Namen melden, die Stimme kannte er seit vielen Jahren. Er war der letzte Kindheitsfreund aus dem Wendland, zu dem er noch Kontakt hatte.

„Hey, Andi, hast ja Recht. Ich hatte so viel um die Ohren und nichts Gutes, kannst mir glauben. Ich erzähl dir das mal in Ruhe.“

Erik Corvin war in Dannenberg geboren. Dort war er aufgewachsen und die ersten Jahre zur Schule gegangen. Andi Feindt immer an seiner Seite. Für die Kinder war das Wendland ein wahres Paradies gewesen. Sie hatten in den Elbtalauen gespielt, im Gümser See gebadet und waren durch die endlosen Wälder gelaufen. Keiner hatte sie gestört, denn der Landkreis war damals der dünn besiedelste Teil des Landes und ragte wie eine Nase in das Gebiet der DDR. Durch diese Abgeschiedenheit hatte sich hier eine Natur erhalten, wie sie in Deutschland selten geworden war. Andis Vater war Polizist, ein respekteinflößender Mann. Und so hatten die beiden Jungs beschlossen, dass auch sie zur Polizei gehen wollten.

Doch vorher trennte das Schicksal ihre Lebenswege. Als Erik zehn Jahre alt war, starb sein Vater. Viel hinterlassen hatte er nicht, und weil seine Mutter in Hamburg einen guten Job bei einem Rechtsanwalt in Aussicht gestellt wurde, war sie mit ihm dorthin gezogen. Andi und Corvin sahen sich nur noch selten, ließen aber den Kontakt nicht abreißen, obwohl sie zwei sehr unterschiedliche Charaktere waren. Corvin neigte zur Maulfaulheit und Grübelei und konnte ohne Vorwarnung ausrasten, während Andi fast immer gut gelaunt war, keine Gelegenheit für einen Kalauer ausließ und harten Auseinandersetzungen gern aus dem Weg ging. Während Corvin schlank und sportlich war, hatte Brillenträger Andi ein Faible für Kalorienreiches und kämpfte ständig mit den Pfunden, was seine Lebenslust aber keineswegs dämpfte.

„In Ordnung", sagte Andi, „erzähl mir alles später. Aber, was mich am meisten interessiert: Hast du immer noch Ärger mit deinem Direktor Krause?"

Corvin lachte. „Ärger ist gut. Der will mich unbedingt loswerden. Hat mir schon mit einer Zwangsversetzung gedroht!"

Jetzt lachte auch Andi. „Das wollte ich hören. Wie gut, wenn man den Feindt zum Freund hat. Ich rufe nämlich an, weil ich dir einen Vorschlag machen will."

Corvin hatte sich in den alten Ledersessel fallen lassen, der zwar schon ein paar Risse aufwies, aber so herrlich bequem war.

„Dann schieß mal los!"

„Pass auf", sagte Andi, „ich hatte dir doch vor einiger Zeit von meinem Kollegen, dem Herbert Hanke, erzählt. Der hatte vor einem halben Jahr eine Herzoperation. Ein genialer Spürhund, regt sich aber über jeden Scheißdreck fürchterlich auf. Das macht ihm gesundheitlich schwer zu schaffen und nun hat er den Antrag auf Frühpensionierung gestellt. Ein Nachfolger ist nicht in Sicht. Und da habe ich meinem Chef, dem Voss, schon mal von dir erzählt und davon, dass du dich gern zu uns versetzen lassen würdest. Mensch, Rico. Ich fände das super, es sei denn, Gabi hat was dagegen."

Corvin seufzte.

„Kein Problem, die ist weg, aber wie gesagt, ich erzähle dir alles später ausführlich."

„Weg? Das haut mich aber um. Egal. Was sagst du zu meiner Idee?"

Corvin seufzte abermals.

„Andi, das ist jetzt alles wahnsinnig viel. Lass mich noch mal eine Nacht drüber schlafen."

„Okay, dann lass uns spätestens übermorgen telefonieren."

Warum sagte man eigentlich „eine Nacht drüber schlafen", wenn man ein Problem lösen muss?, dachte Corvin, als er sich noch nach Stunden ruhelos im halbleeren Doppelbett hin und her wälzte. Sollte er wirklich ernsthaft darüber nachdenken, ins Wendland, in die Provinz, zurückzugehen? Was gab es dort für einen Polizisten überhaupt zu tun? Ermitteln, wer dem alternativen Landwirt die Birkenstocksandalen geklaut hat? Das klang alles nicht sehr aufregend. Wollte er wirklich sein Leben radikal ändern? Hier, im quirligen Ottensen, ging es ihm doch gut. Aber andererseits, wann konnte er das wirklich genießen? Wie oft hatte Gabi mal wieder mit ihm im „Eisenstein" richtig gut essen gehen wollen? Und dann? Immer kurz vorher kam ein Einsatz. Dann der obligatorische Anruf zu Hause: Tut mir leid, heute Abend wird's doch nichts.

Aber – auch wenn man es könnte, man tut es nicht. Die meisten Leute, die gern in der Großstadt wohnen, berufen sich auf die vielen Theater, und einige sogar auf die Oper, nur dorthin gehen die wenigsten.

Aber das war für Gabi ganz sicher kein Argument gewesen.

Andererseits liebte er das Wendland. Nicht nur, weil er dort seine Kindheit verbracht hatte. Auch später, wenn er hin und wieder Andi besuchte, gefielen ihm diese wunderbare Landschaft, die Ruhe, die Rundlingsdörfer, die vielen schrägen Vögel, die sich im Zuge des Widerstands gegen ein Endlager in Gorleben niedergelassen und sich mit den dickköpfigen Einheimischen solidarisiert hatten. Irgendwie eine gute Atmosphäre. Und dann merkte er plötzlich, dass seine innere Stimme zu ihm sprach: Dein Leben in Hamburg ist festgefahren, du brauchst einen Neuanfang. Nicht erst im nächsten Jahr – du brauchst ihn jetzt!

Plötzlich saß er kerzengerade im Bett. „Jawohl, jetzt!“, hörte er sich sagen.

Als er am nächsten Morgen in aller Hergottsfrühe zum Bäcker an der Ecke Daimlerstraße ging, war ihm doch etwas mulmig. Im Gegensatz zum Vortag schien jetzt die Sonne und tauchte „sein Ottensen“ in ein freundliches Licht. Irgendwie war es ja doch nett hier, dachte er, als man ihm zum dritten Mal auf dem kurzen Weg einen „Guten Morgen“ wünschte. Eigentlich war es ja auch wie auf einem Dorf, das sich zwischen dem Bahnhof Altona und den beginnenden Villenstraßen der Elbvororte mit einem ganz eigenen Gesicht etabliert hatte.

Auch wenn es abends noch so spät geworden war und er jetzt allein lebte, ließ er es sich nicht nehmen, in Ruhe zu frühstücken. Ein gutes Frühstück stärkt die Seele für den ganzen Tag, hatte seine Mutter immer gesagt, und wenn er ausnahmsweise einmal nicht dazu kam, war ihm, als hätte er vergessen, eine lebenswichtige Medizin einzunehmen. Ach, Mutter, dachte er. Das war jetzt auch schon wieder acht Jahre her, dass sie – gerade mal sechzig – so plötzlich verstarb. Er hätte gern gewusst, ob sie ihm zu- oder abgeraten hätte.

Mal eben um die Ecke gehen und frische Brötchen holen – das würde er auf dem Land nicht haben, dachte er. Da müsste er sich erst einmal ins Auto setzen.

Auch, wenn er selten dazu kam, er liebte es, dass auf seinem Kiez alles so dicht beeinander lag. Seine Lieblingskneipen „Koslowski“, „Aurel“ und „Familieneck“. Die hörenswerte Livemusik in der „Fabrik“, die neuesten Filme in den „Zeise-Kinos“, der Wochenmarkt auf dem Spritzenplatz, alles konnte man in wenigen Minuten zu Fuß erreichen.

Kurz vor dem Haus in der Friedensallee, wo seine Wohnung im ersten Stock lag, blieb er mit seiner Brötchentüte in der Hand stehen und schaute in beide Richtungen. Und wieder kamen ihm Zweifel, ob er das hier wirklich aufgeben sollte.

Er schüttelte den Kopf, so, als wolle er etwas abwerfen. Nun sei nicht so sentimental, sagte er zu sich selbst. Du ziehst ja nicht nach Timbuktu, sondern eineinhalb Autostunden in südöstliche Richtung. Reiß dich zusammen – der Neuanfang ist beschlossen!

Andi Feindt war begeistert.

„Mensch, Rico, das ist super. Und eine Unterkunft habe ich auch schon für dich. Mein Onkel Hermann aus Waddeweitz ist doch letztes Jahr gestorben. Und nun wohnt Tante Frieda ganz allein in dem riesigen Haus. Die ist achtzig und wäre erleichtert, wenn wieder ein Mann im Hause lebt. Und der Mietpreis liegt wohl irgendwo im Bereich des Symbolischen. Ich werde jedenfalls Himmel und Hölle in Bewegung setzen, dass du die Stelle bei uns kriegst."

Tatsächlich ging die Versetzung von Hamburg nach Niedersachsen reibungsloser über die Bühne, als Corvin es befürchtet hatte. Zwar dauerte die gesamte Bürokratie noch einige Wochen, doch da sich auf seinem Überstundenkonto eine beträchtliche Anzahl freier Tage angesammelt hatte, konnte er sehr viel früher seinen Arbeitsplatz räumen und hatte noch genug Zeit, seine privaten Angelegenheiten zu regeln. Das war relativ einfach, denn die meisten Möbel gehörten Gabi, sein Hab und Gut passte in drei Koffer, eine Reisetasche und einen Umzugskarton. Nicht zu vergessen der Gitarrenkoffer mit seiner Original Fender Stratocaster. Einen Nachmieter für eine noch günstige Wohnung im angesagten Stadtteil Ottensen zu finden, war ebenfalls ein Kinderspiel.

Und so verstaute der Polizeioberkommissar Erik Corvin eine Woche nach seinem fünfundvierzigsten Geburtstag an einem kühlen und verregneten Donnerstag um zehn Uhr seine Habseligkeiten in seinem alten Mercedes Kombi und verließ sein altes Leben in Richtung Südosten.

4

Tolstefanz, Meuchefitz, Salderatzen, Waddeweitz – Corvin lächelte, als er im Vorbeifahren die ihm wohlbekannten Namen auf den Wegweisern las. Heimatliche Gefühle stiegen in ihm auf. Immerhin war sein Familienname auch identisch mit einem Dorf im südwestlichen Wendland. Jeder, der zum ersten Mal hierher kam, stolperte über diese seltsamen Ortsnamen, deren Ursprung im Wendischen lagen. Wissenschaftlich genau hieß diese Sprache Dravänopolabisch, aber die beherrschte hier schon lange kein Mensch mehr, lediglich die Ortsnamen waren geblieben.

Der Hof von Hermann und Frieda Schulz in Waddeweitz stammte aus dem achtzehnten Jahrhundert und bestand aus dem riesigen Haupthaus, einer großen Scheune und zwei Stallgebäuden. Die umfangreichen Ländereien waren verpachtet. Die Auffahrt und der Hof waren mit kleinen unbehauenen Feldsteinen gepflastert, mit dünnen Sohlen oder hohen Absätzen kaum begehbar.

Der Regen hatte aufgehört und die Sonne kroch wieder hinter den Wolken hervor, als er langsam die Auffahrt hinauffuhr, an den vier großen Kastanien hielt und den Motor abstellte.

Als hätte sie dort bereits auf ihn gewartet, erschien Frieda Schulz in der Tür. Corvin schaute sie erstaunt an. Wie eine Achtzigjährige wirkte sie nicht. Sie trug weite, ausgeblichene Jeans und einen geräumigen blauen Pullover, denn sowohl im Sommer als auch im Winter war es im Haus immer gleichmäßig kühl. Die silbergrauen Haare hatte sie straff zu einem Pferdeschwanz zusammengebunden, durch ihre randlose Brille blitzten zwei wache Augen.

Er machte eine angedeutete Verbeugung.

„Guten Tag, Frau Schulz, ich bin Erik Corvin. Als Sie mich das letzte Mal gesehen haben, war ich zehn Jahre alt. Ich denke doch, Andi hat alles mit Ihnen besprochen."

Frieda Schulz blickte ihn prüfend an.

„Pass mal auf, mein Junge, ich bin nicht Frau Schulz, ich bin Tante Frieda. Du weißt doch, das sagen hier alle. Ich bin zwar eine alte Frau, aber mein Gedächtnis funktioniert noch und ich kann mich gut an dich erinnern. Und auch an deine Mutter. Wie oft haben wir zusammen auf dem Sofa gesessen und die alten Platten von Caruso gehört. Gott, war das schön. Es ist so traurig, dass sie so früh gehen musste. Aber jetzt komm erst mal rein, ich habe gerade Kaffee gemacht. Dein Zimmer ist auch schon fertig."

Und dann saßen sie in der großen Küche mit den schwarz-weißen Fußbodenfliesen, den dunklen Eichenbalken und der laut tickenden Wanduhr an dem langen Tisch und tranken Kaffee. Tante Frieda erzählte von dem arbeitsreichen, aber schönen Leben, das sie und ihr Hermann gehabt hatten, und dann plötzlich im letzten Sommer dieser Infarkt und wie er nicht wieder aufgewacht war.

„Im Krankenhaus", fügte sie bedauernd hinzu. Sein Vater sei ja zu Hause gestorben, und als sie den Sarg hinausgetragen haben, hätten sie die Türschwelle angehoben und ihn darunter durchgeschoben. Das sei das sicherste Mittel, damit der Verstorbene nicht als „Düwwelsüger“, eine Art wendländischer Vampir, zurückkehre und das Blut der Verwandten aussauge.

Da sie das mit ernstem Gesicht erzählte, wagte Corvin nicht zu grinsen, und plötzlich fiel ihm ein, wie seine Mutter ihm als Kind erzählt hatte, dass ein ganz spezieller Aberglaube im Wendland immer noch existierte. Einige legten heimlich eine geöffnete Schere mit den Klingen nach außen auf einen Balken, damit das Böse draußen blieb.

„Wann fängst du denn an mit deiner neuen Arbeit?“, fragte Tante Frieda.

Corvin zuckte mit den Schultern.

„Weiß ich noch nicht. Ich gehe heute erst einmal dorthin und sage, dass ich da bin.“

Tante Frieda nickte.

„Gut. Aber fang nicht an einem Donnerstag an. Das bringt Unglück.“

Werner Voss streckte die Hand aus, lachte und zeigte seine neuen Zähne, die er sich dank seiner Privatversicherung als Beamter hatte leisten können.

„Mein lieber Corvin, schön, dass Sie schon mal vorbeischauen. Wir freuen uns, bald einen so erfahrenen Kollegen an unserer Seite zu haben.“

Er schüttelte Corvins Hand so intensiv, als wolle er prüfen, was dessen Gelenke alles aushielten.

„Aber noch bin ich da!“, knurrte Herbert Hanke, der wegen seiner Herzprobleme Antrag auf Frühpensionierung gestellt hatte.

„Ist ja gut, Herbert“, mischte sich jetzt Andi Feindt ein. „Du tust ja so, als wollte er dir den Job wegnehmen.

Er soll dich doch ersetzen. Aber ich fürchte, das schafft er nicht. Jeden Tag so schlechte Laune zu haben wie du, ist einfach nicht zu toppen."

Hanke lief rot an und wollte etwas entgegnen, kam aber nicht dazu, weil Werner Voss sofort eingriff.

„So, meine Herren. Jetzt haben wir genug Ironie versprüht. Ich glaube, wir haben jede Menge zu tun."

Dann wandte er sich wieder an Corvin.

„Die Zahl der Einbrüche ist in den letzten drei Monaten dramatisch angestiegen. So viele haben wir sonst das ganze Jahr über nicht."

Er wandte sich ab, drehte sich aber gleich wieder um.

„Ach so, mein lieber Corvin, könnten Sie uns wohl einen Gefallen tun? Vor gut einer Stunde hat uns eine etwas verwirrte Dame einen Einbruch gemeldet. Von uns hat im Moment keiner Zeit und Sie fahren doch nach Waddeweitz an Gutfeitzen vorbei. Können Sie sich die Sache mal ansehen und uns dann einen kurzen Bericht geben? Wir sehen uns dann in der nächsten Woche am ersten."

„Klar doch", sagte Corvin, „dann geben Sie mir mal die Adresse der Verwirrten."

Gutfeitzen war eines dieser typischen Wendlanddörfer: im Kern der Rundling und die im Kreis um den Dorfplatz aufgereihten Fachwerkhäuser, dahinter die Höfe und Ackerflächen wie Tortenstücke nebeneinander. Auch an der Zugangsstraße hatten sich später einige Höfe angesiedelt. Das Dorf zählte rund achtzig Einwohner, Tendenz fallend.

Das Haus, in dem eingebrochen worden war, stand, vom Dorfplatz aus gesehen, als letztes an der Zugangsstraße. Offenbar eine Kossaterstelle. So bezeichnete man die kleineren Häuser, in denen früher Leute gewohnt hatten, deren Land für den Lebensunterhalt nicht reichte und die als Tagelöhner bei den größeren Bauern arbeiten mussten.

Corvin schaute auf seinen Zettel.

„Vanessa van Steen", murmelte er. „Dann wollen wir doch mal sehen."

Der Vorgarten war total verwildert. Offenbar hatte hier vor einiger Zeit jemand versucht, Blumenbeete anzulegen, doch Giersch und Brennesseln hatten dies inzwischen erfolgreich verhindert. An der Eingangstür, deren taubenblaue Farbe sich nach Wind, Wetter und Sonne in kleinen Streifen kringelte, war kein Klingelknopf zu finden. Corvin machte eine Faust und klopfte mit den Knöcheln an das Holz.

„Hallo, jemand zu Hause?"

Keine Reaktion. Er zuckte mit den Schultern und begann, um das Haus herumzugehen. Auch hier waren die Wege mit Natursteinen gepflastert. Aber nicht wie bei Tante Frieda mit penibel entkrauteten Zwischenräumen und Fugen. Hier waren noch die braunen Überreste von Gräsern und Kräutern zu erkennen, deren neue Triebe sich gerade dazu aufmachten, ungestört bis zu Knöchelhöhe heranzuwachsen.

Hinter dem Haus sah es ähnlich aus, nur, dass hier noch leere Kisten und Kästen sowie ein Arsenal von Farbdosen durcheinander lagen. Eine junge Frau mit einem dunklen Lockenkopf war gerade dabei, rote Farbe mit einer Art Quirl, der von einer Bohrmaschine betrieben wurde, kräftig durchzumischen.

Sie trug eine von Farbklecksen übersäte blaue Latzhose, darunter ein kariertes Baumwoll-Männerhemd, das ein ähnliches Muster aufwies. Da sie Corvin den Rücken zuwandte, räusperte er sich und sagte laut: „Guten Tag, Corvin, Polizei Dannenberg!"

Die Angesprochene fuhr herum, stieß einen Schrei aus und riss dabei die Farbdose vom Tisch. Der Inhalt ergoß sich über ihr linkes Bein und den dazugehörigen Fuß. Da sie die Bohrmaschine nicht abstellte und den Quirl aufrecht hielt, verteilte sich der letzte Teil der Farbe auf dem Rest ihrer Kleidung, dem Unkraut, den Wänden und Fenstern sowie auf der dunklen Lockenpracht der Künstlerin und Corvins neuer Jacke im Antikleder-Look.

„Machen Sie doch endlich das Ding aus", stieß er ärgerlich hervor.

Die Künstlerin stellte den Quirl ab, verharrte aber mit aufgerissenen Augen.

„Nicht bewegen. Bleiben Sie so."

Sie griff in die geräumige Tasche ihrer Latzhose, zog ein Smartphone heraus, stellte auf Kamera um und schoss ein Foto nach dem anderen.

„Fantastisch, einfach fantastisch!"

Corvin wischte sich etwas Farbe von der Nase.

„Was ist fantastisch?"

Der Lockenkopf machte ein verzücktes Gesicht.

„Diese Komposition, die sich selbst geschaffen hat. Das ist Kunst, das ist die wahre Kunst! Autonom und nicht beeinflussbar!"

Corvin deutete auf seine Jacke.

„Ich hoffe, Sie beherrschen auch die autonome Kunst, dies wieder sauber zu kriegen."

Die Verzückte wurde wieder weltlich und etwas schnippisch.

„Machen Sie sich keine Sorgen, die Farbe ist wasserlöslich.

Wer sind Sie eigentlich?"

Corvin versuchte, cool zu wirken.

„Sie haben mich gerufen. Corvin. Polizei Dannenberg."

Vanessa van Steen machte einen schnippischen Mund.

„Ich habe überhaupt niemanden gerufen, das war meine Nachbarin. Ich war für ein paar Tage verreist."

Sie verschwand im Haus und kam kurz darauf mit heißem Wasser in einer Schüssel und einem Schwamm wieder heraus.

„Geben Sie mir mal Ihre Macho-Jacke."

Corvin zog die Jacke aus und die Künstlerin begann, mit kreisenden Bewegungen die Farbe abzuwaschen.

„Bitte sehr!"

Er nickte.

„Und jetzt zeigen Sie mir mal, wie der Täter ins Haus gekommen ist."

„Hier durch die Küchentür. Da ist zwar ein neuer Zylinder drin, aber das ist ein altes Kastenschloss ohne Schließblech. Da ist nur ein alter Bügel mit kleinen Schrauben in der Zarge. Den kann man mit einem großen Schraubenzieher leicht herausbrechen. Und das hat er auch gemacht."

Corvin schaute sie verblüfft an.

„Sie kennen sich ja gut aus."

Vanessa zog die Augenbrauen hoch.

„Ich arbeite nicht nur zweidimensional, mein Herr, ich schaffe auch Objekte. Ich verfremde Gebrauchsgegenstände aus allen Materialien, dazu gehören auch Schlösser. Mein Objekt ‚Schließmuskel' wurde letztes Jahr in einer Sammelausstellung in Großburgwedel gezeigt."

„Interessant“, sagte Corvin. „Kann ich mich jetzt mal innen umsehen?“

Im Haus musste man sich vorsichtig bewegen, denn auf jeder verfügbaren Abstellfläche inklusive des Fußbodens herrschte ein wüstes Durcheinander. Kisten, Kästen, Farbtuben, ein ausgestopfter Uhu, rostige Eisenteile, eingetrocknete Pinsel, undefinierbare Textilien, bemalte und unbemalte Leinwände. Dazwischen Tassen, Gläser und benutzte Teller.

„Sieh mal an“, sagte Corvin, „da hat Ihr Besuch aber ein ganz schönes Chaos hinterlassen.“

Vanessa schaute ihn erstaunt an.

„Bitte? Nichts hat er angerührt. Alles ist an seinem Platz. Sonst würde ich ja auch nichts mehr wiederfinden.“

Oder, dachte Corvin, er hatte gemeint, ein Kollege sei ihm zuvorgekommen, und war wieder gegangen.

„Und Sie vermissen wirklich nichts?“

„Nein, alles ist an seinem Platz!“

Er zog seinen kleinen schwarzen Block aus der Tasche.

„Trotzdem. Es handelt sich nun mal um einen Einbruch. Die Ermittlungen werden auf alle Fälle eingeleitet.“

Vanessa wendete sich ab.

„Tun Sie, was Sie nicht lassen können. Aber mich entschuldigen Sie jetzt bitte. Ich habe zu arbeiten.“

„Sehr gerne“, sagte Corvin, griff nach seiner inzwischen wieder trockenen Jacke und eilte davon, um nicht ein zweites Mal Teil eines Kunstwerks der Vanessa van Steen zu werden.

5

Nachdenklich stieg er in seinen alten Mercedes. Wieder kamen ihm Zweifel. War das wirklich die richtige Entscheidung gewesen, als Polizist ins Wendland zurückzukehren? Oder hätte er doch lieber in Hamburg bleiben sollen? Mach dir keinen Kopf, sagte er zu sich selbst und fuhr mit Tempo sechzig über die Bundesstraße 248 in Richtung Lüchow.

Tante Frieda war offensichtlich ausgegangen. So ganz genau konnte man es aber nicht erkennen, denn bei der Größe des Hauses war die einzige Bewohnerin nur schwer auffindbar und außerdem schloss sie nie die Tür ab, wenn sie den Hof verließ.

„Erstens“, pflegte sie zu sagen, „wissen die Nachbarn immer, ob ich da bin oder nicht, und eine fremde Person, die hier niemand kennt, wird zweitens sofort registriert und zur Rede gestellt.“ Dass die Einbrüche in letzter Zeit auch im Wendland zugenommen hatten, ließ sie nicht gelten. „Wenn ich nicht abschließe, kann auch niemand einbrechen. Wertsachen habe ich nicht oder glaubst du, sie nehmen meinen zwanzig Jahre alten Fernseher mit?“, argumentierte sie in einem Ton, der keinen Widerspruch duldete.

Zum Teil musste Corvin ihr recht geben. Die Nachbarschaftshilfe in den Dörfern des Wendlands war fester Bestandteil des Lebens und hatte Tradition. Als die Ernte noch reine Handarbeit war, hätten die Bauern Getreide und Kartoffeln kaum in die Scheunen bekommen, wenn nicht das ganze Dorf mitgeholfen hätte. Was die Zugereisten anfangs oft als Neugierde interpretierten, war echte Anteilnahme. Die Familien kannten sich über Generationen, oft wussten die Älteren mehr über die Geschichte der Nachbarsfamilie als die später Geborenen. „Dein Großvater hat in so einem Fall immer gesagt …“ war ein oft gehörter Satz und beendete manche Meinungsverschiedenheit abrupt. Und wenn eine helfende Hand gebraucht wurde oder eine besondere Fachkenntnis von Nöten war, musste man nicht lange bitten. Der geeignete Nachbar war sofort zur Stelle und erwartete keineswegs, dass er für seine Tätigkeit auf irgendeine Weise entlohnt wurde. Nur, dass nach getaner Arbeit beim Helfer ein Durstgefühl aufkam, das musste auf alle Fälle verhindert werden.

Erst hörte Corvin das leise Vibrieren auf der Platte des Nachtschrankes, dann den Gitarrenriff von „Smoke on the water“, den er sich vor wenigen Tagen als Klingelton heruntergeladen hatte und der ihn immer noch erstaunte.

Andi war am anderen Ende. Er klang ausnahmsweise mal ernst.

„Rico, kannst du heute noch herkommen? Wir haben tatsächlich einen Mord. Spaziergänger haben einen toten Jäger im Wald auf einem Hochsitz entdeckt. Einzelheiten erzähl ich dir später.“

Corvin räusperte sich.

„Müsst ihr das nicht erstmal nach Lüneburg melden?“

„Haben wir längst. Die Spurensicherung ist auch schon vor Ort.

Hanke hat das alles so aufgeregt, dass er wieder einen Herzanfall bekommen hat und mit Blaulicht ins Krankenhaus gebracht wurde. Ich glaube, den sehen wir hier nicht wieder. Die Lüneburger haben gesagt, wir sollten uns erst einmal selbst darum kümmern, und Voss hat geprahlt, wir hätten jetzt sowieso jemanden aus Hamburg, für den Mord reine Routine sei. Also: Das ist jetzt offiziell ein Fall für uns beide, komm bitte so schnell du kannst."

„Bin gleich da", sagte Corvin.

Im Flur prallte er mit Tante Frieda zusammen.

„Warum so eilig, junger Mann?"

Corvin drehte sich kurz um.

„Ich muss sofort nach Dannenberg. Es gibt Arbeit."

Tante Frieda machte ein besorgtes Gesicht.

„Das ist ärgerlich. Erstens habe ich frischen Apfelkuchen gebacken und zweitens ist heute Donnerstag. Kein guter Tag für einen Anfang."

„Also", sagte Andi Feindt und räusperte sich. „Der Ermordete heißt Heinrich Wolf und war Landwirt in Gutfeitzen."

„Gutfeitzen? Da war ich doch gerade", unterbrach ihn Corvin. „Scheint ein Zentrum wendländischer Kriminalität zu sein. Egal. Also, Mord sagst du? Kein Unfall oder Selbstmord?"

Andi schüttelte stumm den Kopf. „Mit einem Gewehr oder einer Pistole geht das, aber wohl kaum mit Pfeil und Bogen."

Corvin starrte ihn fassungslos an. „Wie bitte? Du willst sagen, der Mann wurde mit einem Pfeil getötet? Geht das überhaupt?"

„Natürlich geht das. Ich bin zwar kein Fachmann, aber mit einem modernen Bogen haben Pfeile eine enorme Durchschlagskraft. Ein Freund erzählte neulich …"

Corvin hob die Hand.

„Danke für die Nachhilfe. Und? Hat die Spurensicherung den Pfeil gefunden?“

„Nein“, sagte Andi, „der Mörder hat ihn offenbar wieder rausgezogen und mitgenommen. Aber, dass es ein Pfeilschuss war, ist eindeutig.“

„War er denn sofort tot?“

„Das wird noch überprüft. In Amerika hat es einen Fall gegeben, da hat einer mit einem Pfeil im Kopf noch den Schützen niedergeschlagen. Erst dann ist er gestorben.“

„Andi, nun komm zur Sache. Gibt es sonst noch Spuren?“

„So gut wie keine, außer …“

„Was, außer …?“

„Naja, er hatte einen kleinen Zweig mit Eichenlaub zwischen den Zähnen. Im Jagdjargon nennt man sowas ‚den letzten Bissen‘, früher oft auch ein Zeichen der Inbesitznahme des Jägers. Kann aber auch ein Zufall sein. Neben dem Hochsitz steht ja eine Eiche.“

„Sonst nichts?“

„Leider nicht. Der Mörder muss das gut vorbereitet haben. Dann hat es in der Nacht noch ziemlich gegossen, was die Sache auch nicht einfacher macht. Ich lasse gerade mal seine Telefonverbindungen der letzten drei Monate auflisten. Handy, Festnetz, E-Mail – das ganze Programm.“

Corvin schüttelte ungläubig den Kopf.

„Mit Pfeil und Bogen! Ich glaub es nicht. Ich meine, ich habe mal gelesen, das Wendland habe die größte Feuerwaffendichte, gemessen an der Einwohnerzahl. Hier sind doch die meisten Jäger oder im Schützenverein. Egal – wie willst du vorgehen?“

Andi stand von seinem Bürostuhl auf.

„Ich denke, wir statten jetzt erst einmal der frisch gebackenen Witwe einen Besuch ab."

Corvin runzelte die Stirn.

„Weiß die überhaupt schon vom Tod ihres Mannes?"

Andi nickte.

„Die Kollegen von der Streife waren schon bei ihr. Außerdem verbreitet sich sowas im Wendland in Lichtgeschwindigkeit. Und darum gehen wir heute Abend auch mal kurz in die ‚Wende'."

Corvin lachte. „Wir haben einen heißen Fall und du denkst ans Saufen!"

Andi grinste zurück. „Nee, nee. Ein, zwei Bier sollen schon sein. Aber in erster Linie ist die ‚Wende' die beste Nachrichten-, Gerüchte- und Klatschbörse."

Der Hof der Familie Wolf war der größte im Ort. Das Wohnhaus war Ende des neunzehnten Jahrhunderts als Fachwerkbau errichtet worden. Jetzt konnte man das nur noch erahnen, denn Heinrich Wolf hatte das gesamte Gebäude mit gelbem Stein verklinkern, die schönen alten Sprossenfenster entfernen lassen und durch Großflächenfenster ersetzt. So machte der Bau einen ziemlich unproportionierten Eindruck. Nur die Nebengebäude, die Scheune und Stallungen ließen noch auf das prächtige Ensemble schließen, das es einmal gewesen sein musste.

„Hier wollte jemand der Welt zeigen, wie man mit viel Geld und Aufwand aus einem schönen Haus ein hässliches machen kann", spottete Corvin, als er und Andi über die Hofeinfahrt auf das Anwesen zugingen.

Andi zuckte mit den Schultern.

„Naja, das kannst du auch anders sehen. Die meisten Leute haben die alten Häuser geerbt. Die waren nicht gerade das, was man heute unter Komfort versteht."

Doch Corvin hatte nicht zugehört, war stehengeblieben und starrte mit Schrecken auf den „Wilden Wein", dessen kahle Zweige sich an einer Kletterhilfe nach oben wanden.

„Hey, Rico, was ist los?"

Er ging ein paar Schritte zurück. Erst jetzt bemerkte er die Spinne, die sich an einem durchsichtigen Faden von der Pflanze herabließ.

Andi lachte. „Ach du meine Güte! Hast du immer noch diese Angst vor Spinnen? Ich dachte, die hättest du mit deiner Kindheit beerdigt!"

Corvin ging weiter.

„Sorry, aber ich kann nichts dagegen tun. Auch, wenn ich mich zwinge. Immer, wenn ich so ein Vieh sehe, wird mir ganz mulmig."

„Dann pass mal schön auf", sagte Andi, „gerade du solltest ein Freund der Totalsanierung sein. In den alten Bauernhäusern wimmelt es geradezu von diesen Viechern."

Andi drückte auf den Klingelknopf aus Messing. Ein dreifacher Gongton erklang. Im Haus tat sich nichts.

„Sie ist mit Sicherheit zu Hause", zischte Andi.

„Woher weißt du das?"

„Unter dem Schleppdach steht ein Golf mit den Buchstaben DAN – EW, das wird Elisabeth Wolf heißen. Die meisten Leute im Landkreis fahren mit ihren Initialen durch die Gegend."

Jetzt öffnete sich im ersten Stock ein Fenster. Eine Frau mit grauen, mittellangen Haaren und einem bleichen, ungeschminkten Gesicht schaute aus dem Fenster.

„Was wollen Sie?"

Andi hielt ihr seine Dienstmarke entgegen. „Kriminaloberkommissar Feindt und Kollege Corvin, Polizei Dannenberg. Frau Wolf, wir müssen Ihnen leider einige Fragen stellen."

Wieso „leider", dachte Corvin, sagte aber nichts dazu.

Die Frau nickte und schloss das Fenster. Einen Augenblick später öffnete sie die Tür.

„Kommen Sie herein."

Das Wohnzimmer war eingerichtet, wie man es von jemandem erwartet, der sein Fachwerkhaus gelb verklinkert, dachte Corvin. Alles war ein bisschen zu glatt und zu groß geraten, von den Sesseln aus Kunstleder über die künstlichen Sonnenblumen bis hin zur altdeutschen Schrankwand.

Corvin und Andi ließen sich auf den Sesseln nieder, in denen man fast versank, Elisabeth Wolf setzte sich in die Ecke des Sofas, auf dem gut vier Leute nebeneinander Platz fänden.

Corvin begann. „Frau Wolf, wann hat Ihr Mann das letzte Mal das Haus verlassen?"

Die Frau zuckte leicht mit den Schultern.

„Das kann ich Ihnen nicht sagen. Er kam und ging, ohne mir Bescheid zu sagen. Das war immer so."

„Aber Ihnen muss doch aufgefallen sein, dass er am nächsten Morgen nicht da war."

Wieder schüttelte Elisabeth Wolf den Kopf.

„Wissen Sie, wir wohnten zwar unter einem Dach, aber wir haben seit Jahren kein gemeinsames Leben mehr geführt. Heinrich stand immer sehr früh auf, ich schlafe gern etwas länger. Besuch hatten wir selten. Nur beim Abendessen und an den Feiertagen saßen wir zusammen. Wenn er denn zu Hause war"

Corvin räusperte sich.

„Okay, aber haben Sie in letzter Zeit Veränderungen an Ihrem Mann bemerkt? War er nervös, geistig abwesend oder leicht reizbar?"

„Nein. Bis auf leicht reizbar. Aber das war er ja immer."

„Hatte er in letzter Zeit mit irgendjemandem Streit? Hat er ungewöhnliche Bemerkungen über Nachbarn oder Geschäftspartner gemacht?"

Elisabeth Wolf starrte ins Leere.

„Nein."

Corvin warf Andi einen raschen Blick zu.

„Frau Wolf, wir wollen Sie nicht quälen, aber bitte noch eine Frage. Gibt es jemanden im Bekanntenkreis Ihres Mannes, der Bogensport betreibt?"

Die Frau schaute ihn verwirrt an.

„Der was betreibt?"

„Bogensport, einer der professionell mit Pfeil und Bogen umgehen kann."

Ihre Augen gingen wieder ins Unendliche.

„Nein, ich kenne keinen."

Corvin und Andi standen gleichzeitig auf.

„Danke, Frau Wolf. Wenn wir noch Fragen haben, melden wir uns wieder."

Andi reichte ihr seine Karte.

„Und wenn Ihnen doch noch etwas einfällt, das in den letzten Tagen ungewöhnlich war, dann melden Sie sich bitte."

„Nimmst du ihr ab, dass sie gar nichts über ihren Mann weiß?", fragte Andi, als sie zurück zum Auto gingen.

Corvin schüttelte den Kopf.

„Wenn ich die Daten aus der Akte richtig im Kopf habe, waren die fast vierzig Jahre verheiratet. Da kennst du den anderen und seine Gewohnheiten. Da fallen dir selbst die kleinsten Details auf. Er muss gar nicht anwesend sein, vieles kann man sich zusammenreimen. Ich nehme an, er war ein ziemlicher Choleriker und um ihn nicht zu reizen, hat sie ihn ganz einfach ignoriert. Wenn wir mehr Details wissen, sollten wir sie noch einmal befragen."

„Auf jeden Fall", sagte Andi und schloss die Wagentür auf, „geht ihr der Tod ihres Mannes offenbar nicht besonders nahe."

Und in Abwandlung eines Reimes von Wilhelm Busch fügte er mit leicht pathetischem Unterton hinzu: „Heissa, ruft Frau Sauerbrot, heissa mein Gemahl ist tot."

Corvin rollte mit den Augen. „Wir sollten auf alle Fälle überprüfen, was sie neben dem Erbe davon hat. Lebensversicherung oder so. Aber jetzt würde ich mir gern ein genaueres Bild von dem toten Mann im Wald machen. In Jägerkreisen wird man doch wohl etwas mehr über ihn wissen, da sollten wir ansetzen."

Andi nickte. „Genau. Und darum fahren wir jetzt zu Hermann Kröger. Der ist eine Legende unter den Jägern und kennt wirklich alles und jeden."

Das Haus von Hermann Kröger lag am Rande des Dorfes Groß Gusborn, ganz in der Nähe eines zweihundertfünfzig Hektar großen Waldgebiets, das die Pretzetzer Landwehr genannt wurde. Das Fachwerkhaus stammte aus dem Jahr 1750 und man sah auf den ersten Blick, mit welcher Sorgfalt es gepflegt worden war.

Hermann Kröger hatte gerade die Rasenfläche vor dem Haus zum ersten Mal in diesem Jahr gemäht und den

Schnitt in eine Schubkarre geladen. Er war eine imposante Erscheinung, trotz seines Alters von achtundsiebzig Jahren von aufrechter, kräftiger Statur und einem Gesicht, dem man ansah, dass sich der Mann überwiegend bei Wind und Wetter im Freien aufgehalten hatte. Seine weißen Haare hingen ihm ins Gesicht, als er hochschaute und den beiden Männern entgegensah.

Er lachte. „Hallo, Andi, hast du dich entschieden? Willst du jetzt endlich deinen Jagdschein machen? Oder schießt du immer noch lieber auf Menschen? Dazu brauchst du ja keinen."

Andi grinste. „Dein Witz ist mal wieder ätzend, mein lieber Hermann, aber ernsthaft. Wir sind dienstlich hier. Das ist mein Kollege, Erik Corvin."

Kröger schaute ihn an.

„Korvin? Wie das Dorf hier?"

„Ganz recht. Aber mit ‚C'. Ich bin gebürtiger Wendländer."

Kröger nickte, sagte aber nichts.

„Ja, dann kommt mal mit."

Sie ließen sich auf den Gartensesseln hinter dem Haus nieder, die auf dem alten Kopfsteinpflaster aufgestellt waren. Das sah zwar malerisch aus, hatte aber den Nachteil, dass weder Tisch noch Stühle an irgendeiner Stelle wackelfrei standen.

„Also, meine Herren, was kann ich für euch tun?"

Andi zuckte kurz zusammen, als sich sein Stuhl selbstständig in eine andere Position begab, und räusperte sich.

„Ich weiß nicht, ob du schon gehört hast, dass …"

„… Heinrich Wolf tot ist?", unterbrach ihn Kröger.

„Ja", antwortete Andi, „da war die Buschtrommel ja mal ganz besonders schnell."

Corvin fuhr fort.

„Mein Kollege kannte ihn nur entfernt und ich gar nicht. Wir nehmen an, Sie kannten ihn ganz gut?"

Hermann Kröger zog eine Schachtel mit Zigarillos aus seiner Hemdtasche und hielt sie in die Runde. Nachdem mit zweifachem Kopfschütteln geantwortet worden war, zog er einen heraus und zündete ihn genüsslich an. Mit einem Seufzer blies er eine bläuliche Wolke in die milde Mailuft.

„Was heißt gut? Ja, ich kannte ihn, aber er war ein misstrauischer Kerl und witterte überall Hinterhalte und böse Absichten. Insofern hielt er sich immer auf Distanz. Ich habe mich einmal vor Jahren mit ihm angelegt, als ich noch die Jagdaufsicht innehatte. Da hatte er einen Hund erschossen, obwohl der in der Nähe seiner Halterin auf einem öffentlichen Weg lief. Sagt Gerlinde, und der vertraue ich. Das war der alte Collie von Gerlinde Jürgens. Der hätte nicht mal einen Hasen mit einem Holzbein gekriegt."

Andi nickte.

„Ich erinnere mich dunkel. Ich glaube, Gerlinde hat ihn damals angezeigt."

Kröger stieß eine weitere Wolke in den Himmel.

„Richtig. Aber passiert ist nichts. Es stand Aussage gegen Aussage."

„Es hört sich so an, als ob er nicht viele Freunde hatte", bemerkte Corvin.

Kröger schüttelte den Kopf.

„Ich glaube, er hatte gar keine. Früher soll er mal ganz anders gewesen sein, aber da kannte ich ihn noch nicht."

Er beugte sich nach vorn.

„Sagt mal, stimmt es, dass er mit einem Pfeil in die ewigen Jagdgründe befördert worden ist?"

Andi machte große Augen.

„Woher weißt du ...“

Corvin unterbrach ihn.

„Dazu können wir Ihnen leider nichts sagen, die Untersuchungen sind noch in vollem Gange.“

Kröger winkte ab.

„Ist ja auch egal, ob mit Pfeil oder Kugel. Ich kenne jedenfalls eine ganze Reihe von Leuten, die dazu einen guten Grund gehabt hätten. Aber dazu will ich jetzt leider nichts sagen.“

Der Blick des Weißhaarigen, der Erik Corvin traf, wirkte wie eine Ohrfeige.

„Du hattest natürlich recht“, sagte Andi, als sie wieder im Dienstpassat saßen. „Aber wir hätten es ja nicht direkt bestätigen müssen, dann hätte er bestimmt noch ein paar Sachen rausgelassen. Das geht hier etwas anders zu als in Hamburg.“

Corvin wollte etwas von Dienstauffassung entgegnen, ließ es aber bleiben und schaute angestrengt aus dem Fenster.

Andi bemerkte die dunkle Wolke, die zwischen ihnen aufzog, und wählte einen beschwichtigenden Ton.

„Lass gut sein. Ich muss jetzt noch was besorgen und dann treffen wir uns um neunzehn Uhr in der ‚Wende‘.“

6

Der „Wendenhof" lag im Dorf Breese in der Marsch und wurde von allen nur die „Wende" genannt. Das mit Reet gedeckte Fachwerkhaus stammte aus dem Jahr 1789, war liebevoll restauriert und in den Siebzigerjahren zur Gastwirtschaft umgebaut worden. Die Diele war der größte Raum im Haus. Tische und Stühle standen immer noch so weit auseinander, dass man sich ungestört unterhalten konnte, ohne dass der Nachbartisch lange Ohren bekam. Was von den Gästen sehr geschätzt wurde. Daran angrenzend lag das Raucherzimmer, in das sich die Verehrer des Tabaks zurückziehen konnten. Es wurde bei großem Gästeansturm auch schon mal zum Esszimmer umfunktioniert, ohne dass das Rauchen eingestellt wurde. Das war zwar verboten, wurde aber von allen akzeptiert.

Hinter dem Tresen stand Frank Matthes, ein kräftiger, mittelgroßer Mann von knapp sechzig Jahren, der eigentlich das Tischlerhandwerk gelernt hatte, dann aber als Autodidakt ins Gastgewerbe eingestiegen war. Dass er auch Stühle reparieren, Tischflächen und Fußböden abschleifen, Regale und Schränke bauen konnte, war nicht von Nachteil. Die Wände in der „Wende" waren übersät mit großen und kleinen Bildern ansässiger Künstler, die mangels herkömmlicher Zahlungsmittel einen mal wieder etwas länger gewordenen Abend mit Kunst bezahlt hatten.

Matthes war verheiratet mit Beatrix, einer aus Holland stammenden rothaarigen Frohnatur, für die schlechte Laune ein absolutes Fremdwort darstellte.

Es gab drei verschiedene Biere vom Fass sowie eine überschaubare Speisekarte mit wenigen aber qualitativ hochwertigen Speisen. Dafür sorgte Beatrix, die „den Deutschen erst einmal beigebracht hatte, wie gutes Essen schmecken muss". Und zu diesem Selbstzitat ließ sie ein Lachen hören, das noch am anderen Ende des Dorfes zu vernehmen war.

„Wir sind eine lebende GmbH", pflegte Matthes grinsend zu sagen. „Gib mal, mach mal, bring mal, hol mal!"

Und das war auch sein Erfolgsgeheimnis. In der „Wende" klappte alles wie am Schnürchen, und jedem, der zum dritten Mal dort einkehrte, wurde das Gefühl gegeben, er sei ein jahrelanger Stammgast. Im Sommer saß man hinter dem Haus unter den alten Linden, wo zusätzlich ein gemauerter Außentresen stand, damit die Gäste nicht zu lange auf ihr Bier warten mussten. In der Küche wirbelte Agathe, eine aus Polen stammende Meisterköchin, zwischen Töpfen und Pfannen, und mit der Ausdauer einer Langstreckenläuferin brachte Sigrid, eine drathige Blondine aus dem Rheinland, Teller und Gläser in erstaunlicher Geschwindigkeit an die Tische.

Neben Speis, Trank und Gemütlichkeit hatte die „Wende" aber noch eine andere Funktion. Sie war das Zentralorgan wendländischer Kommunikation. Alles, was im Landkreis passierte, wurde hier verkündet, weitererzählt, angereichert und mit Mutmaßungen versehen. Und sie war Netzwerk- und Brainstormzentrale für die vielen Journalisten, Fotografen, Künstler und Theaterleute, die sich im Zuge des Widerstands gegen das geplante Atommülllager in Gorleben angesiedelt hatten. Hier wurde postuliert, gestritten und die Welt verändert.

Soweit man sich am nächsten Tag noch daran erinnern konnte.

Pünktlich um neunzehn Uhr betrat Erik Corvin den Schankraum. Andi war nirgends zu sehen. Frank Matthes musterte ihn mit neutralem Blick.

„Hatten Sie reserviert?"

Corvin schüttelte den Kopf.

„Ich glaube nicht. Ich bin hier mit meinem Kollegen Andreas Feindt verabredet."

Matthes' Gesichtsausdruck wechselte von neutral auf zugewandt.

„Also doch. Für Andi gibt es immer einen Platz und für seine Freunde auch."

Er streckte seine rechte Pranke aus.

„Ich bin der Frank."

Corvin bemühte sich, die Hand kräftig zu drücken.

„Erik Corvin ..."

Er wollte noch einige erklärende Worte hinzufügen, doch Matthes kam ihm zuvor.

„Ah, du bist der Neue aus Hamburg. Und dann heißt du noch wie eines unserer Dörfer. Das passt doch."

Eine stämmige rothaarige Frau mit einem runden Gesicht strahlte ihn an.

„Und ich bin die Beatrix. Sag jetzt nicht ‚wie unsere Ex-Königin'. Das haben hier alle einmal gesagt. Aber immer nur einmal. Setz dich ans Fenster da hinten rechts. Da sitzt der Andi auch immer."

Corvin nickte und ging in die Richtung des Tisches.

„Köpi?", rief Matthes hinter ihm her.

„Mach gleich zwei! Aber schnell, es ist ein Notfall!", hörte er Andis Stimme rufen, der gerade zur Tür hereingekommen war.

Matthes grinste.

„Hallo, Andi, möchtest du es im Glas oder willst du dich gleich unter den Hahn legen?"

„Heute ausnahmsweise mal im Glas", antwortete Andi und setzte sich zu Corvin, der bereits seinen Platz eingenommen hatte. Während er sich setzte, ließ er seinen Blick schweifen, lächelte und hob mehrfach die Hand.

„Die kennen dich wohl alle hier", sagte Corvin. „Ist das nun ein Segen oder ein Fluch bei unserem Job?"

Andi zog die Schultern hoch und drehte die Handflächen nach oben.

„Das kommt darauf an, wie du damit umgehst."

In diesem Moment stellte Beatrix zwei Gläser Bier auf den Tisch.

„Proost! Op je gezondheid!"

Beide Männer hoben die Gläser. Ein dicker Mann am Nachbartisch mit einem roten Gesicht und einer Lederweste, die zwei Nummern zu groß schien, hob ebenfalls sein Glas.

„Prost, ihr beiden!"

„Prost, Klaas!", sagte Andi und hob sein Glas ein zweites Mal.

Der Dicke nahm einen Schluck, erhob sich mit einem leichten Stöhnen und ging dann in Richtung Klo.

„Ich glaube, der muss gar nicht", sagte Andi mit gedämpfter Stimme zu Corvin, „der sucht nur einen Grund, dicht an unserem Tisch vorbeizukommen. Der platzt gleich vor Neugier. Das sehe ich ihm an."

Tatsächlich machte Klaas Vormann bei seinem Rückweg von der Toilette einen unnötig großen Bogen.

„Na Andi, schon 'ne heiße Spur?"

Andi bemühte sich, möglichst gelangweilt auszusehen.

„Kann schon sein."

Der Dicke gab einen typischen Zigarrenraucherhuster von sich.

„Also ich war's nicht. Obwohl ich einen Grund dafür gehabt hätte."

Corvin schaute verständnislos.

„Und welcher wäre das?"

Vormann wechselte das Standbein.

„Das war damals mit der Schweinezucht. Ständig kriegte ich Besuch vom Veterinäramt, weil mich dauernd jemand anzeigte. Dann brannte der Stall ab. Nicht ein Schwein hat überlebt. Heute weiß ich, wer dahintersteckte. Und weil ich über beide Ohren verschuldet war, musste ich dem Wolf das Land zum Schleuderpreis verkaufen."

Er grinste und machte eine Kunstpause.

„Aber jetzt ist das Schwein ja auch tot."

Corvin sah ihn streng an.

„Woher wissen Sie das? Haben Sie ihn gesehen?"

Vormanns Gesicht wurde noch eine Spur röter.

„Das wissen alle hier. Sowas spricht sich rum! Und ich bin mit Sicherheit nicht der Einzige im Landkreis, der darüber nicht besonders traurig ist. Frag doch mal Werner Schulz oder Walter Johannsen. Oder Gerlinde. Der hat er den Hund von der Leine geschossen. Wenn ihr ein Motiv sucht: Das haben hier mindestens zwanzig, dreißig Leute. Schönen Abend noch."

Ohne sich noch einmal umzudrehen, ging der Dicke zurück an seinen Tisch, an den sich bereits ein anderer Mann gesetzt hatte und ihm zuwinkte.

„Ich war noch kurz an meinem Schreibtisch und habe den Bericht von der Medizinischen gelesen", sagte Andi mit gedämpfter Stimme. „Er war nicht sofort tot, er muss sich noch eine ganze Zeit gequält haben."

„Hat er sich eventuell den Pfeil selbst herausgezogen?", fragte Corvin.

Andi schüttelte den Kopf.

„Kaum. Er war zwar nicht sofort tot, aber schon ziemlich bewegungsunfähig. Wenn der Täter das mit Absicht gemacht hat, muss das schon ein verdammt guter Schütze sein."

Corvin machte ein skeptisches Gesicht.

„Ich habe mal gelesen, dass es Leute gibt, die wahnsinnig gern mit Pfeil und Bogen auf die Jagd gehen würden. Das ist in Deutschland aber verboten. Nehmen wir mal an, Wolf hat so einen überrascht und mit seinem Gewehr bedroht ..."

Weiter kam er nicht, denn ein kleiner, aber kräftiger Mann mit einer Baseballkappe auf dem Kopf blieb an ihrem Tisch stehen.

„'n Abend, Andi. Weissu eigentlich, dass ich wahrscheinlich der Letzte war, der mit Heinrich geschnackt hat?"

Andi setzte sein Pokerface auf.

„Hallo, Harald. Und woher willst du das wissen?"

Harald Balser, der bereits mehr als ein Bier an diesem Tag konsumiert hatte, bemühte sich um eine klare Aussprache, wobei er Schwierigkeiten mit den Konsonanten bekam.

„Warum? Weil ich eins un eins ssusamm zählen kann. Er hatte gerade sein Auto an der Schweineweide abgestellt, als ich mit dem Rad vorbeikam. Hallo, Heinrich, hab ich gesagt, wen wiss du denn erschiesen? War natürlich nicht erns gemeint."

„Und was hat er geantwortet?"

„Er war pampig wie immer. Hat sich nich umgedreht und gebrummelt: Neugierige und Arschlöcher, die in meinem Revier wildern."

Corvin wurde hellhörig.

„Wilderer? Wurde in seinem Revier gewildert?"

Balser schaute ihn misstrauisch an.

„Bissu auch Poliziss oder ..."

Andi fiel ihm ins Wort.

„Das ist Erik Corvin, mein Kollege."

„Corvin? Wie ..."

Diesmal schnitt Corvin ihm das Wort ab.

„Ja, ja. Wie das Dorf bei Clenze. Aber jetzt mal ernsthaft. Hat Wolf schon früher von Wilderern gesprochen?"

Frank Matthes war an den Tisch getreten und stellte die leeren Gläser auf ein Tablett.

„Nicht nur einmal. Er war ja nicht oft hier, aber wenn, dann hat er nur von Leuten geredet, die ihn übers Ohr hauen wollten und die hinter seinem Wild her waren. Beweise dafür hatte er allerdings nie."

Corvin ließ nicht locker.

„Gibt es oder gab es in der Gegend schon mal Wilderei?"

Matthes machte eine wegwerfende Handbewegung.

„Das ist lange her. Hier gab es mal einen, der hatte Haus und Hof versoffen. Aber der ist lange tot."

Balser mischte sich ein.

„Aber der Wilde. Der hat doch bestimmt ..."

Matthes Miene verfinsterte sich.

„Ach, Harald, hör auf. Den gibt es doch gar nicht. Ich finde sowieso, du gehst jetzt nach Haus. Zu trinken gibt's jedenfalls nichts mehr."

Balser brummelte etwas Unverständliches, ging dann aber schnurstracks zur Tür. Matthes war ein freundlicher Mann, aber anlegen wollte man sich lieber nicht mit ihm.

Corvin schaute den Wirt fragend an.

„Ist da was dran?"

„Ach, dummes Gerede. Harald Balser ist eigentlich ein netter Kerl, der auch als Maurer nicht schlecht war. Aber nachdem seine Frau ganz plötzlich gestorben ist, hat er nur noch gesoffen, seinen Job verloren und lebt heute von Gelegenheitsarbeiten."

„Und wen hat er mit dem Wilden gemeint?"

„Das muss man nicht so ernst nehmen. Er behauptet, vor zwei Wochen einen ziemlich seltsamen Mann beobachtet zu haben, der durch den Gartower Forst geschlichen sei. Wie viel Schnaps er da schon intus hatte, hat er allerdings nicht gesagt. Wollt ihr noch zwei Köpi?"

Andi hob die Hand.

„Nee, danke. Wir gehen jetzt mal. Nachher kriegen wir noch Ärger mit der Polizei."

7

Die Zahl derer, die einen Grund gehabt hätten, sich an Wolf zu rächen, wuchs auf der Liste von Corvin und Andi von Tag zu Tag. Diese mussten wiederum mit den Personen abgeglichen werden, die mit Pfeil und Bogen umgehen konnten, und aus diesen beiden Listen jene herausgefiltert werden, die für den betreffenden Abend kein Alibi vorweisen konnten.

„Wir sollten uns aufteilen", schlug Corvin Andi vor. „Ich übernehme diejenigen, die du wenig oder gar nicht kennst, du deine alten Bekannten. Abends treffen wir uns und tauschen dann die Informationen aus."

Andi erschien der Vorschlag plausibel.

„Dann kümmere du dich doch erstmal um die Robin Hoods aus dem Landkreis. Mit denen hatte ich bisher keine Berührungspunkte. Ach übrigens heute Abend: Hast du Lust, mit in die ‚Wende' zu kommen? Beatrix macht ein Wildschweingulasch mit Knödeln und Preiselbeeren …"

An dieser Stelle musste Andi schlucken, weil ihm das Wasser im Munde zusammenlief.

„Gern", grinste Corvin, „wann geht's los?"

„Um sieben. Und bring ordentlich Hunger mit!"

Corvin setzte sich an den Schreibtisch und schaltete sein Notebook ein. In kurzer Zeit hatte er dank Google eine erste Übersicht, wo man in seiner Freizeit im Landkreis den Bogen spannte.

Beim SV Lüchow gab es eine Abteilung Bogensport, in der Nähe des Ortes Trebel ein privates Unternehmen mit dem Namen „Club Ouray“, das nach der eigenen Beschreibung den Umgang mit Pfeil und Bogen als geistig-meditatives Naturerlebnis anbot.

Helmut Draeger, der Leiter der Bogensportabteilung im Sportverein Lüchow, war ein großer, hagerer Mann mit einem grauen Kinnbart und mürrisch heruntergezogenen Mundwinkeln. Corvin fand ihn in der Turnhalle des Gymnasiums, wo er gerade Pfeile in einen Schrank einschloss.

„Ich habe mir gedacht, dass Sie zu mir kommen“, sagte Draeger, nachdem Corvin sich vorgestellt hatte. Der schaute ihn fragend an.

„Als sich herumgesprochen hatte, dass der Jäger mit einem Pfeil getötet worden ist, habe ich mir gleich gedacht, dass es nicht lange dauern wird, bis wir Besuch von der Polizei bekommen würden. Sie haben doch jetzt jeden im Landkreis in Verdacht, der mit Pfeil und Bogen umgehen kann.“

Corvin schüttelte den Kopf. „Ich habe überhaupt niemanden in Verdacht. Es gehört aber zu meiner Arbeit, systematisch vorzugehen. In diesem Fall bitte ich Sie, mir etwas Nachhilfeunterricht im Bogensport zu geben, damit ich den Personenkreis weiter eingrenzen kann.“

Draeger setzte sich seufzend auf eine Mannschaftsbank, die an der nächstgelegenen Wand der Turnhalle stand. Mit einer Handbewegung forderte er Corvin auf, sich ebenfalls zu setzen.

„Das kann schwierig werden.“

„Warum?“

„Weil es im Bogensport eine riesige Menge an höchst unterschiedlichen Bogen, Pfeilen und Techniken gibt. Aber gut, was wollen Sie wissen?“

Corvin hatte inzwischen seinen Notizblock aus der Tasche gezogen und aufgeklappt. Draeger streckte den Zeigefinger seiner rechten Hand belehrend nach oben.

„Sie müssen mir natürlich erst einmal die näheren Umstände des Mordes erklären, dann komme ich vielleicht darauf, was für ein Bogen dafür infrage kommt. Den Pfeil werden Sie ja wohl haben."

Corvin schüttelte den Kopf.

„Der war nicht mehr auffindbar. Und außerdem ist ein Mord noch nicht bewiesen. Einen Unfall müssen wir zu diesem Zeitpunkt ebenfalls in Betracht ziehen."

Draeger schaute ihn ungläubig an.

„Einen Unfall? Das glauben Sie doch wohl selbst nicht …"

„Warum nicht?", unterbrach ihn Corvin. „Soweit ich gehört habe, gibt es eine ganze Reihe von Schützen, die zu gern mal mit Pfeil und Bogen jagen würden. Aber das ist in diesem Land verboten. Können Sie ausschließen, dass es Zeitgenossen gibt, die es dennoch versuchen? Ein Pfeil in die falsche Richtung und es ist passiert."

Draeger lachte auf.

„Wenn Sie eine solche Spur verfolgen, sind Sie hier total verkehrt. Unsere Mitglieder schießen ausschließlich auf Scheiben. Bei gutem Wetter auf dem Platz, bei schlechtem in der Halle. Keiner hat jemals den Wunsch geäußert, im Wald zu schießen. Da sollten Sie sich mal lieber den Indianer vorknöpfen."

„Ist das der …?"

„Ja, genau. Das ist der Große Meister des Bogens aus dem Walde. Der ist der Meinung, dass man den Pfeil mit den Gedanken lenken könne. Mit geschlossenen Augen.

Von einem disziplinierten Training hält der nicht viel. Und von Schießständen auch nicht. Er schleicht lieber durch Gottes freie Natur. Aber was rede ich da. Fragen Sie ihn doch selbst."

„Das werde ich", sagte Corvin, „aber sagen Sie mir erst einmal: Was für einen Bogen und einen Pfeil brauche ich, um ein großes Tier oder einen Menschen zu töten?"

Draeger streckte wieder seinen Zeigefinger aus.

„Da gibt es viele Möglichkeiten. Die meisten Menschen wissen gar nicht, was für eine Durchschlagskraft ein Pfeil haben kann, wenn man den richtigen Bogen und die richtige Technik verwendet. Man hat mal folgenden Versuch gemacht: Drei normal große Eimer vom Bau wurden mit Sand gefüllt und hintereinander in Schusshöhe aufgestellt. Dann feuerte man mit einem jagdtauglichen Gewehr geradlinig auf die Eimer. Die Kugel durchschlug den ersten, wenn überhaupt, blieb aber garantiert im zweiten stecken. Dann nahm man einen siebzig lbs Compound und schoss mit einem Jagdpfeil mit Titanklinge auf die Eimer. Die ersten beiden durchdrang er mühelos, im dritten blieb er höchstwahrscheinlich in der Mitte stecken."

Corvin hörte auf, sich Notizen zu machen.

„Was bitte ist ein Compound?"

Draeger lachte überheblich.

„Ich versuche, es so einfach wie möglich zu erklären. Das ist ein Bogen, bei dem die Kraft über ein Rollensystem geleitet wird. Er wird oft mit dem System eines Flaschenzugs verglichen, was aber nicht stimmt. Nur im Ergebnis: Der Schütze braucht weniger Kraft, um den Pfeil mit einer enormen Geschwindigkeit abzuschießen. Die Kraft des Bogens wird in lbs, also englischen Pfund, gemessen. Bei einem Compound von sechzig Pfund zum Beispiel braucht der Schütze nur noch zwölf Pfund zu halten. Für die berühmten Langbogen des späten Mittelalters brauchte man dagegen eine enorme Kraft. Zuggewichte von mehr als hundert Pfund. Das schafft nicht jeder. Aber diese Pfeile durchschlugen auch Rüstungen und schwere Eichenplatten. Im Dach eines der Türme des Towers in London hat man eine Pfeilspitze gefunden, die so tief drin saß, dass der Pfeil von einem Bogen mit über hundertzwanzig Pfund abgeschossen worden sein muss. Mit einem modernen Compound dagegen kommen sogar Frauen zurecht."

Corvin seufzte.

„Schade."

Draeger sah ihn erstaunt an.

„Wieso schade?"

Corvin grinste.

„Weil ich dachte, man könne anhand der Durchschlagskraft den infrage kommenden Kreis von Personen eingrenzen. Beziehungsweise Personen ausschließen, die körperlich gar nicht in der Lage wären, einen solchen Bogen zu spannen. Ich bräuchte also eine Kopie der Liste mit all Ihren Mitgliedern."

„Können Sie haben!"

Draeger kratzte sich am Kopf.

„Ich glaube trotzdem nicht, dass es in Ihrem Fall ein Compound war."

Corvin hatte seinen Notizblock bereits zugeklappt und sah ihn nun fragend an.

„Warum nicht?"

Draeger lachte.

„Kommen Sie mal mit."

Er zog ein Schlüsselbund aus der Tasche, ging ein paar Schritte bis zu einer Stahltür und schloss diese auf.

„Warten Sie einen Augenblick."

Zwei Minuten später kam er in die Halle zurück. In der Hand hielt er eine Apparatur, die ein Laie nicht auf Anhieb als Bogen zum Abschießen von Pfeilen erkannt hätte. Sie schien eher aus einem Science-Fiction-Film zu stammen. Eine fast futuristische Form aus Fiberglas mit einer verwirrenden Vielzahl von Rädern und Sehnen.

Draeger setzte wieder seine Fachmannmiene auf.

„Ich glaube nicht, dass jemand, der einen Mord plant, mit so einem auffälligen Gerät in den Wald geht. Das können Sie auch nicht unter der Jacke verstecken. So einer muss ja immer damit rechnen, dass er jemandem begegnet. Und dann wäre ja offensichtlich, dass er nicht zum Pilze sammeln geht. Übrigens – wenn Sie den Pfeil nicht gefunden haben: Was macht Sie so sicher, dass mit einem Bogen geschossen wurde?"

„Womit denn sonst?"

Draeger zog die Augenbrauen hoch.

„Mit einer Armbrust zum Beispiel!"

8

Der „Club Ouray" lag mitten im Wald, weit entfernt vom nächsten Dorf. Ein geschnitztes Holzschild wies auf einen unbefestigten Weg hin, der von der schmalen Asphaltstraße in den Wald führte. Schon nach hundert Metern öffnete sich das Dickicht zu einer Lichtung, wo ein großes Blockhaus stand, auf dessen Dach Gras wuchs.

Corvin hielt den Wagen an und stieg aus. Eine seltsame Stille legte sich auf die lärmabgehärteten Ohren des langjährigen Großstädters. Komisch, dachte Corvin, dass man Stille hören kann.

Im selben Augenblick öffnete sich die Tür des Blockhauses und eine nicht alltägliche Gestalt trat heraus. August Rathmann, der sich selbst Adahy nannte, was in der Sprache der Cherokee-Indianer soviel wie „lebt im Wald" hieß, hatte seine bis zum Gürtel reichenden grauen Haare zu einem Pferdeschwanz gebunden. Unter der Unterlippe wuchs im Gegensatz zu seinem glatt rasierten Gesicht ein Bartdreieck von leuchtendem Orange. An dem durchbohrten Ohrläppchen auf der rechten Seite trug er einen Ohrring mit langen silbernen Kettchen, die bis zur Schulter reichten. Sein muskulöser Oberkörper steckte in einem braunen Wildlederhemd mit langen Fransen an den Ärmeln. Um den Hals trug er eine Lederschnur, an der Federn und die Kralle eines sehr großen Raubvogels befestigt waren. Seine Hose bestand ebenfalls aus Wildleder, deren Ton mehr ins Rötliche ging. Am Gürtel hing ein großes Bowiemesser in einer verzierten

Lederscheide. Die Füße steckten in ausgetretenen Cowboystiefeln, die an den Schaften mit rot-weißen Ornamenten verziert waren.

„Wir haben heute geschlossen", sagte er mit einer Stimme, die Corvin sofort an eine knarrende Tür erinnerte. Der Knarrende kniff dabei die Augen zusammen, sodass man nicht genau sagen konnte, welche Farbe sie hatten. Corvin tippte auf Dunkelbraun. Ein Indianer mit blauen Augen wäre ein glatter Stilbruch gewesen.

Er lächelte ihn an.

„Ich will auch nicht bei Ihnen Mitglied werden, sondern Ihnen ein paar Fragen stellen."

Dabei hielt er ihm seine Marke unter die Nase.

„Polizei? Was wollen Sie von mir?", fragte August-Adahy und sah ihn misstrauisch aus hellblauen Augen an.

Corvin lächelte trotz seiner Enttäuschung über die Augenfarbe und deutete auf das Schild.

„Was heißt denn eigentlich Ouray?"

Sein Gegenüber schaute ihn verächtlich an.

„Das bedeutet Pfeil in der Sprache der Ute!"

Corvin verstand nicht ganz.

„Die Ute? Ist das Ihre Frau?"

Das Gesicht des Waldmenschen lief rot an.

„Die Ute oder Yuta sind ein nordamerikanischer Indianerstamm, Sie Ignorant. Nach denen ist der Staat Utah benannt."

„Verzeihung", sagte Corvin. „Mein Wissen über Indianer beschränkt sich auf Winnetou."

Er räusperte sich.

„Herr Rathmann, wie viele Mitglieder hat Ihr Club?"

Rathmann drehte den Kopf weg und starrte in die Unendlichkeit.

„Zurzeit keines. Die sind alle wieder abgesprungen."

„Warum?"

Jetzt traf Corvin ein zorniger Blick des Waldbewohners.

„Über zwanzig hatten sich schon angemeldet. Erst dann hat man mir gesagt, dass der Parcours doch nicht genehmigt wird."

Corvin verstand nicht ganz.

„Was für ein Parcours?"

Rathmann tat einen tiefen Seufzer.

„Ich hatte vor einem Jahr beim hiesigen Bürgermeister beantragt, dass ich einen sieben Kilometer langen Parcours für Wildnissport einrichten darf. Er wollte mit den jeweiligen Grundbesitzern sprechen. Erst hieß es, kein Problem, Monate später hieß es plötzlich, der mit dem größten Grundbesitz habe sein Einverständnis zurückgezogen. Da hatte ich aber schon die Tiere gekauft, ein Vermögen dafür ausgegeben."

Corvin verstand noch immer nicht.

„Was? Sie wollten auf Tiere schießen? Das ist in Deutschland aber nicht erlaubt."

Rathmann schnaubte durch die Nase.

„Unsinn. Die Viecher sind zwar lebensgroß, aber aus einem speziellen Polyethylen-Schaum. Wenn man den Pfeil da herauszieht, schließt sich das Loch gleich wieder. Kapiert? Dahinter hängt man eine Pfeilabfangdecke, falls jemand total danebenschießt. Kredit aufgenommen, alles gekauft, Parcourskarten drucken lassen und jetzt sitze ich hier. Allein der aufrechte Bär kostet rund zweitausend Euro!"

„Und wissen Sie, wer sein Einverständnis zurückgezogen hat?"

Rathmann schüttelte den Kopf.

„Das wollte mir der Herr Bürgermeister nicht sagen. Hatte wohl Angst, ich reiße dem den Arsch auf."

Corvin überlegte einen Augenblick.

„Herr Rathmann, was für Bogen hätten Sie denn für Ihre Polyethylen-Jagd benutzt. Compound?"

Rathmann hob die Hände, als sei ihm der Gott-sei-beiuns erschienen.

„Um Gottes willen. Das sind doch keine Bogen. Die kommen mir nicht in den Wald. Ich habe Yeoman Langbogen, benutze aber auch gern den Dark Hunter. Davon habe ich mehrere. Die empfehle ich auch meinen Mitgliedern, habe aber auch nichts dagegen, wenn sie ihre eigenen Bogen mitbringen. Nur keine mit diesem technischen Firlefanz. Das hat mit der Bogenjagd nichts mehr zu tun."

„Was ist ein Dark Hunter? Ist das auch so ein Indianer-Bogen?"

Jetzt lächelte Rathmann zum ersten Mal.

„Nein, nein. Das ist ein Recurvebogen."

„Ein was?"

Rathmann verdrehte die Augen.

„Das ist ein Bogen mit zurückgebogenen Wurfarmen, dadurch speichern sie eine höhere Energie als Langbogen. Man kann die Wurfarme austauschen, weil der Bogen nicht aus einem Teil besteht, sondern aus drei. Sie werden am Mittelstück, an dem der Schütze den Bogen hält, angeschraubt. Durch diese Möglichkeit kann man auch mit unterschiedlichen Wurfarmen das Zuggewicht verändern. Von fünfundzwanzig lbs bis fünfundfünfzig lbs."

Corvin wurde hellhörig.

„Habe ich richtig verstanden? Man kann diesen Bogen also auseinandernehmen und in einer Tasche verstauen?"

„Ja, natürlich. Es gibt sogar spezielle Taschen dafür. Da sind die Pfeile, der Arm- und der Fingerschutz gleich mit drin. So kann man auch mühelos mehrere Bogen mitnehmen. Aber sagen Sie mal, warum will die Polizei das alles wissen? Wollen Sie umrüsten? Von Feuerwaffen auf Pfeil und Bogen?“

Dabei grinste er Corvin an, als erwarte er Applaus für seine ironische Bemerkung. Der ging nicht darauf ein.

„Dann sind Sie wohl einer der wenigen im Landkreis, der noch nicht davon gehört hat, dass vor zwei Tagen ein Jäger durch einen Pfeil zu Tode gekommen ist.“

Blitzartig verschwand das Grinsen. Die selbsternannte Rothaut wurde blass.

„Wie sollte ich? Ich habe seit mehr als zwei Tagen mit niemandem mehr geredet. Zeitung, Fernsehen, Radio, Internet. Hab ich alles nicht.“

„Egal“, sagte Corvin. „Können Sie mir einen solchen dreiteiligen Bogen einmal zeigen?“

Rathmann schien abwesend zu sein.

„Wie? Einen Bogen sagen Sie? Äh, ja, natürlich. Warten Sie hier. Ich hole einen.“

9

Komischer Vogel, dachte Corvin, als er sich auf den Rückweg nach Dannenberg begab. Machte er ihm was vor oder war er wirklich so weltabgewandt?

Er stieg in den Mercedes und bog von der Bundestraße in die kleine Straße ab, die zuerst an Feldern und Wiesen vorbei, später durch ein großes Waldgebiet führte. Diese Strecke wurde auch der Whiskeyweg genannt, weil er gern zu später Stunde von Leuten benutzt wurde, die ein schlechtes Gewissen und eine ziemliche Fahne hatten. Dumm nur, dass die Polizei das auch wusste.

Das Stück der Straße, das durch den Wald führte, war so schmal, dass zwei entgegenkommende Fahrzeuge schon sehr darauf achten mussten, dass sie sich nicht gegenseitig die Außenspiegel abfuhren.

Corvin sah den alten VW-Bus, der rechts aus einem Waldweg schoss, erst im letzten Augenblick und trat mit voller Kraft auf die Bremse. Der Fahrer des antiken Bullys tat es ebenfalls, und so kamen beide Fahrzeuge im letzten Augenblick mit einem Abstand von gefühlten zwanzig Zentimetern zum Stehen.

Beide Fahrer starrten sich an und Corvin musste feststellen, dass es sich bei seinem Beinahe-Unfallgegner um eine junge Frau von Mitte dreißig mit kinnlangen blonden Haaren handelte. Obwohl er die Vorfahrt hatte, machte Corvin eine einladende Handbewegung zum Weiterfahren, da der Bus mit den Vorderrädern bereits auf der befestigten Straße stand. Die Blonde schüttelte den

Kopf und gab ihrerseits ein Handzeichen, dass sie ihm den Vortritt ließ. Dieser Austausch von Gebärdensprache wiederholte sich noch zweimal, dann fuhren beide gleichzeitig los. Ein kurzes, dumpfes Geräusch, wenn Blech auf Blech knallt, dann standen beide Fahrzeuge wieder.

Es war für den jeweilig anderen zwar nicht zu hören, aber beide Fahrer artikulierten beinahe lippensynchron ein Schimpfwort, das mit „Sch" begann und von Herzen kam.

Sie stiegen aus.

„Ich habe mal gelernt", sagte die Blonde mit wütendem Gesichtsausdruck, „dass man sich im Straßenverkehr eindeutig verhalten soll. Da Sie die Vorfahrt hatten, hätten Sie auch losfahren müssen."

Corvin erwiderte nichts, ging in die Knie und begutachtete die beiden Beulen, die sich wenig dekorativ in die Bleche gedrückt hatten.

Nicht so schlimm, dachte er, machte aber bewusst ein angestrengtes Gesicht.

„Wollen wir doch mal sehen. Ich hatte die Vorfahrt und Sie kamen aus einem Weg, der gar nicht befahren werden darf."

Die Blonde kniff die Augen zusammen.

„Stimmt. Aber von mir darf er befahren werden, der Wald gehört meinem Vater, ist also Familieneigentum. Was wollen Sie jetzt tun? Die Polizei rufen?"

Corvin hatte Lust zu grinsen, ließ es aber.

„Die ist schon da", sagte er und hielt ihr seine Marke hin.

Die Frau starrte ihn an.

„Ich glaub's doch nicht. Auch das noch. Das ist der beschissenste Tag seit langem. Nichts klappt. Alles geht schief."

Jetzt setzte Corvin ein gütiges Lächeln auf und hielt ihr die rechte Hand hin.

„Nun regen Sie sich nicht auf. Das ist doch wirklich eine Lappalie. Mein Freund kennt einen Schrauber, der beseitigt solche kleinen Beulen im Handumdrehen. Erik Corvin ist mein Name."

Ihr Gesicht entspannte sich, als sie ihm die Hand schüttelte.

„Bettina Gerken. Entschuldigen Sie bitte, aber ich bin ein wenig gereizt."

Für Sekunden sahen sich beide in die Augen und prusteten plötzlich los.

Nachdem der Lachanfall sich gelöst hatte, wischte Bettina sich eine Träne aus dem Auge.

„Ich weiß nicht, wie Sie das empfunden haben, aber das war wie eine Szene aus einer schlechten Comedy."

„Genau", bestätigte Corvin. „Aber jetzt verraten Sie mir mal, warum Sie mit einem alten Bus durch den Wald heizen."

Sie winkte ab.

„Mein Vater hat sein geliebtes Messer verloren und da er wusste, dass ich hier vorbeikomme, hat er mich gebeten, mal nachzuschauen, ob er es auf dem Hochsitz vergessen hat. Dort war es aber nicht. Ich war ziemlich in Eile, weil ich gerade erfahren hatte, dass ein Sponsor abgesprungen ist."

„Ein Sponsor? Was lassen Sie sich denn sponsern?"

Bettina strich sich eine Strähne aus dem Gesicht.

„So fragt man Leute aus. Also – wir veranstalten zum dritten Mal den Elbrock, ein Festival auf den Wiesen bei Langendorf. Mir hat man wieder einmal das Management aufgeschwatzt, obwohl ich gar nicht wollte. Jetzt habe ich eine Finanzierungslücke. Darum war ich mit den Gedanken nicht ganz auf der Straße. Ich muss jetzt auch schnell wieder los."

Sie kramte in ihrer Jackentasche.

„Hier, nehmen Sie meine Karte. Da steht meine Handynummer drauf. Falls Sie noch Ansprüche gegen mich haben."

Corvin steckte die Karte ein.

„Ich rufe Sie auf alle Fälle an. Dann müssen Sie mir mehr über das Rockfestival erzählen. Das interessiert mich sehr."

„Wir können ja mal was trinken gehen", schlug Bettina vor, hob die Hand zum Abschiedsgruß, stieg wieder in den Bus und war in wenigen Sekunden hinter der Straßenbiegung verschwunden.

„Alle, die nur eine Spur infrage kommen", sagte Andi und rollte mit seinem Schreibtischstuhl etwas zurück, „haben ein wasserdichtes Alibi. Nur Gerlinde Jürgens will zur Tatzeit allein vorm Fernseher gesessen habe. Aber da bin ich mir ziemlich sicher: Die war's mit Sicherheit nicht."

Corvin runzelte die Stirn.

„Das klingt ermittlungstechnisch aber nicht sehr professionell."

Andi lachte.

„Ich hab dir doch gesagt, hier läuft einiges anders. Wenn jemandem der Hund erschossen wird, reagiert der unmittelbar. Da wartet man nicht ein paar Jahre und erschießt den Schurken dann mit Pfeil und Bogen. Und Gerlinde kenne ich seit Jahrzehnten. Ach übrigens: Es ist noch ein Untersuchungsbericht gekommen. Es war wohl ein Jagdpfeil, aber wahrscheinlich keiner aus Fiberglas oder Aluminium, eher aus Holz. Dem Einschusswinkel nach zu urteilen, muss ein mittelgroßer Schütze ungefähr zehn bis zwölf Meter entfernt gestanden haben. Was kombinieren wir daraus? Du bist doch jetzt der Pfeil-und-Bogen-Experte."

Corvin runzelte die Stirn.

„Das sagt mir nur, dass es sich nicht um einen Bogen mit extrem hoher Zugkraft gehandelt haben kann. Da genügt auch ein mittelprächtiger. Ein Jagdpfeil von einem Compound aus der Entfernung abgeschossen, wäre nicht im Kopf stecken geblieben, sondern auf der anderen Seite wieder rausgekommen."

Andi legte die Füße auf den Papierkorb.

„Das heißt, auch ein Mensch mit durchschnittlichen Kräften hätte den Pfeil abschießen können, wenn er beim Bogenschießen in Übung ist."

„Und es muss ein Bogen gewesen sein, den man auseinandernehmen kann", ergänzte Corvin. „Ein einteiliger Langbogen zum Beispiel wäre viel zu auffällig gewesen. Ich habe hier übrigens die Liste der Bogenschützen vom SV Lüchow. Kannst du dir die mal ansehen?"

Andi beugte sich über die Liste, positionierte seine Brille auf der Stirn und murmelte die Namen herunter. Hinter einigen machte er ein Häkchen, hinter anderen ein Kreuz.

„So", sagte er, „die Kinder müssen wir vorerst nicht überprüfen. Von den Erwachsenen kenne ich die hier mit dem Häkchen, die mit dem Kreuz kenne ich nicht. Die sollten wir gleich morgen mal unter die Lupe nehmen."

Corvin nickte.

„Kennst du eigentlich August Rathmann, der diesen Parcours bei Küsten bauen wollte? Ein sonderbarer Typ.

Aus dem Bau wurde ja nichts, weil einer der Grundeigentümer seine Genehmigung zurückgezogen hat."

„Und wer war das?"

„Rathmann wusste es nicht. Das ist wohl ausschließlich über den Bürgermeister gelaufen. Den werde ich morgen als erstes anrufen."

Andi richtete sich in seinem Stuhl auf.

„Das können wir gleich machen. Den Günter kenne ich gut. Mit dem habe ich früher mal gekegelt."

Er blätterte in seinem abgegriffenen Telefonbuch und wählte eine Nummer. Schon nach dem dritten Rufzeichen meldete sich eine Männerstimme.

„Hallo, Günter, hier ist Andi. Richtig, Bullen-Andi. Ich hab da mal eine Frage. Dieser Rathmann ... ja, richtig, der mit der Bogenjagd, der wollte doch einen Parcours in eurer Gemeinde bauen. Einer der Grundbesitzer hat dann ... wie? Du wusstest, dass diese Frage kommt? Warum weißt du ..."

Andi ließ sich unterbrechen und horchte angestrengt in den Hörer. Plötzlich riss er die Augen auf.

„Was sagst du? Das ist ja ein Hammer. Günter, ich danke dir!"

Er legte auf und starrte Corvin für ein paar Sekunden an. Dann schob er seine Brille mit dem Zeigefinger der rechten Hand von der Nasenspitze zurück.

„Weißt du, wie der Parcours-Verhinderer heißt?"

„Wenn du mich so fragst, kann ich es mir fast denken."

„Du denkst richtig. Der Mann heißt, oder in diesem Fall besser hieß, Heinrich Wolf!"

Corvin überlegte. „Den Namen hätte sich Rathmann auch ganz sicher aus anderer Quelle besorgen können. Zum Beispiel beim Katasteramt."

Er zog seine Jacke an.

„Los Andi, komm mit. Wir werden dem Herrn gleich noch einen weiteren Besuch abstatten."

Andi nickte, machte aber ein verdrießliches Gesicht und schaute zur Uhr.

„Das Wildschweingulasch kannste vergessen. Ich ruf mal eben bei Beatrix an."

Die Sonne schien noch ein wenig, als sie von der Straße in den Weg einbogen, der zu Rathmanns Haus führte.

„Sieht so aus", sagte Corvin, als sie aus dem Wagen stiegen, „als sei der Vogel ausgeflogen. Vorhin stand rechts neben dem Haus noch ein alter Ford Pickup. Der ist jetzt weg. Geh du mal ums Haus. Ich seh drinnen nach."

Er drückte die Klinke hinunter und, wie erwartet, war die Tür nicht verschlossen. Über einen dunklen Flur ging es direkt in den einzigen großen Raum im Erdgeschoss.

„Herr Rathmann, sind Sie hier?"

Nichts regte sich. Langsam öffnete Corvin die Tür und machte sofort einen Schritt zurück. Vor ihm stand ein rund zwei Meter fünfzig großer Bär auf den Hinterbeinen und riss das Maul auf. Im Halbdunkeln des Raumes sah das recht bedrohlich aus. Allerdings roch es nicht nach den scharfen Ausdünstungen eines wilden Tieres, sondern nach frischem Polyethylen. Hinter dem Bären türmten sich Rehe, Hirsche, Wildschweine, Luchse, Hasen und Füchse in stummer Eintracht. Hatte ein bisschen was von der Arche Noah, dachte Corvin, als Andi hinter ihm den Raum betrat.

„Ach, du Scheiße, was ist das denn?"

Corvin grinste.

„Das sind Zielscheiben für Leute, die gern mal mit Pfeil und Bogen auf lebende Tiere schießen würden, das aber nicht dürfen, weil wir hier in Deutschland sind."

„Aber braten sollte man die nachher lieber nicht", sagte Andi und hob ein Netz mit Bisamratten in die Höhe.

Corvin hob die Hand.

„Sei mal still. Ich glaube, ich habe da was gehört."

Sie horchten in das Dunkel des Raumes.

„Bleiben Sie stehen und bewegen Sie sich nicht", sagte eine knarrende Stimme hinter ihnen.

Corvin drehte seinen Kopf leicht über die Schulter und sah Rathmann im Türrahmen stehen, einen großen Bogen mit einem Pfeil im Anschlag.

„Aber Herr Rathmann, Sie kennen mich doch. Corvin, Polizei Dannenberg. Ich war doch vorhin schon mal hier."

Dabei drehte er sich langsam um.

Rathmann hob den Bogen ein Stück höher und spannte die Sehne.

„Das gibt Ihnen noch lange nicht das Recht, bei mir einzudringen und rumzuschnüffeln. Los, drehen Sie sich wieder um."

Er hatte sich so auf Corvin konzentriert, dass er zu spät bemerkte, wie Andi plötzlich einen Satz nach rechts machte und dem aufrechten Grizzly einen Stoß versetzte, sodass dieser in Richtung des Bogenschützen umkippte. Ein surrendes Geräusch ertönte und ein Karbonpfeil mit Magnus-Stinger-Buzz-Cut-Jagdspitze aus feinstem Edelstahl bohrte sich in den Bauch des Bären.

Inzwischen hatte Corvin seine Heckler & Koch Dienstpistole aus dem Gürtelholster gezogen und brüllte los.

„Werfen Sie die Waffe auf den Boden und heben Sie die Hände!"

Rathmann warf den Bogen in Andis Richtung.

„Das ist keine Waffe, das ist ein Sportgerät."

Andi zog die Handschellen aus seinem Gürtel.

„Egal. Wenn Sie uns mit einem Brotmesser bedroht hätten, wäre das auch keine Waffe. Eine Bedrohung bleibt es trotzdem. Hände auf den Rücken!"

Der Ausweglosigkeit seiner Lage bewusst, ließ sich Rathmann widerstandslos die Handschellen anlegen.

„Ich weiß überhaupt nicht, was Sie mir vorwerfen", schnaufte er.

„Sie haben zwei Polizeivollzugsbeamte mit einer Waffe bedroht", sagte Corvin, wurde aber sofort von Rathmann unterbrochen.

„Das ist keine …"

Jetzt wurde Andi wütend.

„Meine Güte, dann ist es eben ein gefährlicher Gegenstand. Läuft auf dasselbe hinaus."

Corvin fuhr fort.

„Außerdem besteht der dringende Verdacht, dass Sie mit der Straftat zum Nachteil des Landwirts Heinrich Wolf in Zusammenhang stehen. Sie brauchen sich dazu nicht zu äußern, aber alles, was Sie von jetzt an sagen, kann vor Gericht gegen Sie verwendet werden. Wir bringen Sie erstmal aufs Revier."

„Ich weiß überhaupt nicht, wer das ist!", brüllte Rathmann. „Das lasse ich mir nicht gefallen, ich will sofort einen Anwalt."

Corvin packte ihn am Arm.

„Den können Sie haben, aber jetzt fahren wir erst einmal aufs Revier."

Andi hatte inzwischen Handschuhe angezogen und hob den Bogen auf. Dann zog er sein Smartphone aus der

Tasche und fotografierte den erlegten Grizzly, der dekorativ auf dem Rücken lag. Der Pfeil ragte aus seinem Bauch. Nur mit Anstrengung konnte Andi ihn herausziehen. Er musterte die vierschneidige Spitze des Jagdpfeils.

„Und sowas braucht sich nicht Waffe zu nennen!“, murmelte er.

10

„Gute Arbeit, meine Herren", freute sich Dienststellenleiter Werner Voss. „Wie ich höre, hat die Richterin Müller-Tiedke in Lüneburg die Untersuchungshaft angeordnet. Jetzt können Sie den Indianer dort an den Marterpfahl binden."

Er lachte laut auf über seinen Witz, Andi und Corvin grinsten dienstbeflissen.

„Ich hätte nicht gedacht, dass Sie diesen ungewöhnlichen Fall so schnell aufklären. Aber die Indizien sind erdrückend. Da kommt der Kerl nicht raus. Dann schreiben Sie mal Ihren Bericht. Gut, dass das so schnell ging. Wir haben hier noch eine Menge liegen."

Sie verließen das Büro.

„Berichte schreiben ist nicht gerade meine Stärke", sagte Andi.

Corvin lachte.

„Naja, ich kann mir auch was Schöneres vorstellen. Aber es muss sein. Komm, wir machen das eben zusammen."

Andi grinste.

„Mensch, Rico, ist das nicht super, wie das mit uns beiden klappt? Hab ich auch nicht eine Sekunde dran gezweifelt. Weißt du was? Das war unser erster gemeinsamer Fall. Das muss gefeiert werden. Heute Abend gehen wir in die ‚Wende'. Ich lad dich ein!"

Auf dem Land aß man früh zu Abend. Und so war es um achtzehn Uhr in der „Wende“ schon richtig voll. Am großen Tisch in der Nische ging es heiß her. Seit Monaten kursierte ein Thema, das zutiefst polarisierte. Nicht etwa der Atommüll in Gorleben. Da waren sich fast alle einig, dass man dagegen war. Es ging vielmehr um Zuwanderer, die von Osten kamen und sich im Wendland offenbar ganz wohlfühlten.

Horst Voigt, Rinderzüchter und Jäger, hatte bereits einen roten Kopf.

„Du kannst mir noch dreimal erzählen, dass die Viecher unter Naturschutz stehen, wenn mir einer vor den Lauf kommt, knall ich ihn ab. Zwei Kälber haben sie schon geholt. Und unsere Frauen und Kinder können bei Dunkelheit nicht mehr durch den Wald gehen. Es nützt auch nichts, wenn einzelne sogenannte Problemwölfe abgeschossen werden dürfen. Sie müssen wieder ausgerottet werden. Alle.“

Hannes Gerdau strich sich über den grauen Bart und versuchte, ruhig zu bleiben. Wegen seiner ausgleichenden Art war der engagierte Naturschützer überall beliebt, doch jetzt merkte man, dass es auch in ihm brodelte.

„Nun red doch nicht so einen Unsinn. Erstens frag ich mich, was Frauen und Kinder nachts im Wald zu suchen haben, und zweitens kann ich mich erinnern, dass ein gewisser Horst Voigt letzte Woche einen Jogger dafür angepöbelt hat, dass er das Wild störe, wenn er am Abend durch den Wald liefe. Im Übrigen ärgert euch Jäger ja nur, dass das Wild durch die Wölfe sein Verhalten verändert hat und sich wieder natürlich benimmt. Es ist doch völlig abartig, das Wild durch den Winter zu füttern, um es dann später abzuschießen. Dämliche Begründung: Es sind zu viele da.“

Der Kopf Horst Voigts wurde noch roter, seine Stimme etwas lauter.

„Wer hier wohl Unsinn redet! Wir Jäger sind für den Schutz des Wildes verantwortlich. Wenn wir nicht wären, gäbe es überhaupt keine Ordnung mehr in unseren Wäldern. Was meinst du denn, warum unsere Vorfahren den Wolf ausgerottet haben? Weil er alles im Wald durcheinanderbringt und eine öffentliche Gefahr darstellt. Wir sind hier nicht in Kanada, wir sind im dicht besiedelsten Land Europas. Und ich sage dir: Wenn mir einer vor die Büchse kommt ..."

„Nun hör aber mal auf, Horst!" Mit der flachen Hand schlug Gerlinde Jürgens auf den Tisch, sodass alle Augen plötzlich auf sie gerichtet waren.

„Ihr Jäger sorgt für Schutz und Ordnung im Wald? Das hab ich gemerkt, als Heinrich mir den alten Hund auf dem Weg zwischen zwei Feldern abgeschossen hat. Ihr spielt euch gern als kleine Sheriffs auf. Das ist es. Wenn ich was zu sagen hätte, würde ich die private Jagd ganz verbieten. Wie in der Schweiz. Dann gäbe es nur noch Berufsjäger und Förster. Und ansonsten schafft die Natur ihre eigene Ordnung. Dazu brauchen wir euch ganz bestimmt nicht."

Inzwischen hatte sich Hermann Kröger an den Tisch gesetzt und die Hand gehoben. Horst Voigt hatte zwar tief Luft geholt, um Gerlinde Jürgens Paroli zu bieten, doch die wendländische Jägerlegende Kröger strahlte so viel Autorität aus, dass Voigt mit dem Geräusch einer Dampfmaschine wieder ausatmete.

„Kinder, bleibt sachlich. Ich verstehe die Argumente der einen, aber auch der anderen Seite. Ich bin auch kein Wolfsfreund, aber wenn ein Teil meiner Mitmenschen der

Meinung ist, der Wolf gehöre zur Natur, dann muss ich das respektieren."

Nun brach es doch noch aus Voigt hervor.

„Mitmenschen? Diese Öko-Spinner nennst du Mitmenschen? Alles, was wir in Jahrhunderten in Ordnung gebracht haben, machen diese Idioten wieder kaputt. Spinner ist viel zu wenig. Ökofaschisten sind das!"

Jetzt verlor auch Hannes Gerdau die Contenance.

„Das nimmst du sofort zurück. Wer hier wohl der Faschist ist. Ihr fühlt euch doch bloß stark, weil ihr eine Waffe in der Hand habt. Wo du bei Adolf gestanden hättest, kann ich mir denken ..."

Voigt sprang auf. Seine Stimme überschlug sich.

„Das muss ich mir nicht bieten lassen. Beleidigen lasse ich mich nicht. Das wirst du bereuen."

So schnell er konnte, zog er seine Jacke an, machte ein paar Schritte in Richtung Tür und drehte sich dann um.

„Bitter bereuen, das schwöre ich dir!"

Dann knallte er die mittlere Tür im Eingang so heftig zu, dass die Gläser im Schrank daneben klirrten. Corvin und Andi, die ein paar Tische weiter saßen, hatten der kaum zu überhörenden Unterhaltung gelauscht. Corvin grinste.

„Bei der unterschiedlichen Gemütslage wundert es mich, dass die immer noch im selben Lokal verkehren. Ist das immer so hitzig?"

Andi winkte ab.

„Zum Thema Wolf haben hier die meisten eine extreme Meinung. Die einen lieben ihn, die anderen hassen ihn. Aber pass auf. Nächste Woche siehst du Horst und Hannes wieder irgendwo friedlich stehen und sich über das Wetter unterhalten. Und so viele gemütliche Lokale gibt's hier ja nun auch wieder nicht."

In diesem Augenblick ging die Tür auf und eine blonde Frau betrat den Raum. Sie schaute sich suchend um.

Andi winkte ihr zu.

„Hey, Bettina. Hier ist noch was frei."

Die Blonde lächelte und trat an den Tisch. Andi streckte ihr die Hand entgegen.

„Dann kann ich dir gleich mal meinen neuen Kollegen aus Hamburg ..."

Corvin und Bettina Gerken lächelten sich an.

„Musst du nicht, wir kennen uns bereits."

Andi schaute verblüfft.

„Na sowas. Woher denn? Zusammen zur Schule könnt ihr ja nicht gegangen sein."

Corvin quittierte diesen Hinweis auf den Altersunterschied mit einer hochgezogenen Augenbraue und einem strafenden Blick.

„Nein, das nicht. Wir hatten heute Nachmittag einen kleinen Zusammenstoß. Setzen Sie sich doch."

Bettina lächelte ihn an.

„Danke, meine Herren. Es ist natürlich sehr reizvoll, unter Polizeischutz sein Bier zu trinken, aber ich bin verabredet. Beatrix hat schon was reserviert. Bis später."

Dann rauschte sie ab, begrüßte Beatrix und Frank mit den obligatorischen Küsschen und setzte sich an einen Zweiertisch direkt am Tresen.

„Was war denn das für ein Zusammenstoß?", raunte Andi Corvin zu und konnte seine Neugier kaum verbergen.

„Kleiner Blechschaden", sagte Corvin, „aber wir haben uns nett unterhalten."

Andi nahm seine Brille ab und putzte die Gläser mit einer Serviette.

„Da bin ich ja mal gespannt, mit wem die verabredet ist. Du musst wissen, auf Bettina waren schon viele Jungs scharf. Aber die lässt keinen ran. Es sei denn, er ist Musiker. Sie organisiert nämlich …"

„… das Elbrockfestival. Ich weiß!", ergänzte Corvin.

Für einen Augenblick wurde es still in der „Wende". Eine weitere Frau hatte den Raum betreten. Sie trug einen Poncho mit einem grell-bunten Muster, aus ihrem dunklen Lockenkopf ragten zwei goldene überdimensionale Ohrringe hervor. Hautenge Lederjeans steckten in kniehohen Stulpenstiefeln. Sie schaute sich suchend um und alle Augenpaare, die sich auf sie gerichtet hatten, bemühten sich angestrengt, ihren Blick in eine andere Richtung zu bringen.

Bettina hatte bereits die Hand gehoben und winkte Vanessa van Steen zu. Vanessa ließ ihre perlweißen Zähne blitzen und ging auf den Tisch zu.

„Schön, dass du kommen konntest", sagte Bettina und umarmte die Künstlerin. Vanessa zog ihren Poncho über den Kopf, was ihrer Frisur nicht das Geringste anhaben konnte. Darunter trug sie ein knallrotes Hemd mit Stehkragen im russischen Stil.

Andi schaute gebannt in ihre Richtung.

„Die habe ich schon ein paar Mal in Dannenberg gesehen. Ich glaube, das ist die Künstlerin, die in …"

„… Gutfeitzen wohnt", ergänzte Corvin den Satz seines Freundes ein weiteres Mal. „Vanessa van Steen ist ihr Name."

In diesem Augenblick zeigte Bettina auf den Tisch, an dem die beiden Polizisten saßen. Vanessa stutzte einen Augenblick, dann erkannte sie Corvin, zeigte ihr perlweißes Lachen und winkte ihm zu.

„Keine Angst“, rief sie, „heute Abend habe ich keine Farben dabei.“

Corvin lachte, hob sein Glas und prostete ihr zu.

Andi verschlug es die Sprache.

„Respekt. Du bist erst ein paar Tage hier, hast einen Mörder gefasst und dann noch zwei der hübschesten Frauen im Landkreis aufgetan. Hattest du mit dem Lockenkopf auch einen Zusammenstoß?“

„Nein“, sagte Corvin, „sie hat mich zum Kunstwerk gemacht.

11

Hannes Gerdau wohnte in Jabel in einem Fachwerkhaus mit Blick auf den Rundling. Genau genommen war das Dorf eine Zwitterform aus Rundling und Straßendorf, denn im Jahr 1838 hatte ein Großbrand die gesamte Ostseite der Ansiedlung zerstört. Weil die Häuser der Altvorderen sehr dicht zusammenstanden, war in jenen Zeiten ein solches Unglück nicht selten, und die Einwohner entschlossen sich, beim Wiederaufbau den Abstand zwischen den Häusern zu vergrößern. Die Drohung der damals aufkommenden Gebäudeversicherer, man würde so eng zusammenstehende Häuser nicht mehr versichern, hatte sie in diesem Beschluss bestärkt.

Gerdau war zwar im Wendland geboren, als Bauingenieur aber viel in der Welt herumgekommen. Ganz besonders in Südostasien und Afrika. Das hatte seinen Blick dafür geschärft, wie sorglos die Menschheit mit den Ökosystemen auf diesem Planeten umging. Ob nun aus Unwissenheit oder Profitgier – das Ergebnis war immer dasselbe. Man musste nur früh genug einschreiten.

Als sparsamer Mann konnte er es sich leisten, mit Ende fünfzig aus dem Berufsleben auszuscheiden, das Leben aus dem Koffer hatte ihn irgendwann einmal genervt. Auch seine Frau Ulrike hatte es satt gehabt, mit einem Mann verheiratet zu sein, der zwei Drittel des Jahres nicht zu Hause war. Zurück zu den Wurzeln, hatte Gerdau sich gedacht, ein heruntergekommenes Fachwerkhaus in Jabel gekauft und in mühevoller Kleinarbeit aus dem kurz vor dem Abriss stehenden Gebäude ein Schmuckstück gezaubert. Ulrikes ganzer Stolz war der Garten, in dem von April bis Oktober immer etwas blühte. Nicht selten kam es vor, dass Spaziergänger am Zaun stehen blieben, um die botanische Pracht zu bestaunen.

Wenn er nicht gerade an seinem Haus herumwerkelte oder seiner Frau im Garten half, fuhr Gerdau gern mit dem Fahrrad durch den Landkreis, freute sich über die Schönheit der Landschaft, die Kraniche auf den Wiesen und die Graugänse in ihrer monogamen Zweisamkeit. Durch die jahrzehntelange Lage an der deutsch-deutschen Grenze, dem „Ende der Welt“, wo keine neuen Straßen oder Siedlungen gebaut wurden, hatte sich eine Fauna und Flora gebildet, die in Deutschland selten geworden war. Die galt es zu erhalten. Und darum ärgerte er sich über Plastikfolie, die achtlos im Gebüsch hing, über Angler, die ins Biosphärenreservat eindrangen, und über immer größer werdende Maisfelder, die den Stoff für Biogasanlagen lieferten und den Wildschweinen eine Art Schlaraffenland boten. Vor allem aber war er über die Castoren im Atommüllager im Gartower Forst und die Pläne, die tief in der Erde liegenden Energievorkommen mit der Methode des „Frackings“ auszubeuten und dabei das Grundwasser zu vergiften, erzürnt.

Dieser Ärger zog im Nu Aktivitäten nach sich, und wo immer Menschen sich gegen Rücksichtslosigkeit und Profitgier zusammentaten, stand Hannes Gerdau mit in der ersten Reihe.

Er war aber keinesfalls ein Fanatiker, hörte sich beide Seiten genau an und respektierte auch andere Meinungen. Schon deswegen wurde er von allen geschätzt.

Die Auseinandersetzung am gestrigen Abend mit dem aufgebrachten Horst Voigt, die sich an den Wölfen entzündet hatte, regte ihn allerdings auf. Vielleicht, sagte er sich, war er doch etwas zu weit gegangen, aber was sagte man nicht alles in seiner Wut. Eben, sprach seine innere Stimme zu ihm, gerade dir sollte so etwas nicht passieren. Er würde noch einen Tag warten und Horst dann anrufen. So ein mieser Kerl war der gar nicht. Nur beim Thema Wolf ging bei ihm die Klappe runter.

Es dämmerte bereits, als er mit dem Fahrrad vom Feldweg in Jabel einbog. Nur noch wenige Meter, dann war er zu Hause.

Er bremste, stieg ab und öffnete die Gartenpforte, die sich dank einer Zugfeder hinter ihm eigenständig wieder schloss. Er schob das Fahrrad in die Remise neben dem zwei Meter hohen Stapel aus Buchenholz, der dort unter dem Schleppdach lagerte. Der Bewegungsmelder, den er angebracht hatte, schaltete den kleinen Scheinwerfer ein und für einen Augenblick stand er im grellen Licht. Langsam drehte er sich um und lauschte. Was war das für ein Geräusch? Oder hatte er sich getäuscht?

„Hannes, kommst du mal bitte?“ Ulrikes Stimme klang ärgerlich.

„Ich kriege den großen Ast hier nicht weg.“

„Halt aus, mein Schatz, die Rettung naht!“, rief er belustigt und ging mit schnellen Schritten am Haus vorbei in den hinteren Teil des Gartens.

Der Bewegungsmelder schaltete das Licht wieder aus. Die dunkle Gestalt, die hinter dem Holzstapel hockte und auf einen günstigen Augenblick wartete, hatte er nicht bemerkt.

Es war wohl doch die richtige Entscheidung gewesen, von Hamburg ins Wendland zu ziehen, dachte Corvin, als er die Ereignisse der letzten Tage an seinem inneren Auge vorbeiziehen ließ. Spontaner beruflicher Erfolg, interessante Menschen, Tante Frieda, die ihn wie einen Sohn umsorgte. Alles war perfekt. Nur etwas fehlte noch. Von Zeit zu Zeit öffnete er seinen Gitarrenkoffer, strich mit der flachen Hand über die Saiten der Fender Stratocaster und klappte den Deckel dann doch schnell wieder zu. Vielleicht fand er ja wieder eine Band, dachte er. Was hatte diese Bettina noch von diesem Rockfestival erzählt? Könnte man da ein paar Kontakte knüpfen? Einen Augenblick lang dachte er nach, dann zog er sein Handy aus der Tasche. Sie meldete sich sofort.

„Hallo, Bettina, hier ist Erik Corvin. Erinnern Sie sich?“ Er versuchte, seine Stimme so neutral wie möglich zu halten. „Sie wollten mir noch etwas über Ihr Festival erzählen. Das interessiert mich sehr. Wann? Heute Abend würde es gehen? Okay, bei mir auch. Nicht schon wieder in die ‚Wende‘? Kann ich verstehen.“

Bettina schlug ihm Mikis in Lüchow vor, den obligatorischen Griechen, den es flächendeckend mit identischer Speisekarte in jeder Stadt gab, sei sie klein oder groß.

Mikis Karakostinidis, dessen Taverna an der Ausfallstraße nach Osten lag, war allerdings etwas Besonderes. Der Restaurantbesitzer war vor gut dreißig Jahren aus Korfu nach Deutschland gekommen. Zuerst nach Hamburg, wo er schon nach kurzer Zeit Jutta kennen- und lieben lernte. Die kam aus Lüchow und der Rest war schnell erzählt, wie Mikis zu sagen pflegte. In erstaunlicher Geschwindigkeit hatte er die Mentalität der Wendländer begriffen und aus der ehemals etwas heruntergekommenen Kneipe einen Ort gemacht, an dem man sich zu Gesprächen gemütlich zurückziehen konnte. Nur, warum die Gäste auf Kerzen mitten im Sommer Wert legten und den Ouzo ohne eine Karaffe Wasser hinunterstürzten, war ihm immer noch etwas fremd.

Wie angenehm, dachte Corvin, als er direkt vor dem Lokal eine Auswahl von mehreren freien Parkplätzen vorfand. Das passierte in Hamburg relativ selten.

Ein Geruch von Knoblauch, Oliven und frischem Brot zog durch seine Nase, als er die Tür zum Restaurant öffnete. Einen freien Tisch zu bekommen, dürfte kein Problem sein, dachte er, als er das völlig leere Lokal betrat. Nicht einmal hinter dem Tresen stand jemand. Er entschied sich für den Tisch in der Nische, von wo aus er die Eingangstür im Blick hatte.

Aus dem Gang zur Küche trat ein mittelgroßer, untersetzter Mann mit vollen grauen Haaren und einem stattlichen Schnauzbart. Er trug ein weißes Hemd, dessen Ärmel bis zur Hälfte aufgekrempelt waren und zwei kräftige, schwarz behaarte Unterarme freilegten. Am rechten Handgelenk baumelte ein goldenes Gliederarmband.

Mikis Karakostinidis lächelte und legte Corvin eine Speisekarte auf den Tisch.

„Kalispèra, möchten Sie schon einen Ouzo?"

Corvin schüttelte den Kopf.

„Danke, ich bin mit dem Auto hier und warte noch auf meine Verabredung."

„Wie Sie wünschen", sagte Mikis und legte noch eine weitere Speisekarte auf den Tisch.

„Ich glaube, da kommt Ihre Verabredung."

Die Tür ging auf und Bettina betrat den Raum. Sie schien sich beeilt zu haben und war sichtlich aus der Puste.

Sie winkte.

„Sorry, man hat mich aufgehalten. Ich bin sonst immer sehr pünktlich. Hallo, Mikis!"

„Hallo, Bettina, geht's dir gut?"

Sie bejahte und begrüßte den Griechen mit der Küsschen-links-Küsschen-rechts-Zeremonie, dann steuerte sie auf Corvins Tisch zu und streckte ihm die Hand entgegen.

„Hallo, Herr Corvin."

Jetzt fiel ihm ein, dass er ihren Nachnamen vergessen hatte.

„Sagen Sie doch einfach Erik, das klingt nicht so amtlich", lächelte er.

„Gerne", lächelte sie zurück. „Wie ich heiße, wissen Sie ja. Bloß nicht Betti oder Tina – das hasse ich."

Sie zog ihre hellbraune Wildlederjacke aus und hängte sie über die Stuhllehne, ließ sich auf den Sitz fallen und atmete hörbar aus.

„Uff, ich sitze."

Corvin grinste.

„Sie sehen aus, als ob Sie wieder den ganzen Tag herumgewirbelt sind."

Sie nickte.

„Das kann man wohl sagen."

Sie klappte die Speisekarte auf.

„Haben Sie sich schon für etwas entschieden?"

„Nein", sagte Corvin, „aber ich habe schon lange keine Calamari mehr gegessen. Und einen Auberginensalat hätt ich auch gern."

Bettina nickte zustimmend.

„Gute Idee, das nehme ich auch. Und ein Glas Retsina."

„Ich nehme ein Alsterwasser", sagte Corvin, „oder sagt man hier was anderes?"

Bettina schüttelte den Kopf.

„Nein, bis zur südlichen Stadtgrenze von Hannover wird Alsterwasser verstanden. Auch hier."

„Okay. Dann erzählen Sie mir mal was von Ihrem Festival."

Bettina grinste.

„Erzählen Sie mir erst einmal, warum Sie das so interessiert."

„Ach", sagte er gedehnt. „Rockmusik hat mich schon immer interessiert. Eine Zeit lang war ich sogar mal aktiv. Guitar und Vocal."

„Ach", sagte sie, „machen Sie das immer noch?"

„Oh nein", log er, „seit vielen Jahren nicht mehr."

Sie nickte.

„Gut. Was wollen Sie wissen?"

Und dann erzählte sie ihm von der Unmöglichkeit, ein Rockfestival zu organisieren. Von unzuverlässigen Musikern, von Eifersuchtsdramen, fehlendem Geld, schlechtem Wetter, zu wenigen Dixi-Klos, von Roadies mit Alkoholproblemen und zu wenig Anerkennung. Von betrunkenen Fans, lärmempfindlichen Nachbarn, aber auch vom Glück, wenn zwar einiges nicht geklappt hatte, aber trotzdem alle zufrieden waren. Übernächtigt, verkatert, aber glücklich.

Zwischendurch servierte Mikis das Essen, der Gastraum füllte sich langsam und es wurde draußen dunkel.

„So", sagte Bettina, „jetzt habe ich genug gesabbelt. Jetzt erzählen Sie mal was von sich. Für einen Polizisten sind Sie eigentlich ganz locker. Hat Vanessa auch gesagt."

„Richtig“, sagte Corvin, „ich habe sie ja neulich mit Ihrer Freundin in der ‚Wende‘ gesehen.“

Bettina schüttelte den Kopf.

„Freundin ist zu viel gesagt. Ich kenne sie eben und wir wollen diesmal parallel zum Festival eine Ausstellung mit ihren Objekten machen. Deshalb haben wir uns auch getroffen.“

„Ach so“, sagte Corvin, „man könnte natürlich auch …“

In diesem Moment surrte es in seiner Jackentasche. Er schaute verdrießlich.

„Entschuldigung, das ist mein Diensthandy. Da muss ich leider rangehen!“

Sie nickte und er drückte auf die grüne Taste.

„Ja, Andi, was ist?“

Er horchte ein paar Sekunden schweigend. Dann murmelte er: „Das ist ja ein … ja, ich komme gleich!“

Er steckte das Handy in die Tasche.

„Verabreden Sie sich nie mit einem Polizisten, einem Hausarzt oder einem von der Feuerwehr. Es tut mir wahnsinnig leid, aber ich muss weg.“

„Was Schlimmes?“, fragte Bettina mit ernstem Gesicht.

Corvin zuckte mit den Schultern.

„Dazu kann ich leider nichts sagen. Danke für den interessanten Abend. Wenn ich Sie irgendwie unterstützen kann, sagen Sie es mir.“

„Danke“, sagte Bettina und bemühte sich, nicht enttäuscht auszusehen. „Das ist wirklich nett. Ich werde mich melden.“

Er hob die Hand und winkte Mikis zu.

„Kann ich bitte zahlen?“

Der nickte.

„Ich komme gleich. Noch einen Ouzo?“

Was Andi Corvin zu berichten hatte, machte ihn für eine halbe Minute sprachlos.

„Erhängt, sagst du? Womit denn? Man nimmt ihm doch vorher alles ab, womit er das kann.“

Andi zuckte mit den Schultern.

„Er hat ein Bein seiner Hose in Streifen gerissen und sich daraus einen Strick gemacht. Sie haben ihn relativ früh gefunden und den Notarzt gerufen. Der hat direkt vermutet, dass der Mann drogenabhängig war. Was genau der eingeworfen hat, wird die Untersuchung zeigen. Auf jeden Fall ist das für mich der Beweis, dass wir den richtigen gefasst haben. So ein Selbstmord ist immer ein Schuldeingeständnis.“

Corvin zog eine Augenbraue hoch.

„Mir wäre es aber lieber gewesen, er hätte es bei lebendigem Leib zugegeben.“

Andi machte eine abweisende Handbewegung.

„Was willst du? Rathmann hatte ein Motiv, aber kein Alibi. Er konnte sehr gut mit Pfeil und Bogen umgehen und war offenbar gestört. Das ist eine erdrückende Beweislast. Den Fall kannste getrost zu den Akten legen. Komm, wir fahren jetzt eben nach Lüneburg. Das ist schließlich unser Fall.“

Es war kurz vor Mitternacht, als sie von Lüneburg zurück Richtung Dannenberg fuhren. Der Bericht zum ungewöhnlichen Ableben Heinrich Wolfs war für sie so gut wie abgeschlossen. Andi saß am Steuer und gähnte lautstark.

„Ich glaube, heute schlafe ich ohne Wiege ein."

„Ich weiß nicht", sagte Corvin nachdenklich. „Irgendwie ging mir das zu glatt. Ich habe das dumpfe Gefühl, wir haben doch etwas übersehen. Und außerdem: Offiziell abgeschlossen ist der Fall ja noch nicht. Die laufenden Ermittlungen müssen wir noch zu Ende führen."

„Ich weiß, ich weiß", sagte Andi, „aber erst einmal ist der Druck aus der Sache ..."

„Vorsiiicht", brüllte Corvin und stemmte sich mit beiden Füßen gegen das Bodenblech.

Für Zehntelsekunden tauchte ein großes Tier aus dem Dunkel vor ihrem Kühler auf und verschwand genauso schnell.

Trotz seiner Müdigkeit reagierte Andi blitzschnell. Die Bremse brachte den Wagen sofort zum Stehen, er verriss das Steuer etwas nach rechts, sodass sie diagonal zur Fahrspur stehen blieben. Sie starrten ins Dunkel.

„Was war das denn?"

Corvin richtete sich im Sitz auf.

„Keine Ahnung, sah aus wie ein großer Hund."

„Oder ein Wolf?"

„Glaube ich nicht", sagte Corvin, „der kam mir viel größer vor, aber ich kann mich auch täuschen. Ging alles ziemlich schnell."

Andi lachte.

„Glück gehabt. Wenn wir den erwischt hätten, hättest du noch einen Bericht schreiben dürfen. Na, super. Soll ich dich nach Hause fahren oder steht der Mercedes vorm Revier?"

„Genau das", sagte Corvin, „setz mich doch bitte dort ab."

12

Wann immer es zeitlich drin war, liebte Corvin es, sich ausführlich Tante Friedas üppigem Frühstücksangebot hinzugeben. Sie war ihr ganzes Leben stets morgens um fünf Uhr aufgestanden. Jetzt, im Alter, gönnte sie sich etwas mehr morgendlichen Schlaf und stand erst um halb sechs auf. Verschlafen hatte sie noch nie. Wenn Corvin gegen sieben Uhr in die Küche kam, war das Frühstück bereits fertig.

„Heute“, lachte sie, „bin ich erst um sechs aufgestanden. Ich hatte einen so schönen Traum und wollte gern wissen, wie es weitergeht. Aber er kam nicht wieder.“

Corvin lächelte.

„Darf man wissen, worum es in deinem Traum ging?“

„Nein, darf man nicht“, sagte Tante Frieda bestimmt und schob ihm ein doppeltes Spiegelei mit gebratenem Speck auf den Teller. „Was hast du denn gestern erlebt?“

Corvin schob sich ein Stück Ei mit einem zarten Speckstreifen in den Mund.

„Mehr oder weniger Routine. Aber heute Nacht um kurz vor zwölf hatten Andi und ich fast noch einen Unfall auf der 216 kurz vor dem Kreisel nach Dannenberg.“

„Lass mich raten“, sagte Tante Frieda und bestrich eine dicke Scheibe Vollkornbrot mit Quittengelee, „einer von diesen Todesfahrern, die gern in der Kurve überholen?“

Er schüttelte den Kopf und nahm einen Schluck Kaffee.

„Nein, kein Fahrzeug. Ein Tier ist uns vor den Kühler gelaufen."

Tante Frieda schaute ihn streng an.

„Ein Tier? Etwas genauer bitte. Ein Wildschwein oder ein Regenwurm?"

Fast hätte er sich verschluckt.

„Nein, ein großer Hund wahrscheinlich. Das ging ziemlich schnell. Genau erkennen konnte ich es nicht."

Tante Frieda war unzufrieden mit dieser Auskunft.

„Ein Hund ist ein Hund. Den erkennt man doch. Und wenn es noch so schnell geht. Warum bist du dir denn nicht ganz sicher?"

„Ja, das stimmt", sagte Corvin, „der hat sich irgendwie anders bewegt. Unglaublich schnell, als würde er fliegen."

Tante Frieda stellte ihre Tasse ab.

„Oh Gott, sag so etwas nicht. Um Mitternacht sagst du? Das kann dann auch ein W…"

„Ein Wolf?"

„Schlimmer, es kann auch ein …", sie schluckte, „… ich spreche es lieber nicht aus."

Andi saß am Schreibtisch und vertiefte sich gerade in mehrere DIN-A4-Seiten, als Corvin das Zimmer betrat. Er schaute hoch.

„Hey, Rico, ich habe jetzt die Liste mit Wolfs Telefonaten der letzten drei Monate."

Corvin setzte sich auf den Stuhl des gegenüberliegenden Schreibtisches.

„Und? Irgendwas Auffälliges?"

Andi schüttelte stumm den Kopf.

„Er hat die meisten Anrufe getätigt, welche bekommen hat er selten. Sparkasse, Raiffeisenmarkt, Jagdverband, Gebäudeversicherung. Nur eine private Mobilnummer steht des Öfteren auf der Liste. Mal hat er sie angerufen, mal umgekehrt."

„Und wem gehört die?"

„Komisch", sagte Andi, „bei den anderen sind die Teilnehmer schon ausgeworfen, bei dieser nicht."

Corvin zog sein privates Handy aus der Tasche.

„Dann rufen wir doch gleich mal an. Sag mal die Nummer!"

Er tippte die Ziffern ein, die ihm Andi diktierte, und wartete. Dreimal ertönte das Rufzeichen. Dann meldete sich eine Frauenstimme.

„Hallo?"

Corvin räusperte sich.

„Hier Einwohnermeldeamt. Mit wem spreche ich?"

Für einen Augenblick war Stille in der Leitung. Dann war die Frauenstimme wieder da. Sie klang spöttisch.

„Wissen Sie, ich habe nicht nur ein ausgezeichnetes fotografisches Gedächtnis, sondern auch ein akustisches. Eine Stimme vergesse ich nie. Sie sind doch der Sherlock Holmes aus Dannenberg, oder? Was soll das Theater?"

Corvin war sichtlich verwirrt.

„Moment mal, dann sind Sie ...?"

„Richtig. Sie sprechen mit Vanessa van Steen. Sagen Sie bloß, Sie haben meine Stimme nicht erkannt. Das kränkt mich aber. Man sagt, ich hätte eine ziemlich markante Stimme. Also noch mal, was soll das Theater?"

Corvin riss sich zusammen.

„Frau van Steen! Natürlich! Natürlich habe ich Ihre Stimme erkannt, ich war mir nur nicht ganz sicher. Ich mache gerade eine Routineuntersuchung. Nichts von Wichtigkeit. Aber ich hätte da noch ein paar Fragen. Aber nicht am Telefon. Kann ich kurz vorbeikommen? Ich …“

Er horchte.

„Na, super. Ich bin gleich da!“

Andi schaute Corvin über seinen Brillenrand hinweg an.

„Wenn ich es richtig verstanden habe, war das dein Gesamtkunstwerk?“

Corvin nickte.

„Wenn du Vanessa van Steen meinst, ist das richtig. Ich möchte wirklich mal wissen, was die mit dem alten Sack zu tun hat. Ich bin in einer Stunde wieder da.“

Andi grinste. Vor Ort zu ermitteln, war immer besser als am Telefon. Ganz besonders, wenn es sich um so einen reizvollen Ort handelte.

An der Tür drehte sich Corvin noch einmal um.

„Ich weiß, was du denkst, alter Freund, aber die ist nun wirklich nicht mein Typ.“

Andi hob eine Hand.

„Dann ist es eben die andere. Bin gespannt, ob daraus was wird.“

Auf der Fahrt von Dannenberg nach Gutfeitzen gingen Corvin Andis letzte Worte nicht aus dem Kopf. Hatte er sich so auffällig benommen? Sicher fand er Bettina sehr sympathisch, aber mehr auch nicht, oder? Benahm man sich schon anders, wenn man jemanden nur nett fand? Und was war eigentlich mit Andi los? Über dessen Liebesleben wusste er so gut wie nichts. Er war ein paar Jahre mit der Tochter eines Sparkassendirektors aus Hitzacker verlobt gewesen. Allerdings war er ihr nur einige, wenige Male begegnet und die hatten keine bleibenden Erinnerungen hinterlassen. Auf Brautschau schien sein alter Freund zurzeit jedenfalls nicht zu sein.

Schon hatte er Gutfeitzen erreicht. Vor Vanessa van Steens Haus stand ein gelber Wagen der DHL. Der Fahrer wuchtete gerade mehrere Pakete aus dem Sprinter, als Corvin auf der anderen Straßenseite das Auto parkte.

Vanessa winkte ihm zu.

„Hi, Sherlock Holmes, gut, dass Sie kommen. Dann muss ich nicht erst die Sackkarre aus der Scheune holen."

Corvin sagte nichts, bückte sich und hob eines der Pakete an.

„Oh, sind Ihnen die Bleiplatten ausgegangen und Sie haben neue bestellt?"

Vanessa lachte.

„Das sind Farben, mein Lieber, Farben in allen Tönen. Mit leichter Kunst gebe ich mich nicht ab."

„Ja, ich weiß", sagte Corvin, „Sie tragen dick auf!"

Vanessa warf ihm einen bösen Blick zu.

„Auf diese unsensible Bemerkung werde ich mal nicht eingehen. Also, was wollen Sie?"

Corvin setzte sich auf einen Gartenstuhl. Vanessa schaute über ihn hinweg.

„Sie dürfen sich ruhig setzen!"

„Danke", sagte Corvin und zog seinen Block aus der Tasche.

„Sie wissen ja, dass ich im Fall des Todes von Heinrich Wolf ermittle. Nun haben wir festgestellt, dass Sie ziemlich oft mit ihm telefoniert haben. Woher kannten Sie ihn?"

Sie schaute ihn erstaunt an.

„Habe ich nicht gehört, dass der Mörder gefasst ist?"

Corvin nickte.

„Mag sein. Dennoch brechen wir laufende Ermittlungen nicht einfach ab. Also noch einmal: Woher kannten Sie ihn?“

Vanessa setzte sich und machte eine dramatische Handbewegung mit dem entsprechenden kindlich-erschrockenen Gesichtsausdruck.

„Oh, Herr Kommissar, Sie werden es ja doch rauskriegen. Heinrich Wolf war mein Geliebter. Über Jahre. Und als er mich verlassen und zu seiner Frau zurückgehen wollte, habe ich ihn erschossen. Mit Pfeil und Bogen, weil ich die Häslein im Walde nicht aufwecken wollte.“

Corvin zog die Augenbrauen zusammen.

„Veralbern kann ich mich selbst. Nun sagen Sie schon, warum haben Sie so oft mit ihm telefoniert?“

Vanessa wechselte ihren Gesichtsausdruck in den Normalmodus, griff in die Brusttasche ihrer Latzhose und holte eine Schachtel mit Zigarillos heraus. Sie steckte sich einen an, zog mit spitzen Lippen daran und stieß kleine Wolken aus.

„Ganz einfach: Heinrich Wolf war mein Vermieter. Er hat mir diese Bruchbude hier vermietet. Und weil bei meinem Einzug nichts richtig funktionierte und es durchs Dach leckte, hatten wir eine Standleitung.“

„Und wie sind Sie auf dieses Haus gekommen?“

Vanessa zog wieder an ihrem Zigarillo.

„Über einen Makler im Internet. Ich habe vorher in Berlin gelebt und viel Raum für wenig Geld gesucht. Und das können Sie in der Hauptstadt langsam vergessen. Dann sollte es nicht so weit von Berlin und Hamburg weg sein, wo ich die meisten Freunde habe. Da bietet sich das Wendland natürlich geradezu an.“

Corvin machte sich einige Notizen.

„Und hat er Ihre Reklamationen sofort erledigt?"

Sie lachte.

„Wo denken Sie hin. Der alte Geizkragen. Hat gesagt, ich hätte doch wohl gewusst, dass ich für den Preis keine Luxusvilla bekäme. Und als ich erwiderte, aber zumindest ein Haus, in dem Dusche und Klospülung funktionieren, hat er gesagt, ich könnte ja zum Duschen zu ihm rüberkommen. Ein richtiger Ekeltyp! Ich wollte schon wieder meine Sachen packen, als irgendein mitfühlender Mensch ihn ... naja, mit seiner Frau komme ich ganz gut zurecht. Die lässt mich in Ruhe."

„Und jetzt wollen Sie bleiben?"

„Erst einmal. Ich bleibe immer nur an einem Ort, bis die Schwingungen aufhören. Dann muss ich mir etwas anderes suchen. Ich habe noch nie lange an einem Ort gelebt, an dem ich die Schwingungen nicht spüre. Außer in Amsterdam, aber da war mein Vater auch schwer krank."

„Ihr Vater ist Holländer?"

„Er war Holländer. Er ist dann gestorben. Er war sehr viel älter als meine Mutter, aber dummerweise ist sie noch vor ihm gegangen. Krebs. Beide."

Corvin klappte seinen Block zu, Vanessa drückte ihren Zigarillo im Deckel einer Farbdose aus.

„War's das?"

„Ich denke schon", sagte er. „Wenn ich noch Fragen habe, melde ich mich nochmal."

„Tun Sie das", sagte sie, drehte sich grußlos um und ging ins Haus.

13

Corvin wollte gerade losfahren, als sich seine Mailbox meldete. Es war Andi.

„Hey, Rico, kommst du mit zu Salvatore rüber auf 'ne Nudel oder dauern deine sensiblen Ermittlungen noch an? Wenn nicht, warte ich auf dich bis halb eins."

Corvin schaute auf die Uhr. Kurz nach zwölf. Das dürfte zu schaffen sein. Er schlug die Tür zu und gab Gas.

Andi wartete bereits vor der Tür.

„Gut, dass du pünktlich bist. Ich hab Hunger wie ein Wolf. Ich könnte Menschen anfallen."

Corvin grinste.

„Das würde ich in diesen Tagen nicht so laut sagen."

Die „Bottega da Salvatore" am Markt in Dannenberg lag nur wenige Schritte entfernt. Da es Ende Mai schon angenehm warm war, standen etliche Tische und Stühle auf dem Pflaster nahe dem Marktbrunnen, aus dem das Wasser plätscherte. Alle Stühle waren besetzt. Doch sie hatten Glück. Gerade, als sie beschlossen, eine Alternative aufzusuchen, winkte ein junger Mann, der einen dunkelblauen Anzug und eine hellblaue Krawatte trug.

„Hey, Andi, braucht ihr einen Tisch? Wir haben gerade gezahlt."

Andi winkte erfreut zurück.

„Hey, Olli, auf die Sparkasse kann man sich doch immer verlassen. Ich hoffe, du hast gleich für uns mitgezahlt."

Der junge Mann grinste, machte eine Handbewegung, als galt es, einen Vampir abzuwehren, und ging mit seinem Kollegen davon.

Sie entschieden sich beide für einen Salat. Andi für einen mit Puten- und Schweinefleisch, Corvin mit Mozzarella.

„Davon wirst du satt?", fragte Corvin mit leichtem Spott in der Stimme.

Andi schüttelte den Kopf.

„Wohl kaum, aber heute Abend bin ich bei meinen Nachbarn zum Essen eingeladen. Sie haben geschlachtet. Da halte ich mich jetzt mal etwas zurück."

Rechts von ihnen waren plötzlich laute Stimmen zu hören. Corvin drehte sich um.

„Was ist denn da los?"

Eine kleine Gruppe stand in rund dreißig Metern Entfernung um eine Art Marktstand mit einem Sonnenschirm herum. Ein großer, dünner Mann mit einem schwarzen Bart und einer dunklen Brille gestikulierte wild. Alle redeten durcheinander.

Andi schirmte mit der Hand die Sonne ab.

„Der Lange ist Robert Münster, promovierter Biologe, Forstwirt und ehrenamtlicher Wolfsberater des Kreises. Netter Typ, kluger Kopf, aber ein bisschen skurril. Der hat dort einen Infostand. Ach ja, und da ist unser Wolfshasser, Horst Voigt. Dann dürfte ja sein Intimfeind auch nicht weit sein."

Corvin steckte sein Portemonnaie in die Hosentasche.

„Dann hören wir uns doch mal an, was die Herrschaften so aufregt."

Schon nach wenigen Metern war Horst Voigts laute Stimme zu vernehmen.

„Ein eher scheues Tier sagen Sie? Das soll ja wohl ein Witz sein. Das hier ist doch wohl der komplette Gegenbeweis. Helmut, für alle, die es noch nicht gehört haben. Erzähl doch noch mal.“

Ein kleinerer Mann, der Arbeitshosen trug und etwas schüchtern wirkte, trat an Voigt heran.

„Also, das war so …“

„Lauter!“, kam es von mehreren Seiten.

Der Mann, der Helmut hieß, räusperte sich.

„Also, das war so. Wir hatten gestern Abend Brathähnchen, und weil das so riecht, sagte Beate, sie ginge noch mal eben zum Mülleimer, dann riecht das nicht so.“

„Das sagtest du bereits“, fuhr Voigt ihn an.

„Dann ist sie rausgegangen mit der Tüte und auf einmal hör ich sie schreien. Da bin ich gleich raus und sie kam angelaufen und schrie: Da ist ein Wolf, da ist ein Wolf, der hat mich angeknurrt. Da sind wir schnell ins Haus und haben hinten das Licht angemacht, damit man den Mülleimer sehen kann. Beate hatte die Tüte mit den Hähnchenknochen weggeworfen und da stand er und hat dran gerochen.“

„Das ist doch Unsinn“, rief der Wolfsbeauftragte dazwischen, „kein Wolf traut sich so dicht an Häuser heran … das wird ein Hund gewesen sein.“

Voigt stieß einen Laut aus, der sich wie „Hah“ anhörte.

„Das habe ich erwartet. Aber Beate hat die Nerven behalten und ihn fotografiert. Mit ihrem Handy. Dann sind die beiden zu mir gekommen, weil sie keinen Drucker haben. Was sagen Sie jetzt, Herr Wolfsberater? Ein Pudel ist das ja wohl nicht!“

Er griff in die Innentasche seiner Jacke und knallte Robert Münster ein DIN-A4-Blatt auf den Tapetentisch seines Infostandes.

Für einen Augenblick herrschte Schweigen.

Münster schaute erst Voigt, dann Helmut an, griff mit spitzen Fingern nach dem Blatt und schob seine Brille auf die Stirn.

„Bisschen unscharf", murmelte er.

„Bisschen unscharf?", brüllte Voigt. „Ich bin einer der erfahrendsten Jäger in dieser Gegend. Das. ist. ein. Wolf!"

„Lass mal sehen", riefen mehrere Stimmen.

Horst Voigt griff ein weiters Mal in seine Innentasche. „Nicht drängeln, Leute. Ihr bekommt alle eins. Verteil mal."

Er zog einen ganzen Stapel aus der geräumigen Tasche und reichte sie dem Nächsten der Versammlung, die inzwischen auf fast fünfzig Leute angewachsen war.

„Doktor Münster hat recht. Das ist ziemlich unscharf. Das könnte auch ein verwilderter Schäferhund sein ...", hörte man plötzlich eine Stimme aus der Menge.

Voigt fuhr herum.

„Ach ja, der Herr Gerdau, der darf natürlich nicht fehlen mit seiner überflüssigen Meinung."

Hannes Gerdau war nach vorn gekommen.

„Horst, nun sei doch mal vernünftig. Du musst doch zugeben, dass man nur schwer sagen kann, ob das ein Wolf ist."

Voigt baute sich vor ihm auf.

„Ich bin vernünftig! Und der vernünftige Mensch sagt dir, dass wir es schon viel zu weit haben kommen lassen. Unsere Frauen und Kinder sind in Gefahr. Offenbar sind die Kenntnisse der Herren Naturschützer irgendwann im vorigen Jahrhundert stehen geblieben. Lass es dir gesagt sein: Auch die Wölfe gehen mit der Zeit. Warum sollen die jagen, wenn es bei uns soviel Leckeres vor der Tür gibt? Schaut euch die Eisbären in Alaska an. Die galten auch als scheu und sind jetzt eine gefährliche Plage ..."

Münster hob beide Hände.

„Aber, Herr Voigt, das ist doch kein Vergleich ..."

Der brüllte sofort los.

„Kein Vergleich? Sollen wir es so weit kommen lassen, dass wir uns nicht mehr in den eigenen Garten trauen? Schluss, sage ich. Die Schonzeit ist vorbei. Dafür werde ich sorgen!"

Andi und Corvin standen etwas abseits, hatten aber ebenfalls einen Ausdruck abbekommen. Andi starrte minutenlang darauf.

„Stimmt, ziemlich unscharf. Aber ich finde, das Viech sieht aus wie das, das uns gestern vor den Kühler gerannt ist, findest du nicht?"

Corvin reagierte nicht. Er starrte in eine andere Richtung. Andi stieß ihn an.

„Hey, Rico, ich habe dich was gefragt!"

„Was? Was hast du gesagt?"

Andi sah ihn verblüfft an.

„Was ist denn mit dir los? War was in deiner Apfelschorle?

Wo starrst du denn dauernd hin?"

Corvin nahm ihm das Blatt aus der Hand und schaute flüchtig darauf.

„Ach, nichts. Ich meinte nur, jemanden gesehen zu haben, der gar nicht hier sein kann."

Das unscharfe Foto der Brathähnchen-Bestie druckte die Elbe-Jeetzel-Zeitung am nächsten Tag natürlich als Aufmacher auf Seite eins. Es war das Gespräch des Tages. Überall standen kleine Gruppen, die lauthals diskutierten, ob sich das Wolfsverhalten nicht doch im Laufe der jüngsten Evolution verändert habe.

Aber natürlich, schimpften die einen, die es schon immer gewusst hatten. Dem blutrünstigen Räuber passierte ja nichts und das hätte er sich gemerkt. Vielleicht sollte man dieses Verhalten etwas beeinflussen, bemerkten die anderen. Aber nur mit Mitteln der Empathie, nicht mit Strafe und Tod.

Sybilla von Stockdorf-Heutlingen, Vorsitzende der Kreisveganergruppe „Sauerampfer“, schlug sogar vor, man solle versuchen, die Ernährungsgewohnheiten der bisherigen Fleischfresser umzustellen. Ihre Tante, Gräfin zu Felsenstein-Loxten, besäße einen Berner Sennenhund, der ausschließlich vegan ernährt und deshalb immer sanfter würde. Seine Lieblingsspeise sei inzwischen Spinat mit frischen Pinienkernen. An der Kommunikationsstrategie, wie man dies den Wölfen mitteilen wolle, arbeite sie allerdings noch.

Wolfsberater Robert Münster war verzweifelt.

„Meine ganze Aufklärungsarbeit von Jahren. Mit einem Schlag kaputt.“

„Machen Sie sich nichts draus“, sagte Corvin, der eigentlich nur ein Feierabendbier in der „Wende“ trinken wollte, dann aber den zutiefst traurigen Wolfsmenschen, der deprimiert und allein in einer Ecke saß, an seinen Tisch eingeladen hatte.

„So was vergeht genauso schnell, wie es kommt.“

Münster schüttelte energisch den Kopf.

„Nein, nein, Sie wollen mich nur trösten. Sowas bleibt hängen. Alles nach dem Motto: Irgendwas wird dran sein."

Corvin nahm einen Schluck Bier.

„Ich muss ja selbst sagen – wenn ich das Bild zum ersten Mal sähe, würde ich auch denken, das sei ein Wolf. Auch, als wir ihn fast angefahren hätten, habe ich das gedacht."

Münster schaute ihn erstaunt an.

„Sie haben was?"

Und dann erzählte Corvin von der Sekundenbegegnung in der Nacht auf der Bundesstraße 216.

„Kurz vor dem Kreisverkehr, sagen Sie? In der Nacht? Da ist ja weit und breit kein Rückzugsgebiet, kein Wald. Nein, das war kein Wolf."

„Aber er sah aus wie einer."

Münster seufzte.

„Wissen Sie, es gibt Hundezüchtungen, die kein Laie von einem Wolf unterscheiden kann. Da gibt es zum Beispiel den Tschechoslowakischen Wolfhund, den holländischen Saarlooswolfhund oder den finnischen Tamaskan. Die haben zwar nur noch ein wenig Wolfsblut in den Adern, sehen aber aus wie die wilden Verwandten."

Corvin hörte interessiert zu.

„Gibt es denn viele von diesen Wolfshunden in Deutschland?"

Münster nahm seine Brille ab.

„Ohne ‚S' bitte. Wolfhund! Ein Wolfshund ist einer, der für die Wolfsjagd oder als Schutzhund gezüchtet wurde. Der muss dem Wolf überhaupt nicht ähnlich sehen. Wenn mich jemand fragt, wo man denn einen Wolfshund kaufen könne und einen Wolfhund meint, gebe ich schon mal keine Auskunft. Vor solchen Ignoranten muss man die Hunde schützen."

Beatrix war an den Tisch getreten.

„Na, die Herren, noch ein Bier?"

Münster hatte sich beim Erzählen sichtlich erholt.

„Ach ja, gern. Kommen Sie, Herr Corvin, nehmen Sie auch eins. Ich gebe einen aus!"

Nach dem zweiten Bier beschloss Corvin, kein drittes mehr zu trinken, und nach dem dritten entschied er, den Wagen stehen zu lassen.

Robert Münster erwies sich als interessanter Erzähler, der nicht nur den Wölfen, sondern auch dem Alkohol furchtlos gegenüberstand. Nach dem fünften Bier hörte Corvin auf zu zählen und als ab und an noch ein Gläschen Wolters Boonekamp dazukam, hatte er sich sowieso schon mehrfach verzählt. Bald wechselte man ohne Brüderschafts-Umtrunk ins vertraute „Du", was auf dem Land üblich war. Viel erwidern musste er nicht, denn der Wolfsberater war glücklich, endlich mal wieder ein Opfer gefunden zu haben, das er dank seiner Kenntnis von der Morphologie bis zur Mythologie des grauen Räubers mit einem soliden Fachwissen ausstatten durfte, sofern der Zuhörer dazu noch empfangsbereit war. Als Frank Matthes herzhaft zu gähnen begann und Beatrix sich hinter dem Tresen genüsslich eine Zigarette ansteckte, merkte Corvin plötzlich, dass sie die letzten Gäste in der „Wende" waren.

Er bemühte sich, deutlich zu sprechen.

„Weissu, Robert, ich könnte dir noch sstundenlang ssuhören, aber ich muss morgen früh raus, du versstehst?"

Dem Wolfsberater schien der Alkohol nichts anzuhaben, denn er sprach mit normaler, klarer Stimme.

„Verstehe, mein lieber Erik, also noch One for the road, Beatrix ruft in der Zwischenzeit ein Taxi."

Da die Zahl der Taxis im Wendland überschaubar war und nicht immer sofort eins zur Verfügung stand, stellten sie fest, dass Two for the road auch gingen, Three gar nicht so schlecht waren, und irgendwann fügten sich beim Polizeioberkommissar Erik Corvin die Bilder und das gesprochene Wort nicht mehr so recht zusammen.

14

Andi schaute demonstrativ auf seine Uhr.

„Das scheint ja ein ziemlich großes Feierabendbier gewesen zu sein."

Corvin bemühte sich, möglichst normal zu reagieren, spürte aber jedes Mal, wenn er etwas sagen wollte, die Resonanz seiner Stimme in der Schädeldecke. Das tat weh. Er schaute Andi aus rotgeäderten Augen an und goss sich einen großen Becher schwarzen Kaffee ein.

„Was tut man nicht alles für die Ermittlung!"

Andi schaute amüsiert.

„In welchem Fall hast du denn ermittelt?"

Corvin zuckte mit dem Kopf zurück, denn er hatte sich an dem heißen Kaffee die Zunge verbrannt.

„Im Fall Wolf."

„Wie? Der ist doch abgeschlossen."

Corvin sprach für einen Augenblick unhörbar mit seiner inneren Stimme: Was redest du da? Reiß dich jetzt bitte zusammen.

„Ich meine doch nicht den zweibeinigen, ich meine den vierbeinigen."

Andi schaute überrascht.

„Nanu? Davon kannst du doch noch gar nichts wissen. Die Meldung kam doch erst vor zehn Minuten rein."

„Was für eine Meldung?"

„Waldarbeiter haben einen toten Wolf gefunden. Abgeschossen. In dem Waldstück hinter Trebel. Das ist ja eigentlich nicht unsere Sache, aber nach dem Aufzug gestern am Markt! Ich wollte gerade mal hinfahren. Kommst du mit?"

„Ja", sagte Corvin und füllte seinen Coffee-to-go-Becher, „aber fahr du bitte."

Kurz vor der Ausgangstür blieb er noch einmal stehen und zog sein Handy aus der Tasche.

„Einen Augenblick bitte, ich glaube, ich sollte meinen neuen Freund informieren."

Jagdpächter Walter Hansen war wütend.

„Wenn ich den erwische!", schimpfte er und fotografierte das tote Tier, das wie schlafend im Heidekraut lag, noch einmal von der anderen Seite.

„Erstens stehen die Wölfe unter Naturschutz und zweitens ist das mein Revier", polterte er.

„Hat hier schon mal jemand gewildert?", fragte Andi.

Hansen schüttelte den Kopf.

„Nicht, dass ich wüsste. Und das ist ja auch nicht Wildern im eigentlichen Sinne. Da hasst einer die Wölfe und knallt sie einfach ab. Der hier muss gestört worden sein. Sonst hätte er ihn verscharrt. Unter den Wolfshassern lautet die Formel: Schießen, scharren, Schnauze halten. Das wird auch nicht der erste sein. Eure uniformierten Kollegen haben ja schon alles aufgenommen. Könnt ihr nicht mal was tun?"

Andi wollte gerade etwas erwidern, als trockene Äste zwischen den Bäumen knackten und ein langer, dünner Mann schweratmend über den Waldweg lief.

„Hallo, Robert", sagte Corvin, „geht's dir gut?"

Robert Münster schaute ihn nur flüchtig an. Seine Pupillen flogen hin und her.

„Wo ist er?“

Walter Hansen hob den Arm.

„Hier liegt er.“

Münster machte ein paar große Schritte, blieb vor dem Kadaver stehen, bückte sich und betrachtete ihn von allen Seiten.

„Das ist kein Wolf!“

Hansen riss die Augen auf.

„Was soll denn das sonst sein? Ein Wolpertinger?“

Corvin war etwas näher herangetreten und nahm einen Schluck aus seinem Kaffeebecher.

„Und was ist es deiner Meinung nach?“

Münster, der in der Hocke saß, schaute zu ihm hinauf.

„Das ist ein Hybride!“

Andi kratzte sich am Kopf.

„Hybride. Das kenne ich nur beim Mais und bei Toyota. Das gibt's bei Wölfen auch?“

Münster hatte sich wieder aufgerichtet.

„Ja, natürlich. Ein Hybride ist in diesem Fall das Produkt einer Paarung aus Wolf und Hund. Wie bei Pferd und Esel. Daraus ensteht dann ein Maultier.“

„Dann hat also ein Hybride zu fünfzig Prozent das Verhalten eines Hundes und zu fünfzig Prozent das eines Wolfes?“, fragte Corvin.

„So ungefähr. Und darum war mir auch klar, dass das Tier bei den Mülltonnen kein reinrassiger Wolf gewesen sein konnte.“

Walter Hansen dachte nach.

„Da eine Wölfin ja nicht nur einen Welpen, sondern mehrere bekommt, müsste es von dieser Sorte hier also noch mehrere geben.“

Münster schüttelte den Kopf.

„Das glaube ich nicht. Dieser hier ist mindestens schon ein bis eineinhalb Jahre alt. Wenn es davon mehrere gäbe, hätte es mit Sicherheit schon ähnliche Vorfälle gegeben."

Corvin hatte sich auf den umgestürzten Stamm einer Kiefer gesetzt und sog den letzten Tropfen Kaffee ein.

„Du meinst also, er ist von irgendwoher eingewandert?"

Wieder schüttelte Münster den Kopf.

„Glaube ich nicht. Hybriden haben als Jungtiere eine wesentlich niedrigere Überlebenschance, weil ihnen eben ein Teil der Instinkte fehlt, die ein Wolf hat. Die meisten kommen unter die Räder, weil sie sich zu dicht heranwagen."

Corvin war mit einem Mal hellwach.

„Könnte es sein, dass er absichtlich hierher gebracht worden ist, damit interessierte Kreise der Öffentlichkeit vorführen können, dass ein Wolf für den Menschen doch gefährlich werden kann?"

„Das würde ich nicht ausschließen", sagte Robert Münster.

„In Tschechien zum Beispiel werden viele Hybriden produziert. Illegal natürlich. Dann werden sie als Welpen mit gefälschten Papieren als Tschechoslowakische Wolfhunde deklariert und verkauft."

„Und wenn er dann größer wird, wundern sich die Käufer. Das ist doch Betrug!", warf Walter Hansen ein.

Nun lächelte der Wolfsberater.

„Das verstehen Sie falsch. Das ist nicht Betrug, das ist Tarnung. Die Käufer wollen ja einen Hybriden. Sie finden es cool, solch ein wildes Tier zu besitzen. Und obwohl in Deutschland die Einfuhr verboten und die Haltung sehr eingeschränkt ist, wächst die Zahl der Käufer. Bis zu viertausend Euro kostet ein Welpe. Dabei sind es für die Züchter nur Abfallprodukte."

Die Männer hatten dem Wolfsberater aufmerksam zugehört.

„Wieso das?"

„Sie müssen wissen, in einigen Ländern Osteuropas experimentiert man schon lange mit solchen Züchtungen. Die Russen haben bereits in den Sechzigern versucht, aus Schäferhunden und Karpatenwölfen Kampfmaschinen zu produzieren, die sich für Kriegseinsätze eignen. Das hat aber nie richtig funktioniert. In Tschechien versucht man eine neue Art Kampfhund zu züchten, die dann bei illegalen Hundekämpfen viel Geld bringen soll. Die Welpen, die nicht diesen Anforderungen entsprechen, werden getötet, ausgesetzt oder verkauft."

Er deutete auf den Kadaver.

„Dieser hier hat eine für einen Wolf ungewöhnliche Fellzeichnung. Ein Laie kann das kaum erkennen. Ich vermute, das ist eine Kreuzung zwischen einem Wolf und einem Malamute."

„Mala-was?", fragte Andi.

Münster seufzte.

„Der Malamute ist der größte unter den Schlittenhunden und stammt aus Alaska. Der hat noch viel von einem Wolf. Sie haben wohl nie Jack London gelesen?"

„Nein", sagte Andi leicht eingeschnappt, „nur Grimms Märchen, und da kommt der Wolf nicht besonders gut weg."

Corvin wollte von seinem Baumstamm aufstehen. Da das Gewebe Widerstand leistete, wurde ihm klar, dass ihm jetzt Harz an der Hose klebte, kümmerte sich aber nicht weiter darum und kam mit einem Ruck hoch.

„Wenn ich alles richtig verstanden habe, gibt es also eine illegale Züchter-, Verkäufer- und Schleuser-Szene, die interessierten Käufern hier solche Kreuzungen besorgt. Wie kommt man mit denen in Kontakt?"

Münster hob beide Hände.

„Das musst du mich nicht fragen. Ich weiß alles über Wölfe und Hundeartige, mit Kriminellen habe ich mich noch nie befasst."

Jetzt meldete sich wieder Walter Hansen.

„Das heißt, hier gibt es jemanden, der sich ein solches Tier illegal beschafft hat, um bei den Leuten die Angst vor dem Wolf zu schüren. Dann erschießt er ihn und besorgt sich sicher einen neuen, damit wieder etwas Ähnliches passiert wie mit den Hühnerknochen."

Münster nickte.

„So sehe ich das. Alle anderen Möglichkeiten sind unwahrscheinlich."

Hansen drehte sich zu Corvin und Andi um.

„Meine Herren, jetzt sind Sie dran."

„Nicht ganz", sagte Corvin. „Hybriden werden nicht unter Naturschutz stehen, insofern ist das kein Verstoß gegen ein Gesetz. Aber wenn jemand Anzeige gegen Unbekannt erstattet, weil jemand in seinem Revier gewildert hat, müssen wir der Sache natürlich nachgehen."

Hansen richtete sich demonstrativ auf.

„Den habt ihr. Kommt, wir fahren zu euch aufs Revier!"

„Wollen Sie den Kadaver hier liegen lassen?", fragte Corvin.

Hansen winkte ab.

„Ich habe nicht vor, ihn auf den Rücksitz von meinem Golf zu legen, den hole ich nachher mit dem Pickup."

„Du bist so still", sagte Andi, als sie zurück nach Dannenberg fuhren. „Brummt dein Schädel noch immer?"

Corvin schüttelte vorsichtig den Kopf.

„Keine Spur, ich habe nur nachgedacht. Erinnerst du dich daran, als wir in der Nähe von Münsters Stand am Markt standen und sich die Leute anschrien?"

„Natürlich", sagte Andi, „du hast dich allerdings für etwas anderes interessiert."

„Genau", sagte Corvin, „kennst du das Gefühl, wenn man jemanden nicht gleich erkennt, weil er sich sonst in einem ganz anderen Umfeld bewegt und dort, wo man ihn sieht, eigentlich nicht hingehört?"

Andi nickte.

„Ich glaube, ich weiß, was du meinst."

„Genau. Und so ein Erlebnis hatte ich gestern. Nachdem wir aber diese Wolfsschmugglergeschichten gehört haben, passt es doch."

„Du redest etwas in Rätseln."

Corvin lehnte sich zurück.

„Vor zwei, drei Jahren haben wir in Hamburg einen Kerl geschnappt, der geklaute Autos in osteuropäische Länder überführt hat. Der hatte schon eine Menge Vorstrafen. Und immer spielten seine Kontakte in diese Länder dabei eine Rolle. Ich weiß noch, dass sie ihn eingebuchtet haben, aber nicht mehr, für wie lange. Gerade ist mir der Name wieder eingefallen. Viktor Orlow, ein Deutschrusse. Und genau den meine ich, gestern in Dannenberg gesehen zu haben. Er trägt zwar jetzt einen Vollbart, aber ich bin mir ziemlich sicher. Ich werde nachher mal in Hamburg anrufen. Dass er gerade in dieser Situation dort auftaucht, dürfte kein Zufall sein."

Es herrschte wieder Stille im Wald. Fliegen surrten um den Kadaver, in der Ferne schrie ein Kranich. Der Mann schlich fast unhörbar durch das Unterholz, blieb mehrere Male stehen und horchte. Vor dem toten Wolfshybriden blieb er stehen. Er rollte einen schwarzen Plastiksack mit einem Reißverschluss aus, einen, den die Polizei benutzte, um Opfer von Gewalttaten abzutransportieren. Er konnte ein Stöhnen nicht unterdrücken, als er das schwere Tier in den Sack schob. Dann schloss er den Reißverschluss, fasste die Griffe an der Kopfseite und schleifte den Sack samt Inhalt ein paar Hundert Meter durch den Wald, wo er einen Mitsubishi-Jeep hinter einem großen Busch geparkt hatte.

Ein Anruf bei den alten Kollegen in Hamburg bestätigte Corvins Verdacht. Orlow hatte seine zwei Jahre Haft abgesessen und war dann verschwunden. Derzeitiger Aufenthaltsort: unbekannt.

„Nehmen wir mal an", sagte er zu Andi, „er hat tatsächlich den Hybriden hierher gebracht. Dann hätte er ja wohl kassiert und sich aus dem Staub gemacht. Stattdessen läuft er hier noch in der Stadt herum. Er muss sich ziemlich sicher fühlen."

Andi zuckte mit den Schultern und fischte ein Stück Lakritzkonfekt aus einer aufgerissenen Tüte.

„Wenn die Zusammenhänge so stimmen, wird er einen Auftraggeber haben. Und der gibt sich bestimmt nicht mit einem Wolf, entschuldige, Hybriden, zufrieden."

„Denke ich auch“, grummelte Corvin. „Aber es liegt nichts gegen ihn vor. Wir können nur hoffen, dass er uns noch einmal über den Weg läuft. Die Hamburger sollen uns mal ein aktuelles Bild von Orlow mailen, damit die Kollegen wissen, wie er aussieht, und uns verständigen können, wenn sie ihn sehen.

Die Gelegenheit kam früher, als er gedacht hatte. Corvin konnte die aufgeregten Stimmen bereits hören, als er am nächsten Morgen in die Dannenberger Straße „Am Markt“ einbog.

Wieder hatte sich eine Gruppe von Menschen an dem Stand des Wolfsberaters Münster eingefunden. Den Tapetentisch und die Infobroschüren nahm er abends mit nach Hause, den großen Marktschirm, der an dem schweren Betonfuß angekettet war, ließ er zugeklappt stehen. Jemand musste den Schirm in der Nacht aufgeklappt haben und den Kadaver des Hybriden mit dem Kopf nach unten und zusammengebundenen Hinterläufen an eine der stabilen Speichen gehängt haben. Das Tier war so groß, dass die Schnauze fast das Pflaster berührte. An dem Strick, der die Hinterläufe zusammenhielt, hing ein Pappschild.

Darauf waren mit schwarzem Filzschreiber die drei Worte „Wir wehren uns!“ geschrieben. Ein scharfer Verwesungsgeruch lag in der Luft und die meisten Leute schauten sowohl angewidert als auch fasziniert auf das makabre Arrangement. Ein kleiner Jack Russell Terrier zerrte an seiner Leine und ließ das gefährlichste Knurren hören, zu dem er fähig war.

Corvin hatte erwartet, dass der Wortführer der Wolfsfeinde, Horst Voigt, sich hier triumphierend in Pose setzen würde, aber von dem war weit und breit nichts zu sehen. Stattdessen hatte sich Hannes Gerdau durch die Menge geschoben.

Der sonst so besonnene Naturschützer hatte einen hochroten Kopf und schnappte nach Luft.

„Das ist die Tat eines Wahnsinnigen, das ist ein Verbrechen an der Natur. Ich werde heute noch Anzeige erstatten. Dieser Mensch muss bestraft werden."

Sofort erhoben sich wieder die Stimmen aus der Menge. Solche, die Gerdau recht gaben, und solche, die ihn wüst beschimpften.

Für ein paar Sekunden überlegte Corvin, ob er sich in die Diskussion einschalten sollte, ließ es aber bleiben, weil in dieser aufgeheizten Stimmung eine sachliche Argumentation ohnehin keinen Sinn gemacht hätte.

Als er sich umdrehte, um ins Revier zu gehen, sah er ihn.

Er lehnte an der gegenüberliegenden Mauer und zog an einer filterlosen Zigarette. Er schien zu grinsen, was aber auch daran liegen konnte, dass sich sein noch dunkler Schnauzbart an den Ecken in das Grau des Kinnbartes hinunterzog, was ihm eine Art Dauergrinsen ins Gesicht pflanzte.

Corvin zog sein Kinn an die Brust, sodass Orlow ihn nicht erkennen konnte, und ging langsam in seine Richtung. Dann blieb er stehen.

„Viktor Orlow?"

Der Angesprochene schaute auf und seinen Augen war anzusehen, dass er wusste, wer da seinen Namen ausgesprochen hatte.

Corvin bemühte sich, unaggressiv zu wirken.

„Hallo, was machen Sie denn hier? Ich dachte, Sie wären in Hamburg."

Orlow grinste. Er hatte die Hälfte seiner fünfundvierzig Jahre in Deutschland zugebracht, sprach mehrere osteuropäische Sprachen, hatte aber nur einen ganz leichten russischen Akzent, wenn er ein kehliges Ch aussprach.

„Guten Tag, Herr Kommissar. Ich liebe die Provinz. Ganz besonders diese hier. Oder ist das verboten?"

Bevor Corvin antworten konnte, erhoben sich wieder laute Stimmen aus der inzwischen noch größer gewordenen Menschenmenge. Er drehte sich um.

Jagdpächter Walter Hansen war mit zwei uniformierten Kollegen erschienen und hatte sich vor Hannes Gerdau aufgebaut, den er um Haupteslänge überragte. Er sprach sehr laut.

„Ich kann das genauso wenig billigen wie du. Aber das Tier wurde in meinem Revier erschossen und damit gehört es mir."

Gerdau war immer noch sehr erregt.

„Nein. Das ist eine Sache von öffentlichem Interesse. Die Polizei sollte erst einmal ermitteln, wer diese Sauerei begangen hat, und ihn dafür zur Rechenschaft ziehen!"

Stimmen dagegen und dafür wurden laut. Das geht jetzt endlos, dachte Corvin und drehte sich wieder um.

Die Stelle an der Mauer, wo der Mann mit dem Bart gestanden hatte, war leer.

„Hannes!" Ulrike Gerdau versuchte, möglichst ruhig zu sprechen. „Du sollst dich nicht so aufregen. Denk an dein Herz. Oder möchtest du noch einen Infarkt erleiden?"

Hannes Gerdau machte eine abweisende Handbewegung.

„Das sagst du so. Warum sind einige Menschen nur so starrsinnig? Das ist doch alles Natur! Wir haben doch schon genug Unheil angerichtet. Jetzt sind wir gerade auf dem Weg, dass die Lebensumstände in der Natur wieder natürlicher werden – und dann sowas! Dieser Voigt! Ich könnte dem links und rechts … Der hat das arme Tier bestimmt erschossen. Da bin ich ziemlich sicher!"

Er erhob sich von seinem Stuhl in der Küche.

„Ich glaub, ich dreh noch ne Runde. Ist gut zum Abdampfen."

Ulrike runzelte die Stirn.

„Fahr aber bitte langsam und überanstrenge dich nicht. Und nicht so lange. In etwa einer dreiviertel Stunde gibt's Essen."

Gerdau nickte, verließ die Küche, griff in der Diele nach seiner Jacke und öffnete die Haustür. Er schob das Fahrrad bis zur Gartentür, gab sich einen Schwung und radelte los, vorbei an dem Nachbardorf Meuchefitz, in dem es immer noch eine alternative Szene wie in den Achtzigern gab. Das Transparent mit den Spontisprüchen gegen Polizei und Staatsschutz am Türmchen des alten Gasthauses war weit über die Felder lesbar. Gerdau mochte diese Umgebung und hatte dort so manche Diskussion geführt. „Die lassen sich nicht so schnell verbiegen", hatte er oft zu Ulrike gesagt.

Gleich hinter Meuchefitz gab es ein kleines Waldstück mit einem großen Teich. Er lehnte das Rad an einen Baum und ging zu Fuß weiter. Nach wenigen Schritten war er an einem seiner Lieblingsorte. Dort, ganz nah am Wasser, gab es einen Baumstumpf, auf den er sich niederließ, in die Natur horchte und über das Leben nachdachte. Er schaute auf seine Armbanduhr. Zehn Minuten konnte er Rast machen. Dann musste er zurück. Ulrike hasste es, wenn er zu spät zum Essen kam. Es war so still, dass er sogar die langsam näherkommenden Schritte hören konnte, die auf dem weichen Humusboden kaum ein Geräusch verursachten. Vorsichtig drehte er sich um und erstarrte.

Revierleiter Werner Voss machte ein ernstes Gesicht.

„Meine Herren, Sie wissen, ich schätze Ihre Arbeit, auch wenn Sie manchmal etwas unkonventionell vorgehen. Dass Sie den Bogenschützen so schnell gegriffen haben – dafür habe ich Ihnen ja bereits mein großes Lob ausgesprochen. Aber dass Sie sich jetzt um einen toten Wolf kümmern, geht mir, ehrlich gesagt, zu weit."

„Das könnte ein bisschen mehr sein als nur ein toter Wolf", warf Andi ein und schaute Corvin an, der aber weder einen Anschein machte, etwas dazu zu sagen, noch ein Zeichen der Zustimmung gab.

Voss schüttelte den Kopf.

„Wir leben hier nicht von dem, was sein könnte, sondern von dem, was ist." Er deutete auf einen Stapel Akten auf Andis Schreibtisch. „Und was das ist, brauche ich ja wohl nicht zu erläutern. Ich hoffe, ich habe mich klar ausgedrückt."

Und damit drehte er sich um und ging ohne ein weiteres Wort zur Tür.

Sandra und Bobo, der eigentlich Bernhard hieß, fühlten sich wohl in der Meuchefitzer Wohngemeinschaft. Nur, nachdem sie festgestellt hatten, dass zwischen ihnen etwas mehr war als die gleichen politischen, ökonomischen und ökologischen Interessen, ging es ihnen auf den Wecker, dass sie so gut wie nie allein waren.

Während sich die anderen Genossen zu einem Vortrag über die wirtschaftliche Situation alleinerziehender Mütter in Burkina Faso im Gemeinschaftsraum versammelten, hatten sie sich an den Händen gefasst und waren im Schutz der Dämmerung davongelaufen. Kaum hatten sie den Waldrand erreicht, waren sie unter dem Einfluss von Purzelbaum schlagenden Hormonen ins Moos gesunken und hatten sich aneinander festgesogen wie zwei Napfschnecken. Plötzlich löste sich Sandras Mund abrupt von Bobos Lippen.

„Hast du das auch gehört?"

Er verneinte. Außer dem Rauschen seines wallenden Blutes in den Ohren hatte er nichts vernommen.

„Was ist denn ...?"

„Sei ruhig!", zischte Sandra und schaute sich um. „Schau mal, da vorn steht ein Fahrrad!"

Bobos Blut hatte aufgehört zu wallen.

„Okay, dann gehen wir woanders hin!"

Sie hielt ihn fest.

„Nein, das klang wie ein Röcheln. Vielleicht ist da jemand verletzt. Komm wir sehen mal nach."

Sie schlichen gebückt durch das Unterholz. Weit zu gehen brauchten sie nicht. Jetzt hörte auch Bobo das Stöhnen. Der Mann lag hinter einem Baumstumpf auf dem Rücken und hielt beide Unterarme gen Himmel, als wolle er den Allmächtigen anrufen.

Sandra, mit einem natürlichen Helferinstinkt ausgestattet, richtete sich auf und ging mit schnellen Schritten auf den Mann zu, von dem sie annahm, eine Herzattacke habe ihn zu Boden geworfen. Plötzlich stoppte sie und stieß einen Schrei aus. Erst jetzt hatte sie den Pfeil bemerkt, der sich parallel zu den Schultern durch seinen Hals gebohrt hatte.

„Na toll“, knurrte Andi und ließ die Akte sinken, „dem Wieczorek haben sie zum zweiten Mal die Gartenstühle geklaut. Vielleicht brauchte da jemand noch welche, weil er überraschend Besuch bekommen hat.“

„Reg dich ab“, entgegnete Corvin, der ebenfalls in einer Akte blätterte, „du kannst nicht jeden Tag einen Doppelmord haben!“

„Ein einzelner würde auch reichen, aber ich sage dir …“

Das Klingeln des Telefons schnitt ihm den Satz ab. Für Andi eher ungewöhnlich, kam er lediglich dazu, sich mit seinem Namen zu melden, dann schwieg er.

Corvin schaute hoch und bemerkte die eigenartige Blässe im Gesicht seines Freundes.

„Ja, wir kommen!“, sagte der und legte auf.

Er schaute Corvin mit einem seltsam ernsthaften Gesicht an.

„Ein Pärchen aus Meuchefitz hat dort im Wald einen Mann gefunden, dem ein Pfeil im Hals steckt.“

Corvin ließ die Hand mit der Akte auf die Tischplatte sinken.

„Und? Lebt er noch?“

Andi schüttelte den Kopf.

„Als sie ihn gefunden haben, lebte er wohl noch. Die beiden haben dann die Rettung gerufen. Als die kam, war er tot. Die Streife war auch gleich da und einer der Kollegen konnte ihn indentifizieren …“

„Mach’s nicht so spannend, Andi, wer ist es?“

Andi nahm seine Brille ab

„Es ist Hannes Gerdau!“

15

„Ich hab's gewusst", knurrte Corvin. „Das ging einfach zu schnell und zu einfach mit dem Indianer!"

Andi schob seine Brille von der Nasenspitze zurück.

„Es kann doch aber auch sein, dass jemand ihn nur kopiert, um uns zu verwirren. Aber es ist schon seltsam. Erst wird einer auf diese Art umgebracht, den kaum jemand mochte, und nun einer, den alle mochten."

Corvin runzelte die Stirn. „Alle? Einen kenne ich ja sogar, der ziemlich sauer auf ihn war!"

Andi zog die Mundwinkel nach unten.

„Ach, du meinst den Voigt, den Horst. Das war doch nur eine Meinungsverschiedenheit."

„Ich hatte eine andere Wahrnehmung. Weißt du, wo der wohnt?"

Andi nickte. „Am südlichen Rand von Küsten. Er hat dort einen großen Hof."

„Gut, dann lass uns dem Herrn mal auf den Zahn fühlen."

Horst Voigts Gesicht wurde leichenblass.

„Aber ihr glaubt doch nicht, dass ich …"

Corvin schüttelte den Kopf.

„Was wir glauben, spielt hier keine Rolle. Fest steht, dass Sie in den letzten Tagen erhebliche Auseinandersetzungen mit dem Getöteten hatten und ihm auch gedroht haben. Sie erinnern sich? Das war vor drei Tagen im ‚Wendenhof'. Mein Kollege und ich waren an diesem

Abend auch dort und haben den Streit mit angehört. Also: Wo waren Sie gestern Abend zwischen achtzehn und neunzehn Uhr?"

Horst Voigt stellte die Mistforke an die Wand des großen Kuhstalls, in dem die beiden Polizisten ihn überrascht hatten. Sein Gesicht hatte wieder Farbe bekommen, er starrte ins Leere.

„Nun sagen Sie schon!", drängte Corvin ungeduldig.

Voigt zuckte mit den Schultern.

„Abendessen. Karin und ich essen jeden Abend um sechs."

Corvin zog sein Notizbuch aus der Tasche.

„Okay. Ihre Frau wird das sicher bestätigen können."

Voigt schüttelte den Kopf.

„In diesem Fall nicht. Sie ist für ein paar Tage zu ihrer Schwester nach Lüneburg gefahren. Aber ich habe wie immer um sechs gegessen und bin dann wieder in den Stall gegangen."

Corvin ließ seinen Notizblock sinken.

„Haben Sie für diese Zeit einen Zeugen?"

Voigt überlegte. Dann schüttelte er den Kopf. Corvin schaute Andi an, der sich bis jetzt merkwürdig ruhig verhalten hatte.

„Wie lange braucht man von hier nach Meuchefitz?"

„Keine zehn Minuten."

Corvin nickte.

„Gut, dann stelle ich also fest, dass Sie für die fragliche Zeit zwischen achtzehn und neunzehn Uhr kein Alibi haben, Herr Voigt."

Horst Voigt hatte sich gesammelt, überlegte einen Augenblick und warf Corvin einen wütenden Blick zu. Seine Stimme wurde lauter.

„Sie wollen doch wohl nicht sagen, dass ich eine Büchse aus dem Schrank geholt habe, ins Auto gestiegen, nach Meuchefitz gefahren bin und Hannes erschossen habe. Woher sollte ich denn überhaupt wissen, dass er dort ist? Außerdem hätte man den Schuss doch kilometerweit gehört!"

Andi setzte gerade an, als ihn der stechende Blick Corvins traf. Er atmete hörbar aus.

„Wir wollen gar nichts sagen, Herr Voigt, wir ermitteln."

Er schaute Andi an.

„Hast du noch Fragen?"

Andi schüttelte den Kopf, wandte sich ab und trat den Rückzug an. Corvin wollte ihm folgen, als er plötzlich stehen blieb und sich wieder umdrehte.

„Ach, sagen Sie mal, Herr Voigt, können Sie eigentlich so gut mit Pfeil und Bogen umgehen wie mit einem Jagdgewehr?"

Voigt schaute ihn verständnislos an, wurde dann noch um einen Ton lauter.

„Was soll das denn nun wieder? Wollt ihr mir nun auch noch den Mord an Heinrich Wolf anhängen? Soweit ich mich erinnern kann, habe ich mit Pfeil und Bogen das letzte Mal vor fünfzig Jahren auf einem Kindergeburtstag geschossen."

Corvin erhob die Hand.

„War nur so ein Gedanke. Wir gehen jetzt, haben aber sicher später noch einige Fragen. Auf Wiedersehen."

Corvin fragte sich, warum Andi es so eilig hatte und mit großen Schritten aus dem Stall ging. Als auch er das Gebäude verlassen wollte, hörte er noch einmal Voigts Stimme.

„Kommt da so ein kleiner Wixer aus Hamburg und führt sich auf wie die Gestapo persönlich. Blödes Arschloch!"

Für einen Augenblick überlegte Corvin, ob er das überhören sollte, aber dann stieg die Wut in ihm auf. Er drehte sich um. „Bitte, was haben Sie gerade gesagt?"

Voigt kam auf ihn zu, eine Mistgabel in der rechten Hand.

„Ich habe gesagt, was Sie sind: Ein Arschloch. Ein kleines, arrogantes Arschloch!"

Jetzt war der über einsneunzig große Voigt dicht an Corvin herangetreten und stieß ihm mit den ausgestreckten Fingern der rechten Hand hart gegen die Brust.

„Runter von meinem Hof!"

Corvin taumelte ein paar Schritte nach hinten.

„Herr Voigt, ich könnte Sie jetzt festnehmen!"

Der hatte jetzt einen hochroten Kopf.

„Das wagst du gar nicht, du miese Ratte!" Und wieder holte er aus, um Corvin einen Stoß zu versetzen.

Für eine Zehntelsekunde versagte bei Polizeioberkommissar Erik Corvin die Vorrichtung, die dafür ausgebildet war, sich nicht provozieren zu lassen, und er versetzte dem verblüfften Voigt eine krachende Ohrfeige. Damit hatte der nicht gerechnet. Er taumelte nach links und hielt sich die rechte Hand ans Ohr, das Corvin empfindlich getroffen hatte.

„Das wirst du bereuen", stöhnte er mit heiserer Stimme. „Dafür wirst du bezahlen."

Corvin hatte sich wieder im Griff.

„Diesen Satz habe ich schon mal von Ihnen gehört. Aber seien Sie sicher. Sie bekommen von mir eine Anzeige. Immerhin habe ich einen Zeugen."

Er drehte sich um und ging. Erst jetzt bemerkte er, dass Andi sich bereits weit entfernt hatte. Ungewöhnlich schnell. Im Laufschritt hatte er ihn eingeholt.

„Sag mal, hast du das gar nicht mitgekriegt?“

Andi blieb stehen.

„Was?“

„Dass der Voigt mich angegriffen hat und ich mich gewehrt habe!“

Andi schüttelte den Kopf.

„Ich habe nichts gesehen. Aber sag mal – bist du wahnsinnig? Der Mann ist Kreistagsabgeordneter, der hat einflussreiche Parteifreunde. In deiner Haut möchte ich nicht stecken.“

Corvin blieb stehen.

„Andi, sei ehrlich, du wolltest es nicht sehen. Du kennst diesen Mann und hast geahnt, was passiert. Du bist ja ein schöner Freund.“

Andi wandte sich wieder ab und ging mit schnellen Schritten weiter.

„Ach, lass mich doch in Ruhe!“

„Ja, sind Sie denn wahnsinnig geworden?“

Die Stimme von Revierleiter Werner Voss überschlug sich. Seine Augen waren weit aufgerissen, seine Gesichtsfabe gefährlich rot.

Corvin bemühte sich, möglichst aufrecht zu stehen und seinem Chef in die Augen zu blicken.

Voss ließ sich auf seinen Stuhl fallen. Seine Stimme klang jetzt heiser.

„Müller-Sievert, Voigts Anwalt, hat eben angerufen. Er kommt gleich her, um Anzeige zu erstatten.“

Corvin räusperte sich.

„Dann werde ich ebenfalls eine Anzeige machen. Voigt hat schließlich mich angegriffen."

Voss riss die Augen wieder auf.

„Sie werden gar nichts machen. Sie sind ab sofort suspendiert. Geben Sie mir Ihren Ausweis, Ihre Marke und Ihre Dienstwaffe. Auf den Tisch hier und zwar etwas plötzlich."

Corvin wollte etwas sagen, fühlte aber instinktiv, dass alles, was er jetzt sagen würde, falsch wäre.

Voss schlug mit der flachen Hand auf den Tisch.

„Ausgerechnet den Voigt! Der hat Einfluss bis in die höchsten Regierungskreise. Der kann uns richtig schaden. Ich hatte schon einmal ..."

Dann machte er eine wegwerfende Handbewegung, als wolle er sich selbst das Wort abschneiden. Mit ausgestrecktem Arm wies er zur Tür.

„Gehen Sie jetzt, aber halten Sie sich zur Verfügung. Da kommt eine Untersuchung auf Sie zu. Die wird nicht gut ausgehen."

Corvin hatte inzwischen Ausweis, Marke und Dienstwaffe auf den Tisch gelegt, drehte sich auf der Hacke um und verließ den Raum.

Erst auf dem Flur merkte er, wie ihm schwindlig wurde. Er stützte sich auf die Fensterbank und machte den zweiten Knopf seines Hemdkragens auf.

„Rico, was ist los? Ist dir schlecht?"

Andi stand plötzlich hinter ihm. Corvin drehte sich um.

„Du fehlst mir gerade noch", keuchte er, „dich hätte ich als Zeugen gebraucht. Jetzt habe ich eine Untersuchung am Hals, und wie die ausgehen wird, kann ich mir denken."

Andi starrte krampfhaft zu Boden.

„Rico, es tut mir leid. Aber ich habe meine Gründe, warum ich mich bei Horst Voigt auf Distanz halte."

Corvin atmete tief ein.

„Und die wären?"

Andi schüttelte den Kopf.

„Das kann ich dir jetzt nicht sagen. Später vielleicht. Sag mir, wenn du Hilfe brauchst." Dann drehte er sich um und ging eilig den Flur hinunter.

Es kam ihm vor, als ob er neben sich ginge und sich selbst beobachtete.

„Bist du eigentlich nicht ganz dicht?", murmelte Corvin, als er über den Marktplatz zu seinem Auto ging. Eine ältere Frau, die seinen Weg kreuzte, schaute ihn erschrocken an.

Er hatte hier einen sehr guten Start und jetzt vermasselte er alles. Wie sollte er vorgehen? Am besten gleich den Anwalt von der Polizeigewerkschaft anrufen? Oder sich erstmal ganz still verhalten? Erst einmal nach Hause fahren, mit Tante Frieda einen Kaffee trinken? Genau. Das beruhigt die Nerven. Sie sah die Dinge meistens erstaunlich realistisch, worüber Corvin oft staunte, weil es zu ihrem Aberglauben überhaupt nicht passte.

Er mochte sie gern, hatte schon nach wenigen Wochen das Gefühl, als kannte er sie schon ein ganzes Leben. Er liebte ihre ironischen Bemerkungen über Politiker, Fernsehmoderatoren und Nachbarn, ihre Resolutheit und ihr Feingefühl. Und ganz besonders ihren Apfelkuchen.

Sie mochte ihn auch und manchmal, wenn sie zu einer Sache zwei Meinungen hatten, lächelte sie und sagte: „Jetzt erinnerst du mich mal wieder an meinen Hermann. Der war auch so ein Dickkopf."

Komisch, dachte er, er hielt sich selbst für einen harten Brocken und jetzt sehnte er sich nach einer Mutterfigur.

Die nächsten Tage, so kam es ihm vor, schleppten sich dahin. Ihm war, als hielte sich die ganze Welt auf Distanz zu ihm. Nur Tante Frieda umsorgte ihn noch intensiver, als sie es ohnehin schon tat.

„Kopf hoch, mein Junge“, sagte sie, „es kommen auch wieder bessere Zeiten. Sitz hier nicht rum, mach ein paar Ausflüge oder hilf mir im Garten. Die Hauptsache ist, du kommst auf andere Gedanken.“

Bei ihr kam man sich vor wie ein kleiner Junge, dachte Corvin, aber das tat man gern. Und so hockte er auf den Knien in Tante Friedas Gemüsegarten und zupfte Unkraut oder fuhr an die Elbe und machte dort lange Spaziergänge auf dem Deich.

Am vierten Tag nach dem Vorfall mit Voigt fuhr er nach Damnatz, um dort durch die Elbtalauen zu schlendern. Nach einer Viertelstunde bemerkte er die dunklen Wolken, die sich zusammenschoben, und hörte das ferne Grummeln, das ein bevorstehendes Gewitter ankündigte. Er sollte zusehen, dass er demnächst ein festes Dach über dem Kopf hatte, dachte er und ging zum Auto zurück.

Schon bald hatte er den Hof in Waddeweitz erreicht und fuhr langsam die Auffahrt hinauf. Vorbei an den vier großen Kastanien parkte er neben dem alten Stallgebäude und stellte den Motor ab. Das Gewitter hatte er offenbar hinter sich gelassen.

Von Tante Frieda war nichts zu sehen. War wohl wieder mal auf Nachbarschaft, dachte Corvin. Schade, dann musste er sich seinen Kaffee wohl selbst machen.

Er ging durch die Diele in Richtung Küche und öffnete die Tür. Entsetzt blieb er stehen.

„Tante Frieda?“

Sie lag auf den schwarz-weißen Fliesen in einer seltsam verkrümmten Haltung. Er hatte schon viele Tote in seinem Leben gesehen, zum Teil mit grässlichen Verletzungen. Aber der Anblick der leblosen alten Frau, die gerade ein Stück seines Lebens geworden war, entsetzte ihn zutiefst. Er kniete vor ihr nieder und fasste an ihre Halsschlagader, doch da regte sich nichts mehr. Eine Verletzung war nicht erkennbar, aber das sagte nichts. Er hatte schon mehrere Exhumierungen hinter sich, weil nicht einmal der Arzt erkannt hatte, dass der Verblichene nicht eines natürlichen Todes gestorben war.

Corvin stand wieder auf, holte sein Handy aus der Jackentasche und wählte die Notrufnummer.

16

Es bestand kein Zweifel. Frieda Schulz war an den Folgen eines Herzinfarkts gestorben, ein Fremdverschulden war auszuschließen.

Drei Tage waren vergangen. Corvin saß in dem Sessel neben seinem Bett und schaute aus dem Fenster seines Zimmers, ohne die Schönheiten des Ausblicks auf den alten Hof wahrzunehmen.

„Wenn etwas schiefgehen kann, dann geht bei mir immer gleich alles schief. Das ist ein Gesetz."

Hatte er diese beiden Sätze nicht erst vor Kurzem gesagt? Als er in Hamburg mal wieder alles gegen die Wand gefahren hatte?

Was war jetzt das Richtige? Verdammt noch mal, warum war keiner da, mit dem er das bereden konnte? Eigentlich, schoss es ihm plötzlich durch den Kopf, hatte er überhaupt keine Freunde.

Andi? Aber der hatte sich mehr als seltsam verhalten, obwohl sie seit Jahrzehnten Freunde …

In trübe Gerdanken versunken, überhörte er das Klopfen an der Haustür.

„Herr Corvin, sind Sie da?"

Corvin zuckte zusammen. Jetzt klopfte es noch einmal gegen das alte Eichenholz.

„Jemand zu Hause?"

Corvin stand auf und durchquerte die Diele. Die Zustellerin der Post stand in ihrer gelb-blauen Dienstjacke in der halb geöffneten Tür.

„Ach, Sie sind ja doch da. Ich hatte Ihr Auto auch schon gesehen. Meine Güte, das tut mir so leid mit Tante Frieda. Sie war so ein guter Mensch."

Während sie das sagte, reichte sie Corvin die Post. Die Rechnung des Bezirksschornsteinfegers und den Prospekt eines großen Möbeldiscounters, der Möbel von einer Qualität bewarb, die keine zwei Umzüge überstanden.

„Ach, und hier, Herr Corvin, das müssen Sie mir noch unterschreiben. Ein Einschreiben mit Rückantwort."

Sie hielt ihm einen Stift entgegen. Dr. Friedrich Glaubrecht, Rechtsanwalt und Notar, las er in der Absenderspalte.

Er kritzelte seinen Namen auf das Display des Scanners und die Frau von der Post schob das Gerät zurück in den Gürtelhalfter.

„Sie wird uns allen sehr fehlen, die Tante Frieda", murmelte sie und drehte sich um. „Aber das Leben geht ja weiter. Einen schönen Tag noch."

„Danke", murmelte Corvin zurück, während er auf den Umschlag starrte. „Ihnen auch."

Er ging in die Küche und nahm ein Messer aus der Schublade. Das sah nicht gut aus, dachte er, das wird die Klage von dem Voigt sein. Aber was soll's. Ändern konnte er sowieso nichts mehr. Und warum gingen Briefumschläge meistens nicht glatt, sondern mit gekräuselter Schnittstelle auf, wenn man sie mit einem scharfen Messer öffnete, während mit einem stumpfen Brieföffner alles glatt geht? Komisch, worüber man in solchen Situationen nachdenkt, dachte er.

Das Schreiben war kurz und knapp. „Sehr geehrter Herr Corvin, in der Erbschaftsangelegenheit Frieda Schulz bitte ich Sie, am Donnerstag, den 20. Juni, um sechzehn Uhr in die Kanzlei zu kommen. Sollten Sie verhindert sein, melden Sie sich bitte rechtzeitig im Büro. Mit freundlichen Grüßen. Glaubrecht, Notar."

War das ein Fake? Wollte ihm da jemand einen Streich spielen? Aber das Schreiben wirkte durch und durch echt. Die Anspannung wich einem Gefühl der Rührung. Ach, Tante Frieda, jetzt hatte die Gute ihm auch noch etwas vererbt. Was mochte es sein? Die Kommode mit den Einlegearbeiten, die er immer so bewundert hatte? Oder der ausgestopfte Kopf des Keilers, den ihr Hermann geschossen hatte und über den Corvin so manchen Witz gemacht hatte, weil eine gewisse Ähnlichkeit mit seinem Vorgesetzten in Hamburg, Kriminaldirektor Krause, nicht abzustreiten war. Ähnlich sähe ihr das, dachte Corvin. Ach, Tante Frieda.

Nach dem imposanten Briefkopf des Notars hatte Corvin wenigstens eine Jugendstilvilla erwartet, aber die Kanzlei befand sich in einem gelb geklinkerten Haus aus den Siebzigern in einer Lüchower Nebenstraße mit Dreißig-km/h-Begrenzung.

Die Büroleiterin zog ihren Mund zusammen, als habe sie gerade einen Schluck Zitronensaft zu sich genommen.

„Sechzehn Uhr, sagen Sie? Lassen Sie mich mal sehen. Ach ja, hier, Herr Corvin. Enrico Corvin? Ist das richtig?"

Corvin nickte.

„Ist richtig."

Ohne ihn eines Blickes zu würdigen, stand sie auf.

„Eine Sekunde!"

Die ist jetzt schon um, dachte er und hörte, wie sie mit gedämpfter Stimme etwas in die halb geöffnete Tür eines weiteren Zimmers sprach.

Sie kehrte zurück, rang sich ein Lächeln ab und machte eine wegweisende Handbewegung.

„Herr Doktor Glaubrecht erwartet Sie."

Der Notar war ein mittelgroßer Mann mit einem gewaltigen Bauch und einem roten Gesicht, das auf Bluthochdruck oder zu viel Rotwein schließen ließ. Wahrscheinlich auf beides. Der Bauch wurde von einer hellgrauen Weste mit Seidenrücken zusammengehalten, deren Knöpfe bereits gefährlich an den Knopflöchern zerrten.

„Kommen Sie, mein Lieber", sagte er mit einem wohlklingenden Bariton, „nehmen Sie Platz, machen Sie es sich bequem."

Corvin schaute sich um. Er hatte eine ganze Ansammlung von Erben erwartet. Bei Tante Friedas riesigem Verwandten- und Bekanntenkreis hatte sie mit Sicherheit jeden bedacht und alles gerecht verteilt.

„Bin ich zu früh?"

Der Notar schaute auf seine Armbanduhr.

„Nein, warum?"

Corvin lächelte verlegen.

„Ich verstehe. Sie wollte sicher nicht, dass jeder erfährt, was der andere erbt."

Glaubrecht schaute ihn etwas verwirrt an.

„Wen meinen Sie?"

„Die anderen. Die anderen Erben."

Der Notar entgegnete nichts, ließ sich mit einem Seufzer in seinen Ledersessel fallen und griff nach einer ledernen Mappe, die auf der Schreibunterlage aus dem gleichen Material vor ihm lag.

„Darf ich Sie um Ihren Ausweis bitten?"

Corvin griff in seine Jackentasche.

„Natürlich, Moment bitte ...“

Der Notar ergriff die Plastikkarte mit seinen dicken Fingern und schaute wechselseitig auf den Ausweis im Scheckkartenformat und das Dokument in der Mappe, während er etwas murmelte.

„... geboren ... mmmh ... ausgestellt ... okay.“

Er räusperte sich.

„So, Herr Corvin, ich komme jetzt zur Verlesung. Die Rechtmäßigkeit des Testaments kann ich selbst bestätigen, da Frau Schulz die Niederschrift hier in meiner Kanzlei getätigt hat, ebenso die kurzfristige Änderung vor wenigen Tagen. Alle Dokumente sind von mir gegengezeichnet. Also: Ich, Frieda Schulz, geboren am ...“

Der Notar verfiel wieder in ein Murmeln.

Corvin räusperte sich.

„Ich verstehe Sie leider nicht ganz!“

Glaubrecht schüttelte den Kopf.

„Ist auch nicht so wichtig. Das sind nur die Formalien. Aber jetzt: ... vermache meinen gesamten Besitz bestehend aus dem Grundstück Grundbucheintragung ... blah, blah, blah ... bebaut mit einem Wohnhaus, einer Scheune, einem Stallgebäude und Nebengelass, zugehörigen Acker- und Waldflächen, die damit zusammenhängenden Verbindlichkeiten sowie Bankvermögen in Höhe von ... blah, blah, blah ... Herrn Enrico Corvin, geboren am ... und so weiter, und so weiter. Nun, was sagen Sie?“

Corvin sagte gar nichts und starrte den Notar mit offenem Mund an.

„Sie hat mir alles ...? Und die anderen gehen leer aus?“

Der Notar lachte sein operettenhaftes Baritonlachen.

„Welche anderen?“

Corvin schaute verwirrt.

„Sie hatte viele Verwandte und Freunde. Was ist zum Beispiel mit ihrem Neffen Andreas Feindt? Sie war schließlich seine Tante!“

Der Notar hob den rechten Zeigefinger und schloss die Augen.

„Seine Nenn-Tante. Ich kenne den Andi. Der hat sie von Kindesbeinen immer Tante genannt. Verwandt waren sie nicht. Kinder hatten Frieda und Hermann nicht. Frau Schulz hatte noch eine Schwester. Aber die ist 1976 nach Kanada augewandert. Meine Recherchen haben ergeben, dass sie vor zwei Jahren dort verstorben ist und keine Nachkommen hinterlassen hat. Summa summarum: Es gibt keine lebenden Verwandten. Und mit den Freunden ist das auch so eine Sache. Sie hat ihr Testament dreimal geändert. Immer aus Enttäuschung, wie sie mir sagte. Zu Ihnen hatte sie offensichtlich Vertrauen. Also muss ich Sie jetzt fragen: Nehmen Sie das Erbe an?“

Corvin atmete hörbar aus. Er schüttelte den Kopf.

„Ich weiß nicht. Dieses Anwesen ist doch sauteuer in der Unterhaltung. Dann die Erbschaftssteuer für einen Nichtverwandten. Woher soll ich das Geld nehmen? Wie viel an Barvermögen ist denn noch auf der Bank?“

Glaubrecht setzte seine Brille auf und blätterte in den Unterlagen.

„Soweit hier zusammengetragen, rund viertausend Euro.“

Corvin schüttelte abermals den Kopf.

„Das dürfte nur ein Tropfen auf einen sehr heißen Stein sein. Nein, nein, ich kann das nicht annehmen, das wird mich auffressen. Und Verbindlichkeiten sind auch noch da, sagten Sie?“

Der Notar machte eine beschwichtigende Handbewegung.

„Jetzt sehen Sie das mal ganz nüchtern. Die Erbschaftssteuer richtet sich nach dem Verkehrswert. Und der ist bei den alten Höfen hierzulande nicht dramatisch hoch. Und was die Verbindlichkeiten anbelangt, sind die ja zu Ihren Gunsten."

Corvin schaute erstaunt.

„Ich verstehe nicht."

Der Notar nahm seine Brille wieder ab und lehnte sich zurück.

„Schauen Sie. Der Hof und die Ländereien von Hermann und Frieda Schulz waren mal das größte Anwesen in der Region. Als Hermann alt wurde, hat er alles verpachtet, nicht verkauft. Da kommt ordentlich was zusammen.

„Also noch mehr Steuern", fiel Corvin ihm ins Wort.

Glaubrecht schüttelte abermals den Kopf.

„Natürlich. Aber auch wenn Sie das natürlich versteuern müssen, bleibt eine ganze Menge übrig. Damit kann man ein bisschen mehr machen, als nur den Hof erhalten. Wenn Sie sich für das Erbe entscheiden, geht Ihnen in den nächsten Tagen eine genaue Gewinn- und Verlustrechnung für die letzten drei Jahre zu. Übrigens: Ackerland ist in den letzten Jahren wieder sehr viel teurer geworden. Bei Übernahme wäre es angemessen, wenn Sie die Höhe der Pacht überprüfen würden. Das ist Ihr gutes Recht. Wenn Sie wollen, berate ich Sie gern. Mein Honorar ist dabei überschaubar, das kann ich Ihnen versichern."

Er sah ihn über den Rand seiner Brille mit offenem Mund fragend an.

„Also: Wollen Sie?"

Corvin zog die Augenbrauen zusammen.

„Aber wenn das so ist, muss Tante Frieda, ähh ... ich meine Frau Schulz, doch ein riesiges Vermögen zusammengetragen haben, so bescheiden, wie sie gelebt hat!"

Glaubrecht schloss abermals die Augen und schüttelte den Kopf.

„Könnte man meinen. Aber Frau Schulz hatte ein großes Herz und hat alles gespendet. Lokal und weltweit. An hiesige Kindergärten bis zur Welthungerhilfe. Jeden Monat hat sie ihre Überweisungen ausgefüllt. Der Hof sollte eigentlich an einen Hilfsverein für benachteiligte Jugendliche vererbt werden, aber dann hat sie vor ein paar Wochen herausbekommen, wie dieser Verein es organisiert hatte, damit die Verwaltungskosten möglichst hoch werden. Den Kindern wäre dabei am wenigsten zugutegekommen. Offensichtlich waren Sie der letzte Mensch, dem sie richtig vertraute. Ich frage Sie also noch einmal: Wollen Sie das Erbe annehmen?"

Die letzten Worte des Notars rauschten in Corvins Ohren. In rasender Geschwindigkeit zogen die Ereignisse der letzten Tage durch seinen Kopf. Warum zögerte er noch? Sein ganzes Leben konnte auf einen Schlag ein völlig anderes werden. Was wollte er mehr?

Und als ob die Stimme nicht seine wäre, hörte sich Enrico Corvin, der sich selbst Erik nannte, nach mehrfachem Räuspern mit einem etwas krächzenden Ton sagen: „Ja, ich will!"

17

Das trockene Gefühl in der Kehle ließ nicht nach. Corvin stand vor dem gelb geklinkerten Haus und war in Gedanken weit weg. Dann kehrte die Realität zurück. Was er jetzt brauchte, waren ein Bier und ein Schnaps. Er schaute auf die Uhr an seinem Handgelenk. Siebzehn Uhr dreißig. In einer halben Stunde machte die „Wende" auf. Also los.

Obwohl es noch nicht achtzehn Uhr war, stand die Eingangstür der „Wende" schon weit offen. Die Junisonne schien warm herab und an den Tischen vorm Haus saßen bereits ein paar durstige Raucher aus den umliegenden Dörfern. Corvin stellte den Mercedes an der Kreisstraße ab und ging das letzte Stück zu Fuß. Er wollte nicht gerade jetzt Andi über den Weg laufen, doch der Platz, an dem sein Freund in schöner Regelmäßigkeit seinen alten Golf parkte, war leer.

In der Diele war es schummrig. Nur Frank Matthes stand hinter dem Tresen und zapfte das Bier für die Gäste an den Außentischen. Er sah Corvin mit zusammengekniffenen Augen an und grinste.

„Na? Darf man gratulieren?"

Corvin machte ein ahnungsloses Gesicht.

„Wozu?"

Matthes schaute wieder auf sein Bier.

„Na, wozu wohl. Zum neuen Hofherrn-Dasein natürlich."

Corvin starrte ihn schweigend an. Matthes lachte.

„Du weißt doch, im Wendland verbreiten sich Nachrichten mit Lichtgeschwindigkeit. Und unter den stets gut Informierten in der ‚Wende' noch schneller."

Corvin setzte sich auf einen der Barhocker.

„Ich bin mir immer noch nicht ganz sicher, ob es das Richtige ist."

Frank Matthes hatte ohne Aufforderung zwei neue Gläser unter den Zapfhahn gestellt.

„Ausnahmsweise trinke ich mal eins mit."

Er warf einen Bierdeckel mit geübtem Schwung auf den Tresen vor Corvins Platz, stellte das frisch gezapfte Bier darauf und erhob sein Glas.

„Also, mein Freund, auf deine Zukunft!"

Corvin nickte und trank. Noch nie hatte er das kühle Gebräu als so wohltuend empfunden wie jetzt und konnte nach dem Absetzen ein leises „Aah" nicht unterdrücken.

Matthes wischte sich über den Mund.

„Also, ich will dir meine Meinung nicht aufdrängen, aber wenn ich du wäre, würde ich mein Leben von Grund auf neu sortieren, wenn du verstehst, was ich meine."

Corvin trank den letzten Schluck und rutschte vom Barhocker herunter. Dann griff er in seine Hosentasche. Matthes hob die Hand.

„Lass mal. Lebensberatung mit dazugehöriger Erfrischung sind heute kostenlos."

„Danke dir", sagte Corvin und verließ schweigend die schummrige Diele.

Neu sortieren, dachte Corvin, einfach neu sortieren. Der Mann hatte recht. Er würde sein Leben ganz neu sortieren.

Wie in Trance fuhr er zurück zum Hof, der jetzt seiner werden sollte, was er aber immer noch nicht so recht begreifen konnte. Als er auf die Bundestraße abbog, kam ihm Andis alter Golf entgegen. Auf dem Beifahrersitz saß eine Frau, die er nicht kannte. Ohne darüber nachzudenken, fuhr er weiter und erreichte nach weiteren fünfzehn Minuten sein Ziel.

Er setzte sich an den kleinen Schreibtisch in der Diele, klappte seinen Laptop auf und schrieb ein paar Zeilen, die sein Leben von Grund auf verändern sollten.

Das freiwillige Ausscheiden des Kriminaloberkommissars Erik Corvin aus dem staatlichen Dienst kam für alle in seiner Dienststelle überraschend, aber nicht ungelegen. Werner Voss sagte etwas von Respekt für eine konsequente Entscheidung und versprach, alle zuvor angedrohten Folgen von ihm abzuwenden. Alles natürlich mit großem Bedauern.

Andi war in diesen Tagen unsichtbar. Überstunden abbummeln, wie Corvin lakonisch mitgeteilt wurde. Und dann kam der Tag, an dem er das letzte Mal als Polizist die Dienststelle am Markt betrat und als Freigestellter wieder herauskam.

Mit fünfundvierzig Jahren ein völlig neues Leben anfangen, dachte er, das machte auch nicht jeder.

Er fuhr nicht gleich wieder nach Hause, sondern machte einen ihm inzwischen lieb gewordenen ausgedehnten Spaziergang an der Elbe, fuhr dann nach Hitzacker, setzte sich in ein gemütliches Lokal, wo ihn keiner kannte, und gönnte sich ein umfangreiches und schmackhaftes Abendessen.

Es dämmerte bereits, als er in die Einfahrt zum Hof einbog. Eigentlich könnte er sich jetzt einen neuen Wagen leisten, dachte er. Den großen XC90 vielleicht oder einen Range Rover oder …

Er trat hart auf die Bremse. Was war das? Die Haustür stand offen und in der Küche brannte Licht. Jetzt war es plötzlich dunkel. Also musste jemand im Haus sein. Vorsichtig öffnete er die Wagentür. Seine Hand glitt routinemäßig an die Stelle am Gürtel, wo er über Jahre den Halfter mit der Dienstwaffe getragen hatte, aber da war nichts mehr. An der Stallwand lehnte noch der Spaten, mit dem er gestern versucht hatte, den alten vertrockneten Rosenstock auszugraben, wobei sich das Wurzelwerk als immer noch sehr widerborstig erwiesen hatte.

Den griff er sich und ging langsam auf die Tür zu.

„Hallo, wer ist da? Kommen Sie bitte sofort heraus."

Es rührte sich nichts, dann hörte er die Küchentür zur Diele zufallen. Corvin hob den Spaten ein Stück, als er im Flur hinter der Eingangstür eine Bewegung wahrnahm.

„Nicht schießen, ich bin's nur!"

Die Stimme kannte er. Corvin kniff die Augen zusammen. „Andi?"

Andi stand mit einem zerknirschten Lächeln in der Tür.

„Sorry, Rico, ich wollte dir nur den Haustürschlüssel zurückgeben, den Tante Frieda mir vor Jahren gegegeben hat. Tat ja eigentlich nicht not, weil sie sowieso nie abschloss. Aber jetzt, wo du … egal, ich habe ihn auf den Küchentisch gelegt und einen Gruß auf einen Zettel geschrieben."

Corvin hörte erstaunt zu. Das Benehmen seines langjährigen Freundes war schon mehr als seltsam.

Andi machte eine ungelenke Armbewegung, als wolle er Corvin zuwinken.

„Dann geh ich mal wieder!"

Corvin machte einen Schritt auf ihn zu.

„Andi, red keinen Scheiß. Ich glaube, wir sollten uns mal in Ruhe unterhalten. Komm doch rein, ich mach uns einen Kaffee."

Andi lächelte gequält und schob mit dem Zeigefinger die Brille weiter nach hinten.

„Danke. Ein anderes Mal, Rico. Ich muss jetzt dringend weiter."

„Wie du willst. Aber sag mal, du bist am Dienstag an mir vorbeigefahren und hattest eine Frau im Auto. Sagst du mir, wer das war?"

Andi blieb stehen.

„Ich – eine Frau? Da musst du dich verguckt haben. Ich hatte schon lange keine Frau mehr im Auto."

Er hob noch einmal die Hand und ging dann mit schnellen Schritten hinter das Haus, wo er seinen alten Golf geparkt hatte.

Komisch, dachte Corvin, es wäre doch viel einfacher gewesen, wenn er vor dem Haus geparkt hätte. Vielleicht wollte er …

Weiter kam er in seinen Gedanken nicht, denn aus seiner Jackentasche schallte der berühmteste Gitarrenriff der Rockgeschichte.

„Ja, hallo, hier ist Erik Corvin."

Eine Frauenstimme räusperte sich.

„Hallo, Erik, hier ist Bettina. Um es kurz zu machen: Ich würde gern mit Ihnen sprechen, aber nicht am Telefon. Wann würde es Ihnen passen?"

Corvin überlegte. Die meisten Zeitgenossen hätten an dieser Stelle gesagt, dass sie erst einmal in ihren Terminkalender schauen müssten, aber da er nach seiner Lebenszäsur weder Termine noch einen Kalender hatte und ihr auch nicht vormachen wollte, dass er ungeheuer beschäftigt war, zuckte er mit den Schultern.

„Jederzeit. Wo wollen wir uns treffen? In der ‚Wende‘?“

Ohne sie zu sehen, konnte er fast spüren, wie heftig sie den Kopf schüttelte.

„Nein. Ich muss Sie unter vier Augen sprechen. Würde es gehen, wenn ich zu Ihnen komme?“

„Natürlich!“, antwortete er. „Ich bin nur überhaupt noch nicht auf Besuch eingestellt. Ich könnte uns höchstens einen Tee machen.

Ihre Stimme klang hektisch.

„Das ist nicht so wichtig. Es wird auch nicht lange dauern. Dann bis gleich.“

18

Eine knappe halbe Stunde später hielt der alte VW-Bully mit dem Emblem des Elbrockfestivals auf der angerosteten Fahrertür vor dem Hof mit den großen Kastanien. Bettina Gerken stellte den Motor ab und stieg aus.

Corvin hatte sie schon vom Fenster aus gesehen und stellte sich wie ein Empfangschef in die Tür. Was ihm an ihr sofort gefallen hatte, war ihr selbstsicheres Auftreten und das leicht ironische Lächeln, doch die Frau, die nun auf ihn zukam, schien plötzlich eine andere zu sein. Ihre Bewegungen waren fahrig, ihre Lippen angestrengt zusammengepresst. Sie steckte wie immer in Jeans, Turnschuhen und einem Herrenflanellhemd.

„Hallo“, sagte sie und bemühte sich zu einem Lächeln. „Danke, dass ich sofort kommen konnte, aber wenn ich störe, sagen Sie es bitte.“

Er reichte ihr die Hand.

„Sie stören nie. Kommen Sie rein, aber – wie gesagt – ich bin gerade am Anfang meines neuen Lebens und habe mich überhaupt noch nicht eingerichtet.“

Er streckte seine Finger aus, als wolle er ihr die Richtung ins Haus weisen.

„Kommen Sie, wir gehen in die Küche. Hier hab ich auch immer lange Gespräche mit Tante Frieda geführt. Küchen in alten Bauernhäusern haben etwas sehr Kommunikatives. Kannten Sie eigentlich Frieda Schulz?“

Bettina nickte. „Nicht sehr gut, aber ich kannte sie. Muss eine bemerkenswerte Frau gewesen sein.“

Corvin schaute sie an.

„Und was mit meinem Leben passiert ist, wissen Sie auch?“

Bettina nickte abermals.

„Das hat sich sehr schnell herumgesprochen und gewissermaßen bin ich deshalb auch da.“

Corvin machte eine einladene Bewegung, sich an den langen Eichentisch zu setzen.

„Soll ich uns einen Tee kochen oder nehmen Sie lieber einen von Tante Frieda noch persönlich gepressten Apfelsaft? Etwas anderes, fürchte ich, ist in meiner Hausbar noch nicht vorhanden.“

Jetzt lächelte sie das erste Mal etwas entspannter.

„Dann gern einen Apfelsaft!“

Eine angebrochene Flasche stand noch im Kühlschrank und wenige Minuten später hoben sie die Gläser mit dem Saft aus der alten Apfelsorte „Jakob-Lebel“.

„Dann auf Tante Frieda!“

„Auf Tante Frieda.“

Er lehnte sich zurück.

„Und nun sagen Sie mir bitte, was ich für Sie tun kann.“

Sie stellte das Glas auf den Tisch und strich sich mit dem Zeigefinger über die Lippen.

„Es geht um meinen Vater, Rudolf Gerken. Sie müssen wissen, wir haben ein sehr enges Verhältnis. Meine Mutter ist vor rund zehn Jahren gestorben. Ganz plötzlich. An den Folgen einer zunächst ganz harmlosen Infektion … aber ich will jetzt keine Einzelheiten erzählen.“

„Tun Sie’s ruhig.“

„Nein, das bringt mich vom Thema ab. Sie sollen nur wissen, wie es um meinen Vater und mich steht. Ich war damals Mitte zwanzig und studierte Kommunikation und Public Relations in Lüneburg. Das habe ich dann abgebrochen, weil mein Vater völlig fertig war und dringend Unterstützung brauchte. Der Hof ist zwar nicht riesig, aber sehr arbeitsintensiv. Damals hatten wir auch noch Vieh und meine Mutter war unglaublich gut organisiert. Die beiden haben sich wirklich sehr gut ergänzt, ich glaube, sie waren ziemlich glücklich miteinander. Mein Vater wollte nicht, dass ich das Studium abbreche, aber auf der anderen Seite hätte er es ohne mich gar nicht geschafft. Das hat uns auch noch fester zusammengeschweißt."

Sie zog ein Papiertaschentuch aus der Hemdtasche und schnäuzte sich. Corvin goss ihr noch einen Apfelsaft ein.

„Also, ich weiß alles von ihm und er weiß alles von mir. Und nun komme ich auf den eigentlichen Punkt."

Sie griff zum Glas und nahm einen Schluck.

„Als ich vorgestern nach Hause kam, erkannte ich meinen Vater nicht wieder. Sie müssen wissen, nachdem er sich mit dem Tod meiner Mutter abgefunden hatte, war er wieder der zupackende Kerl von einst. Einer, der immer sagt, was er denkt. Jetzt aber war er wieder so verzagt wie damals, als sie starb. Und er sagte keinen Ton. Obwohl das ja nicht zu übersehen war."

Corvin runzelte die Stirn.

„Was war nicht zu übersehen?"

„Ach so, den blutigen Verband meine ich. Er hatte einen Verband am Hals. So ein Stück Zellstoff, das er mit Pflaster befestigt hatte. Hier – so."

Sie fasste sich mit der rechten Hand an die linke Seite, dort, wo sich Hals und Unterkiefer trafen.

„Ich fragte sofort, was passiert sei, und er antwortete, dass er ausgerutscht und gestürzt wäre, aber das hab ich von Anfang an nicht geglaubt."

„Warum nicht?"

„Wenn mein Vater sich bei der Arbeit verletzt, und das ist ziemlich oft der Fall, schüttelt er sich einmal und macht ohne Kommentar weiter, und sitzt nicht deprimiert, geradezu verängstigt in der Küche."

„Haben Sie denn die Wunde gesehen?"

„Ja. Aber es hat lange gedauert, bis ich ihn überzeugen konnte, dass ich mir das mal ansehen dürfte. Immerhin war der Stoff ziemlich blutig. Es sah so aus, als habe ein scharfer Gegenstand seine Haut geritzt. Wäre der Riss tiefer gegangen, hätte es die Halsschlagader treffen können. Ich wollte unbedingt, dass wir nach Dannenberg ins Krankenhaus fahren, aber das wollte er nicht. Auf keinen Fall. Ich habe die Wunde dann gesäubert und neu verbunden. Mehr hat er nicht dazu gesagt."

„Seltsam", sagte Corvin, „aber wie kann ich hier behilflich sein?"

Bettina atmete tief ein.

„Am Tag darauf wollte ich in die Scheune gehen. Neben dem Tor steht ein großer Holunderbusch. Als ich an dem vorbeiging, sah ich pötzlich einen Reflex vom Sonnenlicht zwischen den Blättern. Und dann habe ich sofort gesehen, was das ist."

„Nämlich?"

„Ein Pfeil. So ein Pfeil, wie ihn Bogenschützen benutzen. Ich habe ihn zuerst gar nicht aus dem Eichenfachwerk herausbekommen, so eine scharfe Spitze hatte der."

Corvin fasste an beide Lehnen seines Stuhls und setzte sich gerade auf.

„Aus welchem Material war der Pfeil?"

„Aus Holz. Aus ganz glattem Holz. Als ich ihn endlich herausgezogen hatte, bin ich sofort zu meinem Vater, weil ich mir seine Verletzung auf einmal erklären konnte. Er war so verdattert, dass er noch nicht einmal abstritt, dass auf ihn geschossen worden war. Ich glaube, er hat den Pfeil auch gesucht, aber ihn nicht gefunden. Ich habe sofort gefragt, wer auf ihn geschossen hat, aber er sagte, das wisse er nicht."

„Im Normalfall ist das jetzt der Moment, in dem man die Polizei ruft", sagte Corvin.

Bettina nickte heftig.

„Genau das wollte ich, aber da ist er richtig ausgerastet. Auf keinen Fall, hat er gebrüllt. Auf keinen Fall die Polizei."

Corvin erhob sich von seinem Stuhl.

„Haben Sie den Pfeil noch?"

Bettina schüttelte den Kopf.

„Nein, er hat ihn mir aus der Hand gerissen und mehrfach durchgebrochen. Ich glaube, er hat ihn verbrannt. Er hat nämlich später ein Feuer im Kachelofen gemacht, obwohl es ja gar nicht kalt ist."

Corvin war ans Fenster getreten und starrte auf den Hof.

„Ich nehme an, Sie fürchten jetzt, dass derjenige, der geschossen und nicht getroffen hat, es noch einmal versuchen wird."

Jetzt war auch Bettina aufgestanden und stellte sich neben ihn.

„Ja, natürlich. Heinrich Wolf, Hannes Gerdau und jetzt mein Vater. Ich sehe da überhaupt keinen Zusammenhang. Das muss ein Irrer sein."

Corvin schaute sie von der Seite an.

„Vielleicht gibt es doch einen Zusammenhang und Ihr Vater ahnt etwas. Hatte er Feinde?"

Bettina schüttelte energisch den Kopf.

„Überhaupt nicht. Er ist zwar kein großer Kommunikator und wirkt manchmal etwas brummig, aber er ist immer geradeaus und hilfsbereit."

Sie griff nach seinem Arm.

„Und weil er auf keinen Fall zur Polizei gehen will und Sie doch gerade ... ich meine, Sie sind es ja nicht mehr, aber Sie wissen, wie man damit umgeht. Da wollte ich Sie bitten ..."

Corvin schaute sie ernst an.

„Sie und ich wissen jetzt von einem Vorgang, der offenbar ein Mordversuch war. Wäre ich jetzt noch Polizist, müsste ich eine offizielle Untersuchung in Gang setzen. Da ich es aber nicht mehr bin, sagen Sie mir doch bitte, was Sie von mir erwarten."

Sie schauten sich für ein paar Sekunden schweigend an.

„Finden Sie den Kerl, der meinen Vater umbringen will. Bitte!"

Er wandte sich ab.

„Wenn Sie vermuten, dass Ihr Vater den Pfeil verbrannt hat, könnten Sie bitte einmal nachsehen, ob Sie die Pfeilspitze noch in der Asche finden? Aber möglichst unauffällig."

Der Hauch eines Lächelns glitt über ihr Gesicht.

„Das heißt, Sie wollen uns helfen?"

„Ich werde sehen, was ich in der Sache tun kann."

Sie griff ihm mit beiden Händen an die Oberarme.

„Danke!"

Und dann küsste sie ihn auf die linke Wange, sodass er ihre Lippen noch an seinem Mundwinkel spüren konnte.

Wäre er noch Polizist, dachte er, hätte sie das nicht getan. Der neue Lebensabschnitt begann, ihm immer mehr zu gefallen.

Vorgarten und Schankraum der „Wende" waren schon gut besucht, als Corvin durch die offene Tür auf den Tresen zuging. Frank Matthes stand wie immer am Zapfhahn und war in eine Unterhaltung mit Klaas Vormann vertieft, der in seiner abgewetzten Lederweste auf der Querbank saß. Eigentlich war die Bank für zwei Personen gedacht, aber für Vormann war sie gerade ausreichend. Beatrix kam mit einem Tablett voller kleiner Schüsseln mit dampfender Gulaschsuppe aus der Küche, als ihr Blick auf Corvin fiel. Sie strahlte.

„Hey, Erik, du siehst hungrig aus, wie wär's mit einer doppelten Portion Gulaschsuppe?"

Corvin lächelte.

„Keine schlechte Idee!"

Vormann fiel mit seiner Baritonstimme ein.

„Sei vorsichtig. Das ist ein Trick. Beatrix hat sie so scharf gewürzt, dass man einen tierischen Durst bekommt. Alles Berechnung."

Er knallte sein leeres Glas auf den Tresen.

„Bei mir hat das auch schon gewirkt. Mach mir noch eins, Frank!"

Matthes grinste.

„Du auch, Erik?"

Corvin nickte und setzte sich auf den Hocker gegenüber dem dicken Vormann. Der strahlte ihn an.

„Na, wie ist denn das Leben eines Hofbesitzers? Viel Arbeit und kein Geld?“

Corvin nahm sein Bier in Empfang.

„Noch bin ich am Überlegen, wo ich überhaupt anfangen soll.“

Beatrix stellte eine der bunten Schüsseln mit dampfender Gulaschsuppe auf den Tresen und legte eine Serviette und einen Löffel daneben.

„Vor allem braucht er eine Frau. Ein Hof ohne Frau geht gar nicht.“

Corvin blies über den Löffel, auf dem die heiße Suppe dampfte.

„Ich kann mich ja bei ‚Bauer sucht Frau‘ bewerben.“

Klaas Vormann lachte.

„Hast du doch nicht nötig. Man hört, du hättest schon was im Auge.“

Corvin ließ den Löffel sinken. „Man hört? Von wem?“

Vormann machte spitze Lippen.

„Das ist hier mal so. Im Wendland bleibt nichts geheim. Jeder kennt jeden, sämtliche Autos und wer wann wohin fährt, ob das normal ist oder ungewöhnlich … na, du weißt schon. Aber, Jungs, ich muss euch jetzt allein lassen, Renate wartet.“

Er wälzte sich von der Eckbank, schnippte einen Zwanzigeuroschein auf den Tresen und hob den Arm.

„Macht’s gut!“

Frank Matthes hatte bisher nichts gesagt, nur schweigend ein Bier nach dem anderen gezapft. Ohne ihn anzusehen, spürte er, dass Corvin die Bemerkungen Vormanns nicht sehr amüsierten.

„Mach dir nichts draus. Du kennst doch Klaas. Der ist neugierig wie kein zweiter und schnackt gern. Und gerade, bevor du gekommen bist, hat er mir erzählt, dass ihm jemand erzählt hätte, dass er gestern Abend einen alten VW-Bus aus deiner Einfahrt hat kommen sehen. Und den kennt hier jeder."

Corvin spielte den Unwissenden.

„Ach, du meinst Bettina Gerken. Die hat mir ein Programm ihres Festivals gebracht. Von Rockmusik verstehe ich ein bisschen was."

Matthes lachte.

„Du musst dich nicht rechtfertigen. Aber auch hier gilt das schöne plattdeutsche Sprichwort: Do watt du wullt, de Lüüd snackt doch."

Corvin löffelte den Rest Gulaschsuppe aus der Schüssel und machte eine abweisende Handbewegung.

„Ist mir scheißegal. Ich weiß sonst nichts über die Frau. Kennst du sie näher? Sie soll mit ihrem Vater allein auf dem Hof leben."

Matthes schob ihm ein frisches Pils rüber.

„Mit ihrem Adoptivvater!"

Corvin schaute erstaunt.

„Das ist nicht ihr richtiger Vater?"

Matthes schüttelte den Kopf.

„Nein, die Gerkens haben sie adoptiert, als sie noch ein Kleinkind war. Brigitte Gerken ist vor gut zehn Jahren gestorben, aber ich glaube nicht, dass Bettina sehr lange um sie getrauert hat."

Corvin horchte auf.

„Wie meinst du das?"

Matthes hörte auf zu zapfen und sah ihn an.

„Es muss wohl vor Jahren mal einen Riesenkrach zwischen Rudolf und Brigitte gegeben haben. Die haben danach kaum noch miteinander gesprochen. Bettina war dann wohl mehr auf der Seite von Rudolf. Manche sagen, Bettina habe ihre Mutter, ich meine Adoptivmutter, gehasst. Und woran Brigitte so plötzlich gestorben ist, ist auch nie so richtig klar geworden."

Er griff nach einem sauberen Glas.

„Aber jetzt betätige ich mich gerade selbst als Klatschmaul. Schluss. Erzähl mir lieber, was du jetzt vorhast."

Der weiße Ford Transit fuhr im Schritttempo auf der schnurgeraden Bundesstraße 493 Richtung Gartow. Es war kurz nach Mitternacht, kein Mensch, kein anderes Fahrzeug war auf der Straße zu sehen, auf die das bleiche Licht des Vollmonds schien. Jetzt hielt der Wagen für ein paar Sekunden an. Der Fahrer schien etwas zu suchen. Wenige Meter weiter fand er die Einfahrt in den Waldweg, der der Forstwirtschaft vorbehalten war. Trockene Äste knackten, als die Reifen langsam über den unbefestigten Weg rollten. Nach gut einer Viertelstunde hielt er an.

Der Fahrer, mit einer Zigarette im Mund, stieg aus und blickte sich suchend um.

„Ich bin hier", hörte er eine gedämpfte Stimme aus dem Dunkel. „Und mach sofort die Zigarette aus."

Ein anderer Mann, der einen Kopf größer war als der Fahrer des Kastenwagens, trat aus dem Schutz der Bäume hervor.

„Hast du sie?"

Der Fahrer nickte.

„Alles dabei. Wo sollen sie hin?"

Der Größere zeigte ins Dunkel.

„Da vorn ist eine Kreuzung mit einem kleineren Weg. Da biegst du links ab. Halte bei dem alten Holzschuppen. Ich habe alles vorbereitet."

„Hast du das Geld?“

„Mach dir keine Sorgen, du kriegst dein Geld.

Dann stiegen beide Männer schweigend in den Transit und fuhren mit Standlicht langsam in den Wald hinein.

19

Corvins Entschluss stand fest. Wenn schon Hofbesitzer, dann aber auch richtig. Das am Haus verbliebene Grundstück war gut achttausend Quadratmeter groß, davon war ein Teil mit Maschendrahtzaun abgeteilt. Hier hatte Tante Frieda mit Begeisterung Gemüse und Kräuter angebaut, kein Tag war vergangen, an dem sie nicht mit der Hacke zwischen den Beeten gestanden und die Feldfrüchte gegen Giersch und andere Unkräuter verteidigt hatte. Er konnte sich noch gut an den Garten seiner Großeltern erinnern. Da gab es kaum ein Fleckchen, das zum Nichtstun oder zum Sonnenbad einlud. Nein, dieser Garten war ein Nutzgarten. Im wahrsten Sinne des Wortes. Jeder Quadratzentimeter wurde für den Gemüseanbau genutzt, und wenn alles abgeerntet, verarbeitet, eingekocht oder entsaftet war, wurde aufgeräumt und umgegraben. Und schließlich wurden die Vorbereitungen für das nächste Frühjahr getroffen.

Eigentlich eine schöne Idee, dachte Corvin, nur dumm, dass er nicht die geringste Ahnung hatte, wie man so etwas machte. Gern hatte er hin und wieder Tante Frieda beim Kampf gegen das Unkraut geholfen, aber nur, wenn sie ein Auge darauf hatte, was er da rupfte. Mit Pflanzen kannte er sich überhaupt nicht aus, und einmal hatte er den von ihr sorgsam gepflegten winterharten Rosmarin herausgerissen in der Annahme, dass es sich um ein dem Gemüsebeet feindlich gesonnenes Kraut handelte.

Man müsste sich erst einmal theoretisch mit der Sache befassen. Und so setzte er sich in seinen alten Mercedes und fuhr nach Lüchow, um sich in der einzigen Buchhandlung in der Langen Straße mit Literatur für den ambitionierten Selbstversorger einzudecken.

Er parkte den Wagen auf dem Platz an der Dr. Lindemann-Straße und ging in Richtung Buchhandlung, als er seinen Namen rufen hörte.

„Hallo, Rico!"

Andi saß an einem Außentisch des Cafés an der Ecke und löffelte in einem großen Eisbecher.

Corvin verschob seine Verärgerung über Andis merkwürdiges Verhalten, weil ihm eine Auseinandersetzung in diesem Moment überhaupt nicht passte, und grinste.

„Hallo, Andi. Gönnst du dir eine Auszeit von deinem Dauerstress?"

Andi winkte ab.

„Du sagst es. Und seitdem du weg bist, ist es noch schlimmer geworden. Der Neue ist ein ziemlicher Anfänger, dem musst du alles dreimal erzählen. Komm, setz dich zu mir."

Für ein paar Sekunden dachte Corvin über eine Ausrede nach, aber dann fiel ihm Bettina und das Versprechen ein, dass er ihr gegeben hatte. Ohne weitere Bemerkungen setzte er sich und bestellte einen Cappuccino. Andi stöhnte weiter.

„Der Voss steht immer kurz vorm Durchdrehen und seit deiner Sache mit dem Voigt wittert er überall disziplinarische Vergehen."

Corvin grinste.

„Seid ihr denn mit dem Bogenschützen weitergekommen?“

Andi schüttelte den Kopf.

„So gut wie gar nicht. Er hat keine Spuren hinterlassen. Kein Härchen haben wir gefunden.“

Corvin setzte die Tasse ab und stellte sie auf den Tisch.

„Aber ihr habt doch den Pfeil, der in diesem Gerdau steckte!“

Andi rührte in seinem inzwischen geleerten Eisbecher.

„Eben nicht. Das Pärchen, das ihn gefunden hat, will ihn noch gesehen haben. Aber als unsere Leute eintrafen, war er weg. Der Täter muss also noch in der Nähe gewesen sein und das Corpus Delicti an sich genommen haben. Dafür steckte dann wieder ein Zweig mit Eichenlaub zwischen seinen Zähnen.“

„Wieder ‚der letzte Biss‘ oder wie hieß das noch gleich?“

Andi stellte den langen Löffel in den leeren Eisbecher.

„‚Der letzte Bissen‘ heißt das in der Jägersprache, insofern liegt der Verdacht nahe, dass unser Unbekannter ein Jäger ist. Aber das ist hier ja jeder zweite.“

Corvin kratzte sich am Kinn.

„Schöne Scheiße. Hast du denn inzwischen eine Theorie?“

„Eine ist gut. Es kann natürlich sein, dass Heinrich Wolf von dem Indianer vom Hochsitz geschossen wurde und ein anderer Hannes Gerdau auf die gleiche Weise beseitigt hat, um eine falsche Spur zu legen. Es kann aber auch sein, dass ein und derselbe Täter die beiden umgelegt hat. Nur – warum? Und warum mit Pfeil und Bogen?“

„Kannten die beiden sich denn?“

Andi nickte.

„Ja, natürlich. Wie man sich eben so kennt. Beide waren ja bekannte Figuren im Landkreis. Nur, der eine hatte fast nur Feinde, der andere fast nur Freunde. Wie passt das zusammen? Sie sind nicht beraubt worden, keiner hat einen Vorteil von ihrem Ableben. Bei Heinrich Wolf hatte ich ja noch auf einen Racheakt getippt, aber bei Hannes? Da passt einfach nichts zusammen."

Nachdem Corvin in der Buchhandlung John Seymours „Selbstversorgung aus dem Garten", die Bibel der Freizeitbauern und Selbstversorger, erstanden hatte, machte er sich auf den Heimweg. Seine Gedanken schwankten zwischen der Kunst des Gemüseanbaus, Bettina und dem geheimnisvollen Bogenschützen hin und her.

Erst hörte er die Sirene, dann sah er das Blaulicht. Im Nu überholte ihn der ihm bekannte Streifenwagen und bog nach knapp dreihundert Metern links in die Straße ein, an der das handgeschnitzte Schild „Waldkindergarten" angebracht war.

Für einen Augenblick wollte Corvin dem Streifenwagen folgen, aber dann sagte seine innere Stimme: Das geht dich nichts mehr an, fahr einfach weiter. Doch irgendetwas im Inneren folgte dieser Stimme nicht und so trat er auf die Bremse. Er parkte am Straßenrand und ging zu Fuß auf der Strecke zurück.

Schon von weitem hörte er Stimmengewirr. Eine Gruppe von aufgeregten Menschen stand am Eingang des Waldkindergartens. Er hörte Wortfetzen wie „Nun ist endlich Schluss" oder „Das kann doch keiner mehr verantworten" sowie „Abknallen, einfach abknallen!". Eine Stimme war besonders laut, und die kam ihm sehr bekannt vor.

Horst Voigt hatte sich zu seiner ganzen Größe aufgerichtet. Sein Gesicht war krebsrot, mit seiner rechten Hand hielt er ein Mobiltelefon in die Höhe.

„Wir danken Frau Schneider, dass sie so kaltblütig gehandelt hat. Sie hat den Kindern das Leben gerettet. Und sie liefert uns nun endlich den Beweis, dass diese Bestien vor nichts mehr zurückschrecken."

Corvin erkannte die Jägerlegende Hermann Kröger am Rande der Gruppe. Er machte eine angedeutete Verbeugung.

„Hallo, Herr Kröger, wissen Sie, was hier los ist?"

Kröger schaute ihn zuerst irritiert an, dann huschte ein Zeichen des Erkennens über sein Gesicht.

„Ach, Sie sind das. Frau Schneider, die Leiterin, will zwei junge Wölfe ganz in der Nähe des Kindergartens gesehen haben. Sie hat die Kinder sofort ins Haus geholt und dann die Eltern, Polizei und ein paar Jäger, die sie kennt, angerufen."

Corvin runzelte die Stirn.

„Vielleicht waren das ja nur junge Hunde."

Kröger schüttelte den Kopf.

„Wohl kaum. Sie hat sie fotografiert. Mit ihrem Handy. Die Bilder sind erstaunlich scharf. Das sind eindeutig zwei junge Wölfe, die keine Angst vor menschlichen Behausungen aufweisen. Allerdings haben die Kinder vor Angst so laut geschrien, dass sie sich wieder zurückgezogen haben."

„Und was meinen Sie, was jetzt passiert?"

Kröger zog die Mundwinkel nach unten.

„Ich denke mal, jetzt muss die Politik handeln. Wenn Kinder in Gefahr sind, sollte es keine Diskussionen mehr geben. Ich denke mal, ein Abschuss ist fällig."

Ein langer, dünner Mann mit einem Vollbart kam den Weg von der Straße hinuntergelaufen.

„Hallo, Robert", begrüßte Corvin den ehrenamtlichen Wolfsberater, der ziemlich außer Atem war.

„Hallo, Erik", keuchte der, „ich hab schon alles gehört. Wo kann ich die Bilder sehen?"

Corvin grinste.

„Da musst du den Herrn Voigt wohl fragen. Der hat das Beweisstück offenbar sofort konfisziert."

Robert Münster antwortete nicht, sondern schob sich durch die durcheinanderredende Menge direkt auf Voigt zu. Der erkannte ihn sofort.

„Ach, schau an, der Herr Wolfsberater. Ja, mein Lieber, jetzt ist guter Rat teuer. Aber jetzt wird nicht mehr beraten, jetzt wird gehandelt!"

„Kann ich die Bilder mal sehen?", keuchte Münster, noch immer außer Atem.

„Bitte sehr", sagte Voigt und hielt ihm das Display auf Augenhöhe. Allerdings aus einer solchen Entfernung, als befürchtete er, Münster könnte es ihm aus der Hand reißen.

„So kann ich aber nichts erkennen", jammerte der.

„Aber ich kann es erkennen", tönte Voigt. „Das sind eindeutig Wölfe. Morgen werden Sie ein gestochen scharfes Foto in der Zeitung sehen. Doch bis dahin haben wir die Bestien bereits erledigt."

Plötzlich bemerkte er den in einiger Entfernung stehenden Corvin und ein höhnisches Siegerlächeln flog für ein paar Sekunden über sein Gesicht.

Corvin fühlte wieder eine mächtige Wut in sich aufsteigen, drehte sich um und ging davon. Auf dem Weg zum Auto sah er aus den Augenwinkeln, dass in einem parallel laufenden Waldweg ein alter, weißer Ford Transit mit dem Ortskennzeichen PA parkte. Auf dem Fahrersitz saß ein Mann, der intensiv mit seinem Handy beschäftigt war. Irgendetwas stimmte hier nicht, sagte der immer noch funktionierende Fahnderinstinkt in ihm. Er zog sein Handy aus der Tasche, machte ein Foto und ging zu seinem Wagen.

Nachdem er die Fahrertür geschlossen hatte, wählte er eine Nummer in Hamburg, die er immer noch auswendig wusste.

„Hallo, Wolfgang, hier ist Erik. Kannst du mir einen Gefallen tun?"

Der Mann am anderen Ende, ein Kollege aus alten Hamburger Polizeitagen, war hocherfreut.

„Mensch, Erik, hört man auch mal wieder von dir! Was kann ich für dich tun?"

„Ich brauche mal den Halter eines Fahrzeugs."

„Kein Problem", sagte die Stimme aus Hamburg. „Warte eine Sekunde."

Corvin nannte das Kennzeichen und hörte kurz darauf das Klacken einer Tastatur.

„Das ist ein Ford Transit mit Standort Passau. Halter ist ein Aleksander Orlow."

„Danke, Wolfgang", sagte Corvin. „Wenn ich mal wieder in Hamburg bin, gebe ich dir ein Bier aus."

Der andere lachte.

„Ach, übrigens. Walter geht nächste Woche in den Ruhestand und feiert seinen Abschied. Ich glaube, er würde sich wahnsinnig freuen, wenn du auch kämst. Außerdem ist dein Todfeind Krause gerade im Urlaub. Es bestünde somit keine Gefahr, dass ihr zusammenrasselt."

„Gute Idee", sagte Corvin, „ich seh zu, dass ich kommen kann."

Er hatte bereits die ersten Ziffern von Andis Nummer eingetippt, um ihm seine Beobachtungen mitzuteilen, als ihm plötzlich ein Gedanke durch den Kopf schoss.

Warum sollte er der Polizei einen Tipp geben? So, wie sie ihn behandelt hatten. Auch wenn Andi sein Freund war. Aber wie ein Freund hatte der sich in den letzten Tagen nicht gerade benommen.

Er holte tief Luft und lehnte sich zurück, sodass er die Kopfstütze spürte. Aleksander Orlow war nach seiner Erinnerung der Bruder von Viktor. Der vertickte alles, was sich lohnte, und hatte hervorragende Kontakte in die dazu notwendigen Länder im Osten. Und er wohnte in Passau, das lag dicht an der tschechischen Grenze.

Er schluckte, beugte sich etwas vor und legte beide Hände auf das Lenkrad. Sein inneres Auge sah plötzlich den Kreistagsabgeordneten Horst Voigt, wie er dastand und mit höhnischem Grinsen triumphierte.

Er kniff die Augen zusammen. Wenn er beweisen konnte, dass der Voigt mit den Orlows krumme Geschäfte machte, könnte er damit die Rechnung begleichen, die zwischen den beiden noch offenstand.

„Dummes Zeug", sagte er plötzlich laut, „was denkst du da für einen Bullshit? Du hast gerade begonnen, ein neues Leben anzufangen, lass den alten Scheiß ruhen und schau nach vorn."

Dann startete er den Motor und fuhr los, fest entschlossen, jetzt an etwas ganz anderes zu denken. Doch so sehr er sich auch bemühte, der Racheengel in seinem Kopf war zwar leiser geworden, aber immer noch zu hören.

Nach fast vierzig Jahren Polizeidienst war der Hamburger Hauptkommissar Walter Grossmann froh, dass er endlich in Pension gehen konnte. Die Kugel, die aus seiner Hüfte herausoperiert worden war, hatte doch einiges angerichtet, was seine Bewegungsfreiheit erheblich einschränkte. Dabei konnte er von Glück sagen, dass er sich gerade in dem Moment aus einer gebückten Haltung wieder aufgerichtet hatte. Die Kugel hätte mit Sicherheit seinen Kopf getroffen. Seitdem war auch seine Psyche etwas angeknackst, und darum war er froh, sich ins Privatleben zurückziehen zu können. Mit Traurigkeit erfüllte es ihn, dass er sich nun von den Kollegen verabschieden musste. Er hatte immer wieder mit tollen Teams zusammengearbeitet. Ab und zu war auch mal ein Stinkstiefel dabei, aber im Großen und Ganzen waren Kollegialität und Freundschaft doch immer sehr ausgeprägt gewesen.

Nun bedeckten Papiertischtücher die Schreibtische, ein kaltes Buffet und kistenweise Bier war herbeigeschafft worden und schließlich hatten ihm die Kollegen auch noch das Gemeinschaftsgeschenk überreicht. Ein neuer Rasenmäher mit Akkubetrieb, mit dem er die Grasfläche vor seinem Reihenhaus in Schnelsen pflegen konnte.

Dann hielt sein Kollege Wolfgang Sievert eine Rede, alle applaudierten und Grossmann war zu Tränen gerührt.

Sievert räusperte sich noch einmal.

„Und dann, lieber Walter, haben wir noch eine Überraschung für dich. Einen Special Guest, sozusagen."

Er klatschte in die Hände und die Tür öffnete sich. Halb belustigt und halb verlegen betrat Erik Corvin den Raum, in der einen Hand eine Flasche Champagner, in der anderen einen kleinen Blumenstrauß. Der Applaus schwoll noch einmal an. Grossmann strahlte, erhob sich langsam von seinem Bürosessel und streckte seine Arme aus.

„Erik, mein Junge, was für eine Überraschung. Bist du extra meinetwegen nach Hamburg gekommen?"

Beide Männer umarmten sich. Corvin etwas umständlich, weil er immer noch seine Geschenke in den Händen hielt. Grossmann wischte sich eine Träne aus dem rechten Augenwinkel.

„Komm, setz dich zu mir und erzähl, wie's dir geht da draußen in der Provinz."

Und dann wurden ihm ein Bier und ein Lachsbrötchen gereicht und mit einer nie endenden Reihe von Anekdoten begonnen, die alle mit „Dabei fällt mir ein …" begannen. Auch Corvin leistete seine Beiträge mit Geschichten aus der Vergangenheit und der Gegenwart.

„Weißt du", sagte Grossmann, „ich bin nie in deinem Landkreis gewesen, aber ich kann mich erinnern, dass die Orte dort sehr merkwürdige Namen haben. Ob du's glaubst oder nicht: Ich musste mich als junger Polizist – das muss mehr als dreißig Jahre her sein – um einen Verkehrsunfall kümmern, bei dem der Verursacher aus deiner Ecke stammte. Auch aus so einem Dorf mit so einem ulkigen Namen, an den ich mich noch heute gut erinnern kann."

Corvin lachte.

„Und weißt du noch, wie der Ort hieß, aus dem er kam?"

Grossmann riss beide Augen auf.

„Aber natürlich. So einen komischen Namen vergisst man nicht. Gutfeitzen hieß der!"

Corvins Lachen verschwand.

„Und kannst du dich noch erinnern, wie der Mann hieß?"

Grossmann nickte.

„Warte mal. Der hieß ... der hieß ... verdammt noch mal, jetzt fällt mir der Name nicht mehr ein. Hatte irgendwas mit amerikanischer Politik zu tun. Aber ich komme jetzt nicht drauf ...“

20

Draußen dämmerte es, doch Corvin hatte bereits vor einer halben Stunde das Licht in der ohnehin auch am Tag schummrigen Küche eingeschaltet.

„Mach das Licht an, du verdirbst dir die Augen!“, hörte er Tante Frieda sagen, wenn sie ihn mal wieder beim Lesen im halbdunklen Raum erwischt hatte.

Ach, Tante Frieda, dachte er, was würde er sie nicht noch alles fragen wollen. Jetzt musste er alles nachlesen. Konzentrier dich, sagte er zu sich selbst und begann das Kapitel „Die Grundlagen des erfolgreichen Gartenbaus“ zum zweiten Mal.

Weit kam er nicht, denn sein Handy hinderte ihn daran, zu erfahren, wie man verwildertes Land mit dem Spaten wieder urbar machen konnte.

„Hier ist Bettina“, hörte er eine ihm inzwischen bekannte Stimme. „Sie hatten recht. Ich habe die Pfeilspitze in der Ofenasche gefunden. Wollen Sie sie sehen?“

„Natürlich“, sagte er, „wenn Sie Zeit haben, bringen Sie sie mir. Ich bleibe heute Abend zu Hause.“

Bereits kurze Zeit später klopfte es an der Tür.

Das ging ja schnell, wunderte sich Corvin, für den Weg brauchte man doch mindestens eine halbe Stunde.

Er öffnete und machte im nächsten Moment nicht gerade das intelligenteste Gesicht.

Sie lächelte selbstsicher und genoss den Moment der Überraschung.

„Ich habe von Ihrem rasanten Stellungswechsel gehört, kam hier gerade vorbei und dachte mir: Das siehst du dir mal an."

Corvin schaute noch immer verdattert. „Frau van Steen. Das ist aber eine Überraschung. Was kann ich für Sie tun?"

Vanessa van Steen schüttelte ihren dunklen Lockenkopf und lachte.

„Meine Neugier befriedigen. Darf ich reinkommen?"

Er trat einen Schritt zurück, zog die Tür ganz auf und machte eine einladende Handbewegung.

„Aber bitte doch. Allerdings muss ich gleich um Entschuldigung bitten. Das ist alles noch ganz neu und ich bin überhaupt noch nicht sortiert. Ich meine, ich kann Ihnen gar nichts anbieten …"

Sie machte eine wegwerfende Handbewegung.

„Bleiben Sie locker. Ich wollte nur mal sehen, wie Sie hier hausen, und dann bin ich gleich wieder weg."

Sie ging an ihm vorbei, geradewegs in die Küche, schaute in alle Ecken, warf einen Blick in das aufgeklappte Buch und strahlte ihn wieder an.

„Erstaunlich", sagte sie.

Er merkte, dass er sich in ihrer Gegenwart etwas unsicher fühlte.

„Was ist erstaunlich?"

Sie trat einen Schritt auf ihn zu. „Ich dachte, Sie wären so ein humorloser Beamter ohne Sinn für die anderen Dinge des Lebens. Aber wie Sie jetzt Ihr Leben geändert haben – wirklich erstaunlich. Und wohin geht's da?"

Sie wartete seine Antwort nicht ab, sondern öffnete die Tür zum Wohnzimmer, warf einen Blick hinein und schloss die Tür wieder.

„Ich hätte gewettet, Sie wollten diesen Bogenschützen noch zur Strecke bringen, von dem hier alle sprechen."

Corvin räusperte sich.

„Wollte ich auch. Aber die Dinge haben sich anders entwickelt."

„Hatten Sie denn eine heiße Spur?"

Er schüttelte den Kopf.

„Dazu kann ich nichts sagen. Und es interessiert mich auch nicht mehr. Dabei fällt mir ein: Ich kann Ihnen doch etwas anbieten. Tante Frieda hatte immer einen hervorragenden Mirabellenschnaps im Schrank. Mögen Sie so etwas?"

Sie lachte.

„Warum nicht? Lassen Sie mich probieren?"

Er ging zurück in die Küche, holte die rechteckige Flasche aus der Speisekammer, griff sich zwei Gläser und stellte sie auf den Tisch. Sie prosteten sich zu. Ohne zu nippen, kippte Vanessa den Schnaps hinunter.

„Gut! Sehr gut sogar. Darf ich noch einen?"

Corvin grinste.

„Aber selbstverständlich. Bitte sehr."

Sie erhoben erneut die Gläser, aber kurz vor dem Trinken bremste sie ab und lachte.

„Ach, wissen Sie was? Jetzt, da Sie nicht mehr der Beamtenarsch sind, für den ich Sie gehalten habe, können wir das ‚Sie' auch weglassen. Ich heiße Vanessa!"

Er war zwar etwas überrascht, bemühte sich aber, möglichst cool zu wirken. Er hob sein Glas. „Erik!"

Sie stellte das Glas auf den Tisch.

„Wirklich lecker dein Schnaps, aber ich muss jetzt gehen. Komm doch mal auf einen Wein bei mir vorbei, du weißt ja, wo ich hause."

„Oder wir gehen mal zusammen was essen", ergänzte Corvin.

Sie strahlte ihn an.

„Gute Idee. Aber jetzt muss ich los."

Sie beugte sich vor und hauchte ihm einen zarten Kuss auf die Wange.

Die Stimme hinter ihnen kam überraschend.

„Entschuldigung, ich habe geklopft und die Tür stand offen. Störe ich?"

Beide fuhren herum. Corvin sah an diesem Abend das zweite Mal nicht besonders intelligent aus, Vanessa behielt die Contenance.

„Hallo, Bettina, da kann sich der Erik ja wirklich nicht beklagen, bei so viel weiblicher Anteilnahme!"

Man merkte Bettina an, dass sie sich anstrengte, amüsiert auszusehen.

„Hallo, Vanessa, ich wusste gar nicht, dass ihr euch so gut kennt."

Vanessa schüttelte ihren Lockenkopf.

„Wir kennen uns auch gar nicht. Wir fangen gerade damit an. Aber jetzt muss ich wirklich. Ciao, Erik, Ciao, Bettina. Einen schönen Abend noch." Mit weit ausgreifenden Schritten hatte sie die Haustür erreicht und verschwand.

Corvin schaute Bettina an und versuchte, möglichst gelassen zu wirken.

„Ja, ich war genauso überrascht. Frau van Steen – äh, ich meine Vanessa, kam hier so reingeschneit, ich wusste gar nicht …"

Bettina zuckte mit den Schultern, schnitt ihm das Wort ab und griff in die Tasche.

„Hier, schauen Sie, das ist die Pfeilspitze."

Sie hatte sie in ein Papiertaschentuch eingewickelt und offenbar vorher mit Wasser abgespült. Reste von Asche waren nicht mehr zu sehen. Corvin legte sie auf seine flache linke Hand und hielt sie unter die Lampe, die über dem großen Eichentisch in der Küche hing.

„Komisch“, murmelte er.

Bettina beugte sich ebenfalls über seine Hand.

„Was ist komisch?“

Corvin machte ein nachdenkliches Gesicht.

„Ich hatte eine moderne Jagdspitze erwartet. Eine mit rasiermesserscharfen Klingen. Die hatte der Indiander auch, wenn er auf seine Gummibärchen geschossen hat. Aber diese sieht aus wie eine aus dem Mittelalter. Und was ist das?“

Bettina beugte sich tiefer.

„Sieht aus wie Buchstaben. ‚HL‘ lese ich daraus.“

Corvin nickte.

„Sieht aus wie von Hand gemacht. Ein industrielles Produkt ist das jedenfalls nicht. Darf ich sie erst einmal behalten?“

Bettina hatte sich wieder aufgerichtet.

„Ja natürlich. Ich hoffe, es bringt Sie auf irgendeine Spur.“

Corvin zuckte mit den Schultern.

„Es ist zumindest das erste Detail, das wir bei diesem Fall in der Hand ha…“

Er schnitt sich selbst das Wort ab. Bettina stutzte.

„Warum sprechen Sie nicht weiter?“

Corvin lächelte.

„Weil ich ‚wir‘ und ‚Fall‘ gesagt habe. Ich glaube, ich muss mich erst daran gewöhnen, dass ich kein Polizist mehr bin.“

Bettina sah ihn ernst an.

„Nein, Sie haben sich nicht versprochen. Es ist jetzt unser Fall."

Der pensionierte Lehrer Helfried Schuster wohnte in einem schmalen Fachwerkhaus in der Lüchower Wallstraße, das den Eindruck erweckte, es würde von den wesentlich größeren Häusern links und rechts zusammengedrückt. Da das Terzett aber seit über zweihundert Jahren so stand und das schmale Haus um keinen Zentimeter schmaler wurde, war dieser Eindruck unbegründet. Es hätte sicher auch nicht funktioniert, denn Helfried Schuster hatte das Haus im Laufe der Jahrzehnte mit Büchern, Manuskripten und Zeugnissen wendländischer Geschichte so vollgestopft, dass es praktisch keine Hohlräume mehr gab, die diesen Vorgang möglich gemacht hätten.

Corvin stand auf der ersten der drei Stufen, die zur Haustür führten, und zog am Klingelstrang.

Zwei Minuten später öffnete sich die Tür und ein kleiner Mann mit schütteren weißen Haaren und einer grünen Wolljacke, die ihm viel zu groß war, stand im Türrahmen. Obwohl er die Achtzig bereits überschritten hatte, blitzten durch zwei runde Brillengläser wache hellblaue Augen hervor, die auch einen Zwanziger interessant gemacht hätten.

Corvin machte eine angedeutete Verbeugung. „Guten Tag, Herr Schuster, Erik Corvin ist mein Name. Wir hatten telefoniert und sie wollten sich meine Fundstücke einmal ansehen. Man sagte mir, dass es nichts gäbe, was sie über das Wendland nicht wüssten."

Ein Lächeln huschte über das Gesicht des alten Herrn. „Sagt man so? Kommen Sie rein, Herr Corvin. Ein guter alter wendländischer Name. Es gab in Gusborn mal einen Kolonialwarenladen – der Inhaber hieß auch Corvin. Ist aber lange her."

Corvin lächelte.

„Ich weiß, das war mein Großvater."

Schuster machte eine einladende Handbewegung. Dann drehte er ihm den Rücken zu und ging voran. Durch einen dunklen Flur, an dessen Wänden Bücher hochgestapelt waren, in ein nicht minder dunkles Wohn- und Arbeitszimmer, das gerade noch Platz ließ für einen Schreibtisch und einen Besucherstuhl. Aller übriger Platz war vollgestellt mit Bücherregalen, Vitrinen, Stapeln von Zeitungen, Zeitschriften und einigen unausgepackten Kisten.

Schuster ließ sich mit einem Seufzer in seinen durchgesessenen Ledersessel fallen und deutete auf den Besucherstuhl, der schon beim Anblick rasch einsetzende Lendenwirbelschmerzen versprach.

„Nehmen Sie Platz, was kann ich für Sie tun?"

Corvin räusperte sich und öffnete seine alte Aktentasche aus abgewetztem Leder.

„Ich sagte ja schon am Telefon, dass ich einen alten Hof in Waddeweitz übernommen habe und dort einige Dinge gefunden habe, deren Herkunft mich interessiert. Zwei habe ich mitgebracht. Vielleicht können Sie mir sagen, woher sie stammen."

Er griff in die Tasche und holte ein kunstvoll gewebtes Seidenband heraus, das mindestens zwei Meter lang war und das er in Tante Friedas Schrank gefunden hatte.

Schuster nahm es in die Hand und lächelte.

„Das ist ein Kinnband. Es wurde über den Kopf unters Kinn gebunden, sodass die schönen Muster zur Geltung kamen. Kein Kinnband gleicht dem anderen. Die Frauen trugen es noch bis ins vorige Jahrhundert zu festlichen Anlässen zu ihrer Tracht."

„Interessant", murmelte Corvin und griff erneut in die Tasche. „Und aus welcher Zeit könnte dies hier stammen?"

Er legte die Pfeilspitze, die fast das Leben des Rudolf Gerken ausgelöscht hatte, vor ihn auf die Schreibunterlage.

Schuster nahm die Spitze vorsichtig in die Hand und hielt sie ins Licht. Eine ganze Zeit lang schwieg er, dann schüttelte er den Kopf.

„So etwas habe ich noch nie gesehen. Wendländisch ist das nicht. Ich habe eher den Eindruck, als sei diese Spitze erst vor Kurzem angefertigt worden. Geschliffen worden ist sie mit einer modernen Maschine, nicht mit einem Stein, wie man es früher machte."

Corvin beugte sich vor.

„Und diese Schriftzeichen?"

Schuster schüttelte abermals den Kopf.

„‚HL' lese ich daraus. Aber das sind auch keine alten Schriftzeichen, sondern moderne. Dabei fällt mir ein: Im Laufe der Jahrhunderte war es durchaus üblich, dass Schützen ihre Initialen an Pfeilspitzen anbrachten. So konnte bei Wettkämpfen zum Beispiel niemand schummeln. Und wer auf den Feind schoss, sandte das sozusagen als Grußbotschaft. Die Bomberpiloten im Zweiten Weltkrieg sollen ja sogar ihre Bomben signiert haben!"

Er hielt sich die Hand vor den Mund und riss die Augen auf.

„Tut mir leid, das war etwas geschmacklos."

Corvin winkte ab.

„Na denn, ich dachte, das sei eine wertvolle Antiquität. So kann man sich täuschen. Aber trotzdem vielen Dank für Ihre Hinweise."

„Das wird wohl eine House warming-Party, nehme ich an", hörte Corvin hinter sich eine lachende weibliche Stimme, als er den schwerbeladenen Einkaufswagen über den Parkplatz vom Supermarkt zum Auto schob. Er drehte sich um und ein Lächeln huschte über sein Gesicht.

„Ach, Bettina. Nee, eine Party wird das nicht, ich habe jetzt endlich ein Grundsortiment für meinen neuen Haushalt zusammengekauft. Von der Scheuermilch bis zum Kaffee hab ich jetzt alles zusammen."

Bettina lächelte zurück.

„Kaffee ist gut!"

Ausnahmsweise meinte er, einen Wink mit dem Zaunpfahl bemerkt zu haben.

„Ich wollte Sie sowieso wegen der Pfeilspitze anrufen, und wenn Sie nichts weiter vorhaben, kann ich Ihnen dabei gern meine Künste als Kaffeekocher vorführen."

Bettina schaute ihn ernst an.

„Okay, dann bis gleich."

Fünfzehn Minuten später hielten Corvins Mercedes und Bettinas VW-Bus hinter den vier Kastanien am alten Stallgebäude. Es dauerte weitere zehn Minuten, bis sie alle prall gefüllten Papiertüten ins Haus gebracht hatten.

„Ich glaube, ich kaufe mir noch eine Kaffeemaschine", sagte Corvin, als er den gemahlenen Kaffee in den Filter auf der Kanne schüttete.

Bettina hatte einen Kessel mit Wasser aufgesetzt.

„Aber nicht so ein Ding mit Kapseln. Das ist völlig überteuert und produziert nur Alu-Müll, den wir gar nicht gebrauchen können. Ehrlich gesagt, liebe ich dieses Ritual, den Kaffee zu filtern. Das hat sowas sympathisch Altmodisches."

Corvin grinste.

„Stimmt. Wie bei Ihrer Oma."

Bettina schaute ihn nachdenklich an.

„Leider hatte ich nie Großeltern. Komisch, an meine frühe Kindheit kann ich mich überhaupt nicht erinnern. Das geht erst los, als ich schon zur Schule ging. Wissen Sie eigentlich, dass ich adoptiert worden bin?"

Corvin nickte. „Ich habe sowas gehört. Haben Sie denn nie Kontakt zu Ihren leiblichen Eltern aufgenommen?"

Bettina schüttelte den Kopf.

„Ich habe es versucht. Mein Vater gilt sowieso als unbekannt und meine Mutter ist sehr jung gestorben. Richtig kennengelernt haben wir uns nie."

Corvin hatte zwei Tassen aus dem Schrank geholt und goss Kaffee aus Tante Friedas geblümter Kanne ein.

„Milch, Zucker?"

Bettina schüttelte den Kopf.

„Nee, ich trinke ihn immer schwarz."

Er hob seine Tasse. „Na, denn."

Dann stoppte er plötzlich.

„Wissen Sie was? Jetzt lassen wir mal das blöde ‚Sie', ich heiße Erik."

Bettina lachte.

„Ist eigentlich auch gar nicht meine Art, jemanden so lange zu siezen. Aber als Polizist konnte ich dich ja schlecht duzen."

Er trat an sie heran und küsste sie auf den Mund. Als er sie dabei in den Arm nehmen und fester an sich ziehen wollte, wich sie zurück.

„Sei mir bitte nicht böse, aber ich habe gerade eine längere Beziehung hinter mir. Ich mag dich, aber ich kann das jetzt noch nicht. Verstehst du das?"

Für einen Augenblick kam sich Corvin vor wie ein Schuljunge, der auf der Klassenreise versucht hatte, seine Mitschülerin zu küssen, und sich dabei schrecklich ungeschickt angestellt hatte. Er räusperte sich.

„Ja, natürlich. Entschuldige bitte!"

Sie trat wieder einen Schritt auf ihn zu.

„Du musst dich nicht entschuldigen. Das war nur alles sehr schwierig und hat mich emotional sehr gebeutelt ..."

Corvin war das Gespräch unangenehm. Ein neues Thema musste her. Seine Stimme wurde wieder förmlich.

„Wie gesagt: Ich hätte Sie ... äh, ich meine dich. Ich hätte dich heute sowieso angerufen. Ich war bei diesem Geschichtsprofessor und habe ihm die Pfeilspitze gezeigt."

Bettina stellte die Kaffeetasse auf den Küchentisch.

„Und? Konnte er was dazu sagen?"

Corvin hob die Kanne und nickte ihr zu. Sie hob ablehnend die Hand. Er goss sich eine weitere Tasse ein und schüttelte dabei den Kopf.

„Konnte er. Aber nicht das, was ich hören wollte. Die Spitze ist offenbar eine Allerweltsanfertigung. Nur das mit den Buchstaben könnte uns eventuell weiterbringen."

Sie schaute ihn verständnislos an.

„In die Spitze waren doch diese zwei Zeichen eingraviert oder wie auch immer man das technisch nennt. Ein großes H und ein großes L. Sagt dir das irgendwas?"

Sie dachte einen Augenblick nach.

„‚HL' sagst du? Habe ich auch schon drüber nachgedacht. Hört sich an wie Initialen. Ich kenne zwar wahnsinnig viele Leute hier, aber dazu fällt mir im Augenblick nichts ein. Heather Locklear wird es ja wohl nicht sein. Ich muss mal drüber nachdenken."

Corvin überlegte.

„Viele Leute. Dann kennst du ja auch sicher Horst Voigt.“

Bettina verschluckte sich fast.

„Und ob ich den kenne. Der geborene Querulant. Der versucht doch jedes Mal, unser Festival abzuschießen. Lärmbelästigung, mangelnde Hygiene, Drogen – was der sich nicht schon alles ausgedacht hat. Wie kommst du jetzt auf den?“

Corvin atmete tief ein.

„Diesem Herrn verdanke ich, dass ich jetzt mit dir hier stehen und Kaffee trinken kann. Eigentlich müsste ich ihm ja dankbar sein.“

Bettina schaute ihn an, als galt es, ein Rätsel zu lösen.

„Kannst du mir das genauer erklären?“

Corvin setzte sich auf einen Küchenstuhl und begann zu erzählen. Von der Ohrfeige im Kuhstall bis hin zum Verdacht mit den Orlows.

Bettina hatte ohne Zwischenfrage zugehört.

„Ich glaube dir jedes Wort. Das passt alles genau zu diesem Mistkerl. Die arme Frau.“

Jetzt sah Corvin sie etwas verständnislos an.

Bettina schaute auf die Uhr.

„Verdammt, ich muss los. Nur so viel: Wie die nette und attraktive Karin an diesen Kerl geraten ist, verstehe ich überhaupt nicht. Einige behaupten ja sogar, dass er sie schlägt. Wundern würd‘s mich nicht.“

Sie griff nach ihrer Umhängetasche und ging zur Tür. Er folgte ihr. An ihrem VW-Bus blieben sie stehen. Sie legte ihm die rechte Hand auf die Schulter.

„Gut, dass du mir das erzählt hast. Ich werde mich mal umhören. Wenn wir dem Voigt ans Bein pinkeln können, bin ich dabei. Und entschuldige noch mal wegen vorhin."

Corvin sagte nichts, schüttelte leicht den Kopf und lächelte. Als der Wagen durch das Tor fuhr, hob er die Hand und winkte ihr nach.

Irgendwie ist das alles etwas schief gelaufen, dachte er. Wieso eigentlich Beziehung? Was für ein Wort. Er hatte sie nur gern mal küssen wollen. Daraus musste ja nicht gleich eine Beziehung entstehen.

Horst Voigt war sauer. Ziemlich sauer sogar. Wie immer, wenn etwas nicht so lief, wie er es wollte. In diesem Fall war eine Hundert-Kilo-Bache daran schuld, die so unerwartet aus dem Unterholz auf die Lichtung geschossen war, dass Voigt bei einem Satz nach hinten das Gleichgewicht und die Büchse verloren und sich nur um Haaresbreite auf den hinter ihm stehenden Hochsitz hatte retten können. Dabei war er an einem Ast hängen geblieben, hatte sich die Hose zerrissen und sah auch sonst nicht gerade wie ein überlegener Jäger aus, der die Situation im Griff hatte. Wie gut, dass niemand in der Nähe war. Ein Horst Voigt auf der Flucht vor einem Schwein. Das wäre für viele seiner Neider ein gefundenes Fressen gewesen. Hohn und Spott hätten ihn die nächsten Tage begleitet.

Nachdem von dem Wildschwein nichts mehr zu sehen und zu hören war, kletterte er vorsichtig wieder nach unten, griff nach der am Boden liegenden Büchse und beschloss, seine jagdlichen Aktivitäten für diesen Tag einzustellen, bevor Schlimmeres passierte. Etwas verwirrt schaute er sich noch einmal in alle Richtungen um, ob nicht doch jemand hinter einem Gebüsch lauerte und ihn beobachtete, konnte aber nichts entdecken. Er humpelte zu seinem Mitsubishi-Jeep, lehnte die Büchse gegen das Hinterrad und beschloss, den heutigen Tag ganz schnell zu vergessen. Er hatte dabei allerdings nicht berücksichtigt, dass der Tag noch nicht zu Ende war.

Erst jetzt bemerkte er, dass das spitze Stück vom Ast, das aus der roh gezimmerten Leiter zum Hochsitz herausragte, nicht nur seine Hose, sondern auch seinen Unterschenkel stark ramponiert hatte. Die Blessur brannte wie Feuer. Als er das rechte Bein anhob, um einzusteigen, zog er vor Schmerzen laut hörbar die Luft zwischen den zusammengebissenen Zähnen ein und stieß einen Fluch hervor, der mit „Sch…“ begann. Gleichzeitig bemerkte er, dass die Büchse immer noch am Hinterrad lehnte. Er stöhnte noch einmal, als er sich bückte, um das Gewehr auf den Rücksitz zu legen.

Als er sich nach vorn beugte, um nach seiner Waffe zu greifen, meinte er, von der Attacke der Wildsau immer noch sensibilisiert, hinter sich ein Geräusch zu hören. Mit einem Ruck drehte er sich um, hörte ein Surren und hatte im selben Augenblick das Gefühl, als ob seine rechte Schulter explodierte. Reflexartig und fast gleichzeitig drückte er auf den Abzug der nicht gesicherten Büchse. Der Schuss krachte und hallte durch den Wald, dann wurde dem Rinderzüchter und Kreistagsabgeordneten Horst Voigt schwarz vor Augen, er sackte in die Knie und schlug mit Oberkörper und Gesicht frontal auf den Waldboden.

21

Corvin hatte gerade sein überschaubares Abendessen, bestehend aus zwei Spiegeleiern, einer Scheibe Vollkornbrot und einer kleinen Gewürzgurke, beendet. Nachdem er den Teller zur Spüle getragen hatte und sich in seinem Lieblingssessel niederlassen wollte, um die Zwanzig-Uhr-Ausgabe der Tagesschau einzuschalten, ließ ihn ein dumpfes Pochen herumfahren. Er legte die Fernbedienung wieder auf den Tisch und horchte. Er hatte sich nicht verhört. Jemand klopfte ein zweites Mal an die Haustür. Diesmal etwas länger. Hatte Bettina es sich anders überlegt?

Er ging durch die Küche, über die Diele und blieb dann stehen. Die Klinke der Haustür bewegte sich langsam nach unten. Corvin machte einen Schritt nach vorn und vergewisserte sich gleichzeitig, dass der alte, schwere Spazierstock aus Eichenholz, der wohl einmal Hermann Schulz gehört haben musste, im Schirmständer neben der Tür steckte. Er riss die Tür ruckartig auf und schaute Andi mitten ins Gesicht. Der sah etwas abgehetzt aus, bemühte sich aber trotzdem, gelassen zu wirken.

„Entschuldige, Rico, ich habe zweimal geklopft und konnte ja sehen, dass du zu Hause bist."

Corvin war überrascht. „Andi, mit dir hab ich nun gar nicht gerechnet. Komm rein."

Er ging voraus in die Küche und deutete auf einen Stuhl.

„Was kann ich dir anbieten. Bier, Wein, einen Schnaps? Ich bin jetzt bestens sortiert."

Andi lächelte verlegen und nahm seine Brille ab.

„Danke. Ja, ein Klarer wäre jetzt gut."

Den hatte er vorhin auch gehabt, dachte Corvin, als er Tante Friedas Mirabellenschnaps aus dem Schrank holte, der Vanessa so gut geschmeckt hatte.

Er goss Andi ein Glas ein. Der wartete nicht, bis Corvin sich ein Bier aus dem Kühlschrank geholt hatte, sondern schüttete das Glas ohne Umstände in seinen Rachen. Er wischte sich über die Lippen.

„Rico, ich brauche deine Hilfe."

Corvin goss das Bier in ein kugelförmiges Pilsglas.

„Jederzeit. Was kann ich für dich tun?"

Andi machte ein zerknirschtes Gesicht.

„Weißt du, ich hab da ... wie soll ich es sagen? Da gibt es zwei Frauen, die ich ... sie wissen natürlich nichts voneinander. Jedenfalls war ich heute Abend ... ach, was rede ich da so lange. Ich brauche ein Alibi."

Corvin sah ihn mit unbewegtem Gesicht an.

„Und das soll lauten?"

Andi schob ihm das Schnapsglas hin und Corvin, der das schon erwartet und die Flasche in greifbarer Nähe gelassen hatte, schenkte ihm nach.

„Ich war seit achtzehn Uhr bei dir. Wir haben hier in der Küche gesessen und über alles Mögliche geredet. Wer immer dich fragt – ich war hier bei dir."

Corvin grinste.

„Das nenne ich mal eine Überraschung. Erst denke ich wochenlang, dass in deinem Leben überhaupt keine Frau vorkommt, und jetzt sind es gleich zwei. Offensichtlich von der rabiaten Sorte. Natürlich verpfeif ich dich nicht. Aber sag mal: Wer sind denn die beiden Amazonen?"

Andi stürzte den zweiten Schnaps hinunter und schaute Corvin an. Dem kam es vor, als wäre sein Freund im Laufe des Gesprächs immer blasser geworden.

„Kennst du beide nicht. Sie sind auch völlig unterschiedlich, nur beide extrem eifersüchtig. Hilfst du mir?"

Corvin nickte heftig.

„Natürlich. Aber jetzt möchte ich die Geschichte etwas genauer hören."

Er griff nach seinem Glas und fegte dabei den Flaschenöffner vom Tisch, dessen Griff aus dem Gehörn eines Rehbocks geschnitzt worden war. Er bückte sich, ging auf die Knie und wollte nach dem Öffner greifen, der unter dem Tisch lag, als er neben Andis Stuhl einen dunklen Fleck auf einer der weißen Kacheln entdeckte. Erst jetzt fiel ihm auf, dass Andi den rechten Arm nicht auf den Tisch gelegt und das Glas mit der linken Hand ergriffen hatte, obwohl er Rechtshänder war. Er richtete sich wieder auf, ging um den Tisch herum und sah, dass aus dem rechten Ärmel von Andis Lederjacke Blut über dessen Hand lief und auf den Boden tropfte.

Andi, der inzwischen noch blasser geworden war, schaute ihn verstört an. Corvin zeigte auf Andis Arm.

„Kannst du mal die Jacke ausziehen?"

Andi tat so, als verstünde er ihn nicht.

„Die Jacke? Wieso?"

Corvin wurde ärgerlich.

„Los, zieh sofort die Jacke aus, ich glaube, wir müssen da was verbinden."

Andi stand auf und machte ein gehetztes Gesicht.

„Rico, du darfst auf keinen Fall ..."

Corvin antwortete nicht, sondern griff Andi von hinten an den Kragen und zog die Jacke herunter. Andi entfuhr ein kurzes Stöhnen. Unter der Jacke trug er ein schwarzes T-Shirt, dessen rechter Ärmel zerfetzt war. An der Schulteraußenseite klaffte eine Wunde, die Corvin sofort als Schussverletzung identifizierte. Er schaute ihn entsetzt an.

„Das scheinen ja wirklich zwei rabiate Damen zu sein. Los, setz dich wieder. Ich hole den Verbandskasten."

Er eilte durch die Küche, verschwand im Dunkeln des Hofes und kam wenig später mit dem Verbandskasten aus seinem Auto zurück. Er füllte heißes Wasser in eine Salatschüssel, nahm ein paar saubere Geschirrhandtücher und setzte sich neben Andi.

„So, jetzt zeigt sich doch, wie wichtig es war, dass ich immer alle Sani-Kurse besucht habe. Und jetzt mal runter mit dem T-Shirt."

Langsam und sorgfältig versorgte er die Wunde, die auf den zweiten Blick doch nicht so tief war, wie sie auf den ersten ausgesehen hatte.

„Ich würde an deiner Stelle aber doch noch im Krankenhaus vorbeifahren."

Andi zuckte zusammen.

„Ins Krankenhaus? Auf keinen Fall. Die sehen doch sofort, dass das eine Schussverletzung ist, und müssen das melden. Und genau das würde ich gern vermeiden."

Corvin hatte inzwischen alle benutzten Textilien zusammengerafft und warf sie in den Mülleimer. Dann drehte er sich wieder zu Andi um.

„Andi, ich habe das unbedingte Gefühl, du verarschst mich. Wenn du wirklich irgendwelche Weibergeschichten gehabt hättest, hätte ich doch längst was gemerkt. Außerdem hättest du deine Klappe gar nicht halten können. Also – was ist wirklich passiert?"

Andi zog das weiße T-Shirt über den Kopf, das Corvin für ihn aus dem Schrank geholt hatte, und atmete hörbar aus. Für einen Augenblick herrschte Schweigen zwischen den beiden Männern. Andi setzte seine Brille auf und starrte Corvin lange an.

„Rico, ich glaube, ich habe Scheiße gebaut. Eine ziemliche Scheiße sogar."

Corvin hatte sich inzwischen ein zweites Bier aus dem Kühlschrank geholt und zeigte auf die Flasche mit dem Mirabellenschnaps.

Andi schüttelte den Kopf.

„Um es kurz zu machen. Ich habe seit einem Jahr ein Verhältnis mit Karin Voigt. Deshalb habe ich zu dem Kerl auch immer Distanz gehalten. Dass der Mann ein Schwein ist, wissen wir ja beide. Aber dass er sie schlägt und bedroht, das weißt du nicht. Ich habe ihr immer wieder gesagt, sie solle ihn verlassen und anzeigen. Doch sie hat immer wieder gesagt, dass sie das nicht könne, denn wenn das rauskäme, könne sie nicht mehr vor die Tür gehen. Und sie will hier nicht weg, hier ist ihre Heimat, hier ist ihre Familie, hier will sie bleiben."

Er machte eine Pause.

„Kann ich doch noch einen Schnaps haben?"

Wortlos goss Corvin sein Glas voll.

„Als dann die Sache mit dem Bogenschützen begann, habe ich dauernd gedacht, warum es nicht auch diesen Mistkerl trifft. Und weil wir völlig im Dunkeln getappt sind und keinerlei Anhaltspunkte hatten, habe ich mir gedacht, es würde niemanden wundern, wenn der den Voigt auch eines Tages umnieten würde. Das wäre genauso plausibel oder unplausibel wie bei den beiden anderen. Gestern Abend hat er sie wieder geschlagen und sie ist zu ihrer Schwester nach Lüneburg geflohen. Immer, wenn sie das tut, geht er in den Wald – das wusste ich. Und da habe ich ihm aufgelauert."

Corvin bemühte sich, möglichst emotionslos zuzuhören.

„Und? Hast du ihn erwischt?"

Andi zuckte mit den Schultern.

„Ich habe ja früher selbst mal Bogenschießen trainiert. Ich war auch ganz gut und hatte auch noch ein Gerät im Schrank. Habe ich dir gegenüber nie erwähnt, weil ich die Idee da schon hatte …"

Corvin wurde unwirsch.

„Beantworte meine Frage. Hast du ihn umgelegt?"

Andi zuckte abermals mit den Schultern.

„Ich hatte übersehen, dass er das Gewehr noch in der Hand hielt. Wir haben fast gleichzeitig geschossen. Er ist jedenfalls umgefallen und ich bin getürmt."

Corvin schaute ihn lange an.

„Und was gedenkst du, jetzt zu tun?"

Andi zuckte mit den Schultern.

„Nichts. Ich denke, es ist das Beste, ich …"

Ein grelles Klingeln, das aus Andis Jackentasche tönte, unterbrach den Satz. Andi griff nach seinem Handy und meldete sich.

„Den wen? … Oh, wo denn? … Und wann? Ja, okay, ich komme sofort."

Er steckte das Handy wieder ein und schaute Corvin an.

„Sie haben ihn gefunden."

„Und?"

„Er lebt. Sie haben ihn nach Dannenberg ins Krankenhaus gebracht. Ich soll sofort zum Tatort kommen."

Corvin zog die Augenbrauen nach oben.

„Ich hoffe, du hast an die Spuren gedacht. Leute, die Rache im Kopf haben, machen Fehler.“

Andi machte eine abweisende Handbewegung.

„Wer gelernt hat, wie man Spuren sichert, der weiß auch, wie man sie vermeidet.“

An der Tür angekommen, drehte er sich noch einmal um.

„Danke, Rico.“

Corvin blieb nachdenklich in der Küche zurück und schaute auf die Tür, hinter der sein Freund aus Kindertagen verschwunden war.

Was hatte er gerade gesagt? Leute, die Rache im Kopf haben, machen Fehler? Es war doch noch gar nicht so lange her, da hatte auch er Rachepläne gegen diesen Herrn geschmiedet. Wenigstens im Ansatz. Gut, dass er Andi keine moralischen Vorhaltungen gemacht hatte. Das wäre der erste Fehler gewesen.

Er schaute auf die Uhr. Eigentlich könnte er noch einen Abstecher in die „Wende“ machen. Mal hören, was da so geredet wurde.

Schon von weitem fiel ihm auf, dass nirgendwo ein Auto parkte, und als er hinter der Kurve die dunkle Gastwirtschaft liegen sah, fiel es ihm plötzlich ein. Verdammt, heute war ja Montag. Und montags war Ruhetag. Ein Gefühl stieg in ihm hoch, als wenn er mit jemandem verabredet gewesen war, der ihn nun versetzt hatte.

„Mist“, sagte er laut. Jetzt wieder nach Hause fahren, war irgendwie frustrierend. Wenn nicht gerade irgendwo gefeiert wurde, gingen auf dem Land alle früh schlafen. Das war eine Angewohnheit, die mit Corvins städtischem

Lebensrhythmus immer noch nicht kompatibel war. Kurz vor elf. Bei wem konnte man jetzt noch ungestraft vorbeischauen?

Komm doch mal auf einen Wein bei mir vorbei, du weißt ja, wo ich hause, hörte er plötzlich eine Stimme aus seinem Unterbewusstsein, das offensichtlich ohne sein Dazutun nach einer Lösung für sein Problem gesucht hatte. Richtig, Vanessa, dachte er. Die war unkonventionell und sah nicht so aus, als ginge sie früh schlafen. Schauen wir mal.

Er hatte recht. In Gutfeitzen brannte nirgendwo mehr ein Licht. Auch die Straßenbeleuchtung war schon ausgeschaltet, weil man davon ausging, dass um diese Zeit auf der Straße niemand mehr etwas zu suchen hatte. Nur im Haus am Ende der Zugangsstraße, die in den Rundling führte, brannte noch Licht. Corvin hielt auf dem Grasstreifen vor dem Haus. Für einen Augenblick hatte er doch wieder bürgerliche Skrupel. Vielleicht war ja jemand bei ihr. Irgendein testosterongesteuerter Lover aus Künstlerkreisen. Davon gab es hier schließlich genug. Vorsichtig ging er über die vom letzten Regen noch feuchten Kopfsteine.

Wenn man beschloss, besonders leise zu sein, war jedes Geräusch, das man erzeugte, besonders laut. Das war ein Gesetz. Und wenn man, wie bei Glatteis, besonders behutsam auftrat, machte man das nicht locker, sondern angespannt, und fiel viel leichter hin, als hätte man sich im normalen Tempo vorwärts bewegt. Auch das war ein Gesetz, dachte Corvin, und während er das dachte, glitt er auf einem besonders rutschigen Stein aus, griff ins Leere nach einem Halt und riss dabei eine Bank um, auf der leere Farbdosen standen. Womit beide Gesetze bewiesen wären, dachte er, als er unsanft und mit großem Gepolter auf den Steiß fiel. Sekunden später ging in unmittelbarer Nähe ein Fenster auf und die Silhouette eines Lockenkopfs im Gegenlicht wurde sichtbar.

„Ist da jemand?"

Gleichzeitig huschte der Schein einer Taschenlampe über die Steine und blieb an Corvins schmerzverzerrtem Gesicht hängen.

„Ach, Erik? Was tust du denn da unten?"

Corvin stöhnte.

„Ich bin auf der Suche nach einem guten Gespräch."

Vanessa grinste erleichtert.

„Mit den Regenwürmern? Komm doch rein, ich glaube, ich kenne bessere Geschichten."

Corvin hatte sich bereits wieder hochgerappelt.

„Tut mir leid. Ich hoffe, ich habe dich nicht zu sehr erschreckt."

Vanessa hatte inzwischen das Fenster geschlossen und dafür die hintere Tür geöffnet.

„Nein, nein. Erstens bin ich nicht so leicht zu erschrecken und zweitens dachte ich, du wärst ein Waschbär. Die machen hier nämlich fast jeden Abend einen ziemlichen Lärm."

Corvin strich sich die Haare nach hinten und ging in die Küche, wobei er sich bemühte, die schmerzhaften Nebenerscheinungen seines Sturzes durch ein Lächeln zu überspielen. Sie lächelte zurück.

„Schön, dass du noch mal vorbeischaust, bevor ich aufbreche."

Sein Lächeln verschwand.

„Du willst noch weg?"

Sie schüttelte den Kopf. „Nicht mehr heute Abend. Aber bald. Ich sagte dir ja mal, wenn die Vibrations schwächer werden, muss ich mir etwas anderes suchen. Und seit ein paar Tagen fühle ich, dass sie schwächer werden."

Corvin machte ein enttäuschtes Gesicht.

„Wie schade!"

Sie zuckte mit den Schultern.

„Damit musst du bei mir rechnen. Ich folge immer meinen Gefühlen und nicht den Konventionen. Kunst kennt weder Regeln noch Vorschriften und ich lebe nun mal die Kunst. Was willst du trinken?"

Corvin, etwas irritiert von ihren Gedankensprüngen, überlegte. Sie nahm ihm die Entscheidung ab, verließ kurz den Raum und kehrte mit einer großen Literflasche ohne Etikett zurück, in der sich eine wasserklare Flüssigkeit mit leichtem Gelbschimmer befand. Und noch etwas anderes. Corvin machte große Augen.

„Sag mal, ist das ...?"

Vanessa nickte.

„Genau. Das ist Mescal mit einer Raupe. Habe ich aus Oaxaca in Mexiko mitgebracht. Da hebt man ab und schwebt über den Dingen. Außerdem beseitigt er Potenzschwierigkeiten. Schon mal probiert?"

Corvin zog die Unterlippe vor.

„Nein, schon gar nicht wegen Letzterem, da hab ich keine Schwierigkeiten."

Vanessa lachte laut, stellte zwei Wassergläser auf den Tisch und goss ein.

„Salud!"

Sie nahm ihr Glas, setzte es an den Mund und schüttete den Mescal, ohne zu schlucken, in den Rachen. Corvin folgte Sekunden versetzt.

Vanessa wischte sich über den Mund.

„Himmlisch!"

Corvin spürte, wie der Raupenschnaps die Speiseröhre hinunterfloss, und merkte, wie sich im Magen ein Flächenbrand ausbreitete, der in wohltuende Wärme überging.

„Nicht schlecht!"

Sie nahm ihm das Glas aus der Hand, stellte es neben ihres und goss von neuem ein.

„Salud. Auf die Freiheit der Kunst."

Die Uhr an der Wand schlug Mitternacht und dann eins. Corvin saß auf einem marokkanischen Sitzkissen aus Ziegenleder und lauschte den Ausführungen der Künstlerin über Wesen und Zielsetzung ihrer Kunst. Das meiste verstand er nicht, was weniger an seiner Aufassungsgabe, sondern vielmehr an der Artikulation der Künstlerin lag, die mit zunehmender Verkostung des mexikanischen Raupenschnapses Schwierigkeiten mit ihrer Muttersprache bekam. Große Wortbeiträge konnte aber auch er nicht mehr liefern, denn er merkte bereits im Ansatz, dass ihm einige Begriffe nicht mehr über die Lippen gehen wollten. Er schaute zur Uhr.

„Oha, gleich halb swei. Audofahren sollde ich nich mehr."

Er stand auf, wusste allerdings nicht mehr warum. Vanessa hatte sich ebenfalls erhoben und kam erstaunlich aufrecht auf ihn zu.

„Kein Mensch verlangt von dir, dass du jetzt noch Audo fährst", sagte sie und begann sein Hemd aufzuknöpfen. „Ich am allerwenigssen."

Er konnte nicht genau sagen, wovon er aufgewacht war. Von der Sonne, die ihm ins Gesicht schien, oder von dem Frösteln, das er am ganzen Körper verspürte. Dass die Sonne aus dieser Position durch das Fenster schien, lag an der Tatsache, dass es kurz vor Mittag war und keines der Fenster einen Vorhang besaß, der ihn vor neugierigen Blicken oder unangenehmen Sonnenstrahlen abschirmte, was ihm am Abend zuvor gar nicht aufgefallen war. Dass er etwas fror, war offenbar seiner Nacktheit zuzurechnen und der Tatsache, dass Vanessa sich die durchgehende Bettdecke vollständig angeeignet hatte, obwohl ihm als Gast doch zumindest die Hälfte der schützenden Bedeckung zugestanden hätte.

Er drehte den Kopf langsam nach links, was aber sogleich ein schmerzhaftes Vibrieren an seiner Schädeldecke verursachte. Ein paar dunkle Locken lugten aus der zu einer Schlafröhre zusammengerollten Bettdecke hervor, untermalt von einem leicht vernehmbaren Schnarchen. Er kniff die Augen zusammen. Was war passiert? Er konnte sich nur noch daran erinnern, dass beide sich beim Entkleiden behilflich hatten sein wollen, was sich bei der eingeschränkten Feinmotorik, herbeigeführt durch Alkoholeinfluss, als etwas schwierig erwiesen hatte. Dann war der Film gerissen.

„Vanessa", raunte er leise, „ich muss jetzt los. Bleib ruhig liegen."

Das Angebot war nett gemeint, aber überflüssig, denn die Künstlerin war von ihrem Kampf für die Freiheit der Kunst, dem Genuss des mexikanischen Raupenschnapses und wahrscheinlich anderen Aktivitäten, an die er sich nicht erinnern konnte, so erschöpft, dass sie fürs Erste den Kontakt zur Außenwelt abgeschaltet hatte. Er horchte noch ein wenig in ihre Richtung, erhob sich dann aber von der Matratze, die direkt auf dem Boden lag, und begann mit der Suche nach seiner Unter- und Oberbekleidung.

22

Nachdem er zu Hause versucht hatte, mithilfe einer Dose eingelegter Bratheringe, mehreren Gewürzgurken und einigen Gläsern Leitungswasser den Nachgeschmack des Raupenschnapses loszuwerden, fühlte sich Corvin schon besser und begann, sich zu verzeihen, dass er schon wieder etwas getan hatte, was eigentlich nicht seine Absicht gewesen war. Den Nachmittag verbrachte er mit der Lektüre der Rückseiten der Samentüten, die er als Grundstock für sein neues Leben als Selbstversorger im Baumarkt gekauft hatte und denen er nun entnahm, dass die Zeit der Aussaat längst vorbei war.

„Aus Gemüsesamen entwickeln sich mit der richtigen Pflege und ein wenig gärtnerischem Geschick leckere und frische Gemüsesorten wie Tomaten und Gurken, Paprika und Porree oder auch Zucchini und Spinat", las er. Ein wenig gärtnerisches Geschick? Wie definierte man das? Und ging ohne Geschick alles daneben? Vielleicht sollte er das Gemüse doch lieber beim Discounter kaufen. Das war zumindest weniger anstrengend und auch billiger, gemessen an dem, was er bereits für die unscheinbaren Samentütchen ausgegeben hatte.

Er merkte allerdings, dass sich seine Gedanken bei der Konzentration auf die Tomatensamen „Aurelia" und Radieschen „Rudi" immer wieder verselbstständigten. Es war ihm scheißegal, wer irgendwas mitgekriegt hatte, dachte er, das war schließlich allein seine Sache. Er schaute auf die Uhr. Gleich achtzehn Uhr. „Nun geh schon", hörte er sich selbst sagen, „du willst es ja doch wissen. Hör dich mal um, wer von deinem nächtlichen Ausflug etwas mitbekommen hat.“ Und so warf er die Kopfsalatsamen „Lidetta“, deren Feinheiten in der Aufzucht er gerade studieren wollte, mit einem Blick des Bedauerns auf den Haufen der anderen Tüten, griff nach seiner Jacke und verließ den Hof in Richtung wendländischer Nachrichtenbörse.

Die „Wende“ war wie immer gut besucht. Da sich ein Sommerhoch seit einigen Tagen fest über dem Wendland installiert hatte, hielten Frischlufthungrige und Raucher auch schon sämtliche Tische im Vorgarten besetzt. Corvin grüßte nach links und rechts und betrat dann die Gaststube, nicht ohne automatisch den Kopf einzuziehen, da der Türstock sich an der Durchschnittsgröße der vor rund zweihundertfünfzig Jahren lebenden Hausbewohner orientierte, und die waren erheblich kleiner gewesen, was so manchem Erstbesucher schmerzhaft klar wurde und im Gedächtnis blieb.

„Hallo, Erik“, sagte Frank Matthes, während Corvin versuchte, in dem Mienenspiel des Gastwirts einen ironisch-wissenden Ausdruck zu entdecken. Doch da war nichts, eher eine besorgte Mimik im Gesicht des gläserspülenden Menschenkenners.

„Ich finde, langsam sollten sie ihn mal schnappen“, sagte Matthes, ohne aufzuschauen. „Weißt du schon mehr?“

Jetzt genau überlegen, dachte Corvin, was er wissen konnte und was nicht.

„Nicht mehr als du“, sagte er. „Wahrscheinlich bin ich noch nicht einmal auf dem neuesten Stand.“

Matthes stellte ein frisch geputztes Glas ins Regal hinter ihm.

„Horst hat Glück gehabt. Über dem Schlüsselbein, zack durch den Muskel. Tut wohl ziemlich weh, ist aber nicht so schlimm. Zumindest haben sie diesmal den Pfeil, sagt Andi."

Corvin nickte beifällig.

„So, sagt er das. Dann müssten sie ja endlich mal eine Spur sichern können."

Schnaufend ließ sich Klaas Vormann auf der Querbank nieder.

„Moin zusammen. Für mich ist die Sache klar. Damit ist der Täter so gut wie gefasst."

Matthes und Corvin schauten ihn ungläubig an. Vormann ließ einen tiefsitzenden Zigarrenhuster los.

„Liegt doch auf der Hand. Heinrich, Hannes und jetzt Horst. Der Täter ist jemand, der keine Vornamen mag, die mit ‚H' anfangen!"

Diese eigenwillige Deutung unterstrich er mit einem Lachen, das aus den Tiefen seiner rauchgeschwängerten Lunge emporstieg.

Frank Matthes zog die rechte Augenbraue hoch.

„Sehr witzig. Aber ernsthaft, seltsam finde ich, dass sie die Kugel aus Voigts Büchse nicht gefunden haben. Da könnte schließlich auch irgendeine Spur vom Täter dran sein."

Corvin spielte den Unwissenden.

„Ach, Voigt hat auf ihn geschossen?"

Matthes starrte ihn an.

„Das ist doch der Knüller. Horst sagt, er hätte zwar nichts gesehen, aber gehört. Und in die Richtung hätte er abgedrückt, bevor er umgekippt sei."

Sah so aus, als hätte Andi trotz seiner Wunde an alles gedacht, ging es Corvin durch den Kopf.

„Wo ist denn der Herr Voigt jetzt?"

Klaas Vormann stellte sein Bierglas auf den Tresen.

„Im Krankenhaus, soweit ich weiß. Aber er soll bald entlassen werden, der Kerl hat wirklich Glück gehabt."

Corvin war noch keine zehn Minuten wieder zu Hause, als es an der Tür klopfte. Kurz darauf noch einmal, diesmal etwas heftiger. Er wurde ärgerlich.

„Ist ja gut, ich komme ja schon, verdammt noch mal ..."

Er riss die Tür auf.

Draußen stand ein ihm unbekannter Mann, circa Mitte dreißig mit kurzgeschorenen, blonden Haaren im hellgrauen Anzug, einer randlosen Brille und einer roten Krawatte zum blauen Hemd.

„Herr Corvin? Enrico Corvin?"

Corvin antwortete nicht auf die Frage und fixierte den ungebetenen Gast mit einem Blick, mit dem er schon öfter etwas zu forsch auftretende Zeitgenossen zu einem Schritt rückwärts bewegt hatte.

„Und wer will das wissen?"

Der Blonde sah ihn unbeeindruckt an, griff in die Tasche und hielt Corvin eine wohlbekannte Marke unter die Nase.

„Hauptkommissar Martin Winkelmann, Kripo Dannenberg. Herr Corvin?"

Corvin nickte.

„Ach, Sie sind das. Mein Nachfolger."

Winkelmann verzog keine Miene. Er hatte etwas von einem Fisch, dachte Corvin.

„Das ist in diesem Zusammenhang unerheblich. Ich möchte Ihnen ein paar Fragen stellen. Darf ich reinkommen?"

Corvin trat einen Schritt zurück und machte eine einladende Handbewegung.

„Bitte sehr, kommen Sie rein."

Der Fischäugige steckte seine Marke wieder ein, würdigte Corvin keines Blickes und ging direkt durch die Diele in die Küche.

„Ist es hier recht?"

Corvin zuckte mit den Schultern.

„Wollen Sie einen Kaffee?"

Winkelmann hatte ein schwarzes Notizbuch und einen Kugelschreiber aus der Tasche gezogen und setzte sich auf einen Stuhl am Esstisch.

„Nein, danke. Also, machen wir's kurz: Wo waren Sie gestern Abend zwischen siebzehn und zwanzig Uhr?"

Corvin lachte auf.

„Ach so, ich verstehe, ich gehöre zu den Verdächtigen, weil ich mich mit dem Voigt angelegt habe."

„Beantworten Sie bitte meine Frage."

Corvin setzte sich ebenfalls.

„Hier. Genau am selben Tisch auf demselben Stuhl."

Winkelmann machte eine Notiz.

„Haben Sie dafür Zeugen?"

Corvin lachte.

„Allerdings. Ihr Kollege, Andreas Feindt, war hier."

Winkelmann sah ihn aus wasserblauen Augen an.

„Das wissen wir. Allerdings gibt es Zeugen, die gesehen haben, dass er erst gegen zwanzig Uhr hier eingetroffen ist. Also, wo waren Sie zwischen siebzehn und zwanzig Uhr?"

Dass er in der Rolle des Befragten steckte, war Corvin das letzte Mal auf der Polizeischule passiert, als verschiedene Verhörtechniken geübt wurden. Es dauerte ein paar Minuten, bis ihm klar wurde, dass dies hier ernst gemeint war. Aber dieser Mann reizte ihn ungemein.

„Hören Sie mal zu, Herr Ex-Kollege, ich nehme an, Sie wissen, was zwischen mir und dem Herrn Voigt passiert ist. Damit gehöre ich zum Kreis der Verdächtigen, ist mir klar. Also, dann notieren Sie mal: Befragter gibt an, zwischen siebzehn und zwanzig Uhr in seinem Wohnhaus in Waddeweitz gewesen zu sein und die Rückseiten von Samentüten gelesen zu haben!"

Ohne darauf einzugehen, sah Winkelmann ihm direkt wieder in die Augen.

„Wann haben Sie Herrn Voigt das letzte Mal gesehen?"

Nicht pampig werden, sagte Corvin unhörbar zu sich selbst, am liebsten würdest du dem jetzt was in die Fresse hauen, aber das wäre im Moment wohl keine angemessene Reaktion.

„Lassen Sie mich überlegen. Das ist jetzt drei oder vier Tage her. Könnte man anhand der Zeitung feststellen. Das war an dem Tag, als ein paar aufgeregte Zeitgenossen Wölfe am Kindergarten gesichtet haben wollen. Danach habe ich ihn nicht mehr gesehen."

„Und Sie hatten auch keinen weiteren Kontakt? Telefon, E-Mail und so weiter?"

Corvin schüttelte den Kopf.

Winkelmann steckte sein Notizbuch wieder in die Seitentasche seines Jacketts und stand auf.

„Das wär's erst einmal. Sie hören sicher noch von mir."

Corvin erhob sich ebenfalls.

„Das fürchte ich auch."

Als hätte er diese Bemerkung nicht gehört, ging Winkelmann zur Haustür, öffnete sie, blieb dann aber noch einmal stehen und drehte sich um.

„Ich gehe davon aus, dass Sie mit den Details der Fälle ‚Bogenschütze' bestens vertraut sind?"

Corvin schaute ihn verdutzt an.

„Das wissen Sie doch wohl. Was soll jetzt diese Frage?"

Der Angesprochene reagierte nicht auf diesen Einwand, öffnete die Tür, ging hinaus und zog sie hinter sich zu.

„Ihr wollt mir wohl was anhängen", rief Corvin, dessen Gesicht eine rötliche Färbung angenommen hatte, hinter ihm her, obwohl er wusste, dass der Fischäugige ihn nicht mehr hören konnte.

Irgendwie lag Vanessa ihm auf der Seele. Du gehst mit einer solchen Frau ins Bett, weißt nicht mal, ob du mit ihr geschlafen hast, und lässt dann nichts mehr von dir hören. Die feine Art ist das nicht, sagte Corvin zu sich selbst. Drei Tage war das jetzt her und ihm war immer noch etwas unbehaglich zumute, wenn er daran dachte. Er starrte auf das Beet, das er gerade umgegraben hatte und auf dem einmal prachtvolles Gemüse gedeihen sollte.

„Reiß dich zusammen", sagte er laut zu sich selbst, griff in die Hosentasche und holte sein Handy heraus. Während er das Rufzeichen hörte, räusperte er sich mehrfach. „Danke für den Anruf", hörte er ihre Stimme. „Nachrichten bitte nach dem Piepton."

Er räusperte sich ein weiteres Mal.

„Hallo, Vanessa, hier ist Erik, ich wollte ... ähh ... wollte mal hören, wie's dir geht. Wenn dir danach ist, ruf doch mal zurück."

Zwei Stunden vergingen. Das war irgendwie nicht ihre Art, dachte Corvin, so spontan wie sie immer war. Für ein paar Minuten überlegte er, ob er noch ein bisschen warten sollte, dann besiegte ihn ein Gemisch aus Ungeduld, Neugier und dem Gefühl, dass er etwas hinter sich bringen musste. Er griff zu seiner Jacke und ging schnurstracks zu seinem Auto.

Als er die ersten Häuser von Gutfeitzen von der Landstraße aus sah, beschlich ihn ein mulmiges Gefühl. So, als müsse man erwarten, dass der ganze Ort niedergebrannt und geplündert worden war, zumindest Vanessas Haus nicht mehr stand. Er bog nach links in die kleinere Straße ab, vorbei an dem schiefen und etwas rostigen Wegweiser nach Gutfeitzen. Schon von weitem konnte er Vanessas Haus sehen. Im ersten Augenschein waren keine besonderen Veränderungen zu erkennen. Er hielt auf der gegenüberliegenden Straßenseite, stieg aus und ging langsam auf das Haus zu.

Das Gartentor war nur angelehnt. Davor hatte sich auf dem schmalen Grasstreifen das Reifenprofil eines größeren Transporters eingegraben. Er gab dem Tor einen Stoß und betrat den Garten. Auf dem Weg lagen ein alter, ausgefranster Pinsel, Fetzen von Papier und Holzwolle. Er ging um das Haus herum und fasste an die Klinke der Küchentür. Sie war verschlossen. Mit dem Knöchel seines rechten Zeigefingers klopfte er gegen die Glasscheibe.

„Vanessa, bist du da?"

Nichts regte sich. Er klopfte ein weiteres Mal. Wieder ohne Ergebnis. Er ging auf dem Kopfsteinpflaster zurück, hielt seine Hände links und rechts wie Scheuklappen an die Augen und schaute durch die Scheibe eines Dielenfensters. Drinnen war das gewohnte Chaos zu erkennen, doch Corvin kam es vor, als wären etliche Gegenstände entfernt worden.

Achselzuckend ging er zurück zum Gartentor, als er plötzlich eine Bewegung hinter dem großen Rhododendronbusch wahrnahm. Mit drei bis vier langen Schritten war er dort.

Die alte Frau sah zu Tode erschrocken aus. Sie trug ein schwarzes Kleid und ein geblümtes Kopftuch, aus dem ein Gesicht mit vielen kleinen Falten hervorschaute. Ihre nackten Füße steckten in Flipflops. Die ganze Person war nicht größer als einssechzig. Sie machte eine abwehrende Handbewegung. Corvin versuchte, seine Enttäuschung zu verbergen.

„Oh, Entschuldigung, ich dachte, Sie wären Frau van Steen."

Die Frau schüttelte eine ganze Zeit lang den Kopf, ohne etwas zu sagen. Dann sprach sie mit einer tiefen und rauen Stimme, die so gar nicht zu der kleinen Person passen wollte.

„Sie sind fort, sie sind alle fort."

Corvin schaute sie verständnislos an.

„Alle?

Die Frau nickte.

„Kein gutes Karma, kein gutes Karma."

Corvin wurde ungeduldig. Gleichzeitig fielen ihm Vanessas Worte ein, dass die Schwingungen weniger würden.

„Wissen Sie denn, wo Frau van Steen ist? Ist sie ausgezogen?"

Die Frau wackelte leicht mit dem Kopf, sodass man nicht ergründen konnte, ob es Zustimmung oder Verneinung bedeutete.

„Sie sind alle fort. Das Haus hat sie vertrieben. Kein gutes Karma."

Ein alter Mann, der auch nicht viel größer war als die Frau, eine blaue Latzhose und eine schwarze Schirmmütze trug, kam über die Straße auf das Haus zu.

„Martha, komm jetzt bitte her. Ich glaube nicht, dass den Herrn das interessiert."

Er blieb stehen und hakte sich unter den rechten Arm der alten Dame.

„Sie müssen entschuldigen, meine Frau ist manchmal etwas verwirrt. Und ich habe das Gefühl, es wird immer schlimmer."

Corvin versuchte zu lächeln.

„Kein Problem. Ich habe nur nicht ganz verstanden, wen sie meint mit ‚Sie sind alle weg'. Wer sind alle?"

Der Mann machte eine wegwerfende Handbewegung.

„Sie bringt da wohl einiges durcheinander. Aber fest steht, dass die Leute nie sehr lange in diesem Haus gewohnt haben. Und immer sind sie fort, weil ein Unglück in ihrem Leben stattgefunden hat. 1944 sollen sie einen Kriegsgefangenen auf dem Hof erschossen haben, weil der angeblich etwas geklaut hatte. Seitdem sagen die Leute, dass das Haus ein schlechtes Karma hat."

Die Frau zerrte an seinem Arm.

„Schlechtes Karma, ganz schlechtes Karma."

Der Mann strich ihr beruhigend über die Hand.

„Nach dem Krieg hat ein Lehrerehepaar dort gewohnt. Er hat sich aufgehängt. Dann die Wennemanns, er Herzinfarkt, sie ist wenig später an Krebs gestorben. Oder der Dachdecker, wie ... jetzt fällt mir der Name nicht mehr ein ... richtig, Peters. Von oben durch das Glasdach. Hat sich das Genick gebrochen. Oder die Lewinskis. Er Verkehrsunfall. Auch gleich tot. Dann hat Heinrich Wolf das Haus gekauft. Der ist ermordet worden. Und nun ist die Hexe auch weg. Wer weiß, wo die ist."

Corvin schaute überrascht.

„Die Hexe?"

Der alte Mann nickte.

„Die Frauen sagen, die hätte das Weiße im Auge. Ich kümmere mich nicht um sowas. Aber die hat wirklich komische Sachen gemacht. Manchmal ist sie nackt ... naja, ich will nicht tratschen. Heute Morgen, ich war gerade aufgestanden, muss also so um sechs gewesen sein, ist sie weg. Ein Mann mit so einem kleinen alten Laster hat ihr ganz viele Kisten rausgetragen und dann sind sie fort."

Die Frau zerrte an seinem Arm.

„Sie sind fort, sie sind alle fort."

Der Mann nickte.

„Ist ja gut, Martha, wir gehen jetzt. Das regt sie alles furchtbar auf, und das soll sie ja nicht. Ich wünsche Ihnen noch einen schönen Tag."

Ohne ein Wort von Corvin abzuwarten, zog der Mann den Arm der Frau fester an sich, ging mit ihr über die Straße und verschwand in der gegenüberliegenden Hofeinfahrt.

Corvin hatte während seiner Tätigkeit als Ermittler viele ungewöhnliche Dinge erlebt, aber nie hatte es ihn selbst betroffen. Jetzt beschlich ihn ein seltsames Gefühl.

Er wusste zwar sehr wenig über Vanessa van Steen, aber sie war eine der interessantesten Frauen, die er jemals kennengelernt hatte, und er hätte gern mehr über sie erfahren. Aber sie hatte ihn einfach stehen gelassen, ohne ein Wort, ohne eine Erklärung.

Sie hatte schon ein sehr eigenwilliges Lebenskonzept, dachte er, als er zum Auto ging, aber geben wir ihr noch ein paar Tage, bis sie ihre Vibrations wiedergefunden hat. Vielleicht meldete sie sich dann.

Er wollte gerade den Mercedes starten, als sein Handy sich mit dem bekannten Gitarrenriff meldete.

Sollten sie beide denselben Gedanken gehabt haben?, dachte Corvin und drückte die Annahmetaste.

„Hallo, Erik, störe ich dich gerade?“, meldete sich eine ihm bekannte Frauenstimme und Corvin ertappte sich dabei, dass er enttäuscht war. Er versuchte, erfreut zu klingen.

„Hallo, Bettina, nein, überhaupt nicht.“

Sie klang aufgeregt.

„Können wir uns treffen? Ich muss dir was erzählen, aber nicht am Telefon. Am besten an einem Ort, an dem uns keiner sieht. Komm doch an die Stelle, wo wir uns das erste Mal getroffen haben. Wie lange wirst du brauchen?“

Corvin schaute auf die Uhr.

„Eine Viertelstunde, schätze ich.“

„Okay, dann bis gleich.“

Was wird das sein, dachte er. Hatte sie irgendetwas mitgekriegt?

Er ließ den Wagen an.

Und wenn schon. Er war ihr keine Rechenschaft schuldig. Warum auch? Oder ging es vielleicht um den Bogenschützen? Irgendwie hatte er ein schlechtes Gewissen, weil er in dieser Sache noch kein Stück weitergekommen war.

Es dauerte nicht lange und er hatte die Abzweigung von der Kreisstraße in den Wald gefunden. Da vorn musste die Stelle sein, wo sie ihren Zusammenstoß hatten. Er verließ den mit Betonplatten gepflasterten Weg und fuhr ein Stück in den Wald hinein. Der Weg wurde zunehmend matschiger und Corvin verspürte keine Lust auszuprobieren, wie weit der Heckantrieb seines alten Daimlers einem solchen Untergrund standhalten konnte. Er legte den Rückwärtsgang ein und parkte an einer dem Augenschein nach trockeneren Stelle.

Kaum war er ausgestiegen, sah er sie. Sie kam hinter einer Eiche hervor, winkte ihm zu und lachte.

„Schneller, als die Polizei erlaubt. Super, dass du kommen konntest. Ich muss dir unbedingt was zeigen."

Sie trat einen Schritt auf ihn zu und küsste ihn auf die Wange. Corvin schaute sie fragend an.

„Ich bin gespannt."

Bettina lächelte hintergründig und griff in die Innentasche ihrer Wildlederjacke. Sie holte ihr Handy hervor, tippte ein paar Mal darauf herum und hielt es ihm mit der Displayseite entgegen.

„Kennst du die?"

Corvin nahm ihr das Mobiltelefon aus der Hand, musste allerdings nicht zweimal hinsehen.

Bildscharf und gut ausgeleuchtet erkannte er Horst Voigt, dessen linke Schulter – offenbar durch einen Verband unter der Tweedjacke – etwas unproportioniert erschien. Vor ihm standen zwei kleinere Männer, von denen er sofort seinen alten Bekannten Viktor Orlow identifizierte. Der andere musste sein Bruder Aleksander sein. Eine gewisse Ähnlichkeit ließ sich nicht verbergen. Es handelte sich offenbar nicht um ein besonders freundliches Gespräch, denn alle drei zeigten einen angestrengten Gesichtsausdruck und schienen aufeinander einzureden.

Bettina war dicht neben ihn getreten und zeigte auf das Display.

„Ich denke, das sind die Leute, von denen du mir erzählt hast. Hast du mal auf den Hintergrund geachtet? Hier auf diesem kann man es ganz gut erkennen."

Corvin nickte.

„Allerdings."

Bereits auf den ersten Blick hatte er das Heck des Kastenwagens ausgemacht, dessen rechte Tür leicht geöffnet war. Zwar etwas unscharf, aber doch eindeutig, konnte man den Kopf eines Hundes oder Wolfes erkennen. In diesem Fall wahrscheinlich beides, dachte Corvin.

„Wo hast du denn das aufgenommen?"

Bettina lachte.

„Hier ganz in der Nähe. Wie du weißt, fahre ich ja des Öfteren hier vorbei, weil mein Vater immer voller Sorge ist, dass abgebrochene Äste auf dem Weg liegen könnten und er dann dafür verantwortlich gemacht wird. Die haben auf einem Stück geparkt, das noch zu unserem Wald gehört, und weil ich von weitem nicht erkennen konnte, was das für ein Wagen ist, habe ich angehalten und mal nachgesehen."

Corvin schob das Bild mit einer Wischbewegung weiter und stellte fest, dass Bettina die Gruppe sechsmal in unterschiedlicher Qualität fotografiert hatte.

„Bist du sicher, dass sie dich nicht gesehen haben?"

Bettina schüttelte den Kopf.

„Glaube ich nicht. Ich habe sie ja herangezoomt und war außerdem von einem Baum verdeckt."

Corvin machte ein besorgtes Gesicht.

„Ich hoffe, das ist so. Das sind alle drei ziemlich skrupellose Typen."

Bettina lächelte ihn an.

„Das ist lieb von dir, dass du dir um mich Sorgen machst, aber ich kann ganz gut selbst auf mich aufpassen."

Sie blickte noch einmal auf das Display.

„So ein Mist!"

Er trat näher heran.

„Was ist denn?"

Bettina machte ein ärgerliches Gesicht.

„Ach, dieses blöde Ding. Schaltet neuerdings ohne Vorwarnung ab, wenn der Akku leer ist. Sonst hat man beim Piepton doch immer noch zehn bis fünfzehn Prozent Saft. Egal, ich fahre jetzt nach Hause, lade diese Fehlkonstruktion wieder auf und maile dir die Fotos. Immerhin habe ich sie ja für dich gemacht."

Corvins Gesicht blieb ernst.

„Danke, das war sehr nett, aber so eilig ist es nicht. Ich muss erst noch einiges über den Voigt herausfinden, bevor ich etwas unternehme."

Nachdem Bettina davongefahren war, merkte Corvin, dass ihm der Magen knurrte. Er hatte nicht gefrühstückt, nur eine Tasse Kaffee getrunken. Es war gerade dreizehn Uhr und die Lokale, die schon mittags öffneten, waren rar. Er würde sich mal wieder ein schönes Steak in die Pfanne hauen, dachte er und machte sich auf den Weg zu seiner Lieblingsschlachterei nach Lüchow.

Gut hundert Meter vor dem Metzgerladen fand er einen Parkplatz und beschleunigte seinen Schritt in Erwartung eines leckeren Stück Fleisches von beachtlichen Ausmaßen. Weit kam er allerdings nicht.

„Ich habe gehört, du bist unter die Selbstversorger gegangen", hörte er eine wohlbekannte Stimme mit holländischem Akzent hinter sich. „Bin gespannt, wann die erste Einladung von dir kommt."

Beatrix' voluminöses Lachen veranlasste mehrere Passanten dazu, sich umzudrehen. Die, die sich nicht umdrehten, waren mit Sicherheit Gäste in der „Wende" oder in Eile, denn mit Beatrix ins Plaudern zu kommen, hieß, Zeit zu haben, ihre ausufernden Small Talks waren gleichermaßen beliebt und gefürchtet. So recht weghören mochte allerdings keiner, denn Beatrix verfügte erfahrungsgemäß über Informationen, die sonst keiner besaß. Und die setzte sie mal konkret, mal in Andeutungen ein, manchmal auch in solch eigenwilligen Interpretationen, dass sie von einigen das „Orakel von Selfie" genannt wurde.

Corvin tat das einzig Richtige, er blieb stehen und lachte Beatrix entgegen.

„Mit dem ersten selbstgezogenen Rosmarin würze ich dir einen Braten, wie man ihn in Holland noch nicht mal am Sonntag kennt, meine Liebe."

Beatrix ließ noch einmal ein kraftvolles Lachen von sich hören, das dazu geeignet war, ganze Heerscharen von Toten aufzuwecken.

„Das merk ich mir. Auf welchem Listenplatz bin ich denn? Auf dem dritten vielleicht?"

Jetzt sei vorsichtig mit allem, was du sagst, dachte Corvin.

„Und wer, glaubst du, liegt auf Platz eins und zwei?"

Beatrix machte einen spitzen, aber ausnahmsweise tonlosen Mund.

„Eine Dunkle, eine Blonde – da passt eine Rothaarige wie ich doch gut in die Reihe!"

Corvin lachte.

„Ich würde dir ja gern zustimmen. Aber dazu müsstest du mir erst einmal sagen, wer denn diese Brünette und wer die Blonde sind."

„Das ist schwierig. Denn manchmal sind die, die weiter weg sind, die, die näher stehen."

„Und wie nahe, glaubst du, steht mir die Näherstehendere?"

Beatrix machte ein nachdenkliches Gesicht.

„Könnte es sein, dass die Person, die ich meine, heute Abend auf dich wartet, du aber nicht weißt, dass sie das tut, und jemand kommen muss, der dich mit der Nase darauf stößt?"

Corvin überlegte.

„Könnte es sein, dass derjenige oder diejenige rote Haare hat?"

Beatrix wog den Kopf hin und her.

„Das könnte sein."

Corvin hatte genug von dem Spiel, das Beatrix offensichtlich großen Spaß machte. Er dämpfte seine Lautstärke.

„Okay, Beatrix. Wo ist Vanessa?"

Die Angesprochene hatte sichtbare Probleme, vom Spiel zurück in die Realität zu wechseln, denn sie schaute ihn mit offenem Mund an, offensichtlich erwartend, dass da noch eine Pointe käme.

„Okay, Erik – aber ganz genau weiß ich es auch nicht."

Corvin trat einen Schritt auf sie zu.

„Dann sag mir doch bitte, was du weißt."

Beatrix streckte beide Hände aus.

„Also, die Rosi, du weißt, die, die immer die Termine für den Veranstaltungskalender macht, die hat mir erzählt, dass eine bisher hier ansässige Künstlerin, die plötzlich auf und davon ist, heute Abend eine Vernissage in Hamburg in einer Galerie in der Chance gibt. Kannst du was damit anfangen?"

Corvin schaute sie angestrengt an.

„Ich denke mal, es heißt Schanze und nicht Chance. Aber trotzdem vielen Dank für die Infos, liebe Beatrix, den Rest kriege ich schon so heraus. Mach's gut."

Und bevor Beatrix das Suchspiel weiterführen konnte, hatte Corvin sich auf dem Absatz umgedreht und war davongeeilt. Beatrix schaute ihm mit halb offenem Mund nach.

„Den hat's aber erwischt!", murmelte sie.

Corvin, der die Aussicht auf ein saftiges Steak inzwischen aufgegeben hatte, eilte schnurstracks zu seinem Wagen, fuhr aber nicht gleich los, sondern suchte auf seinem Smartphone über Google sämtliche Galerien im Hamburger Schanzenviertel. Schon bei der dritten wurde er fündig: Galerie Chamäleon, Schanzenstraße, Vanessa van Steen: Acrylbilder und Objekte, Vernissage heute um achtzehn Uhr.

Das schaffst du locker, sagte er zu sich selbst, als er auf seine Armbanduhr sah. Bei normaler Verkehrslage würde er zwischen eineinhalb und zwei Stunden brauchen, das Problem war nur die Parksituation im quirligen Szeneviertel. Aber das würde sich schon finden. Hauptsache, er kam nicht abgehetzt dort an, sondern konnte so tun, als sei er zufällig dort vorbeigekommen. Cool sein war alles.

Sein Blick fiel auf seine ausgelatschten Schuhe, die er gern im Garten trug. Und erst die Hose. Nein, er musste sich erst einmal umziehen. So viel Zeit war sicher noch drin.

Er startete den Motor und gab Gas.

23

Knappe fünfzehn Minuten später rauschte er durch die Einfahrt seines Hofes, sodass die Kieselsteine unter den Reifen nur so flogen. Er sprang aus dem Wagen, eilte zum Haus und schloss die Tür auf. Drinnen warf er, wie immer, sein Schlüsselbund in die Schale auf der Kommode neben der Tür und knöpfte im Laufen sein Hemd auf. Das Angebot in seinem Kleiderschrank war sehr überschaubar. Nicht übertrieben cool aber auch nicht zu spießig, dachte er, stieg in eine schwarze Baumwollhose ohne Bügelfalten, schlüpfte in ein rotes Poloshirt mit langen Ärmeln und stoppte, als die Auswahl der Jacke anstand. Leder oder Tweed?, dachte er, fand aber keine spontane Antwort.

Der Gitarrenriff seines Handys riss ihn aus dieser schwierigen Entscheidung. „Unbekannter Anrufer", las er auf dem Display. Den wollte er jetzt nicht sprechen, dachte er ärgerlich und drückte den Anruf weg.

Kaum hatte er sich wieder dem Kleiderschrank zugewandt, dröhnte das Handy zum zweiten Mal los. Ärgerlich nahm er es ans Ohr.

„Hallo!?"

Am anderen Ende der Verbindung hörte er jemanden atmen.

„Corvin? Sind Sie das?"

Corvin zuckte zusammen. Die Stimme mit dem leicht russischen Akzent erkannte er sofort. Er bestätigte die Frage nicht.

„Orlow? Was wollen Sie?"

Die Stimme lachte.

„Kompliment. Gutes Gehör. Nach all den Jahren. Aber einen Mann mit meinen Qualitäten vergisst man ja auch nicht so schnell ..."

Corvin schnitt ihm das Wort ab.

„Sagen Sie mir, was Sie wollen. Ich bin in Eile."

Orlow schien sich weiter zu amüsieren.

„Eilig sein dürfen Sie jetzt nicht, Herr Kommissar. Sie müssen sich schon etwas Zeit nehmen, wenn Sie ..."

Corvins Stimme wurde lauter.

„Zum letzten Mal: Was wollen Sie? Kurze Antwort, sonst lege ich auf."

Orlow gab akustisch weiterhin den Amüsierten.

„Sachte, Mann, sachte. Jetzt hören Sie mal in aller Ruhe zu. Sonst haben Sie nämlich ein ziemlich großes Problem."

Corvin ballte eine Faust und atmete hörbar aus.

„Also, bitte."

Das Amüsierte verschwand aus Orlows Stimme.

„Gut. Oder nicht gut. Wenn Sie nämlich glauben, ich habe nicht gemerkt, dass Sie hinter mir herspionieren, haben Sie sich getäuscht. Angeborene Neugier, nehme ich an. Aber dass Sie jetzt auch noch das Mädel auf uns loslassen, ist mir etwas zu viel."

Corvin versuchte, möglichst unwissend zu klingen.

„Was für ein Mädel?"

Orlows Stimme wurde knurriger.

„Spielen Sie nicht den Idioten, Herr Kommissar, Sie wissen genau, dass Ihre blonde Freundin uns fotografiert hat. Aber keine Sorge, die Fotos hatte ich bereits von ihrem Handy gelöscht, bevor sie die verschicken konnte.

Sie wollen wissen, was ich von Ihnen will? Hören Sie gut zu, ich will Ihnen und Ihrer Anfängerin eine Lektion erteilen, die …"

Corvin ahnte etwas und unterbrach ihn.

„Wo ist Bettina? Was haben Sie mit ihr gemacht?"

Orlows Stimme klang bedrohlicher.

„Unterbrechen Sie mich nicht. Das wollte ich Ihnen ja gerade berichten. Wir haben sie an einen sicheren Ort gebracht, wo sie aber nur eine Zeit lang sicher ist. Wenn diese Zeit abläuft, hat sie ein Problem. Und weil Sie doch so ein schlauer Ermittler sind, werden Sie herausfinden, wo sie ist. Ach, und wenn Sie denken, Sie können das Ihren alten Kollegen erzählen, dann werden wir denen auch was erzählen. Wir wissen nämlich, wer der Bogenschütze ist, und in dieser Geschichte sehen Sie auch nicht besonders gut aus. Ich würde mich an Ihrer Stelle ganz schnell auf die Suche nach Ihrer Freundin begeben. Sie haben ungefähr zwei Stunden. Viel Glück, Herr Kommissar!"

Es knackte in der Verbindung. Corvins Gesicht war rot angelaufen. Die Faust seiner rechten Hand ballte sich, bis die Knöchel weiß wurden.

„Orlow, du Schwein. Ich kriege dich, darauf kannst du dich verlassen."

Plötzlich überkam ihn eine totale Mutlosigkeit. Er kannte diesen Zustand, lehnte sich zurück und atmete tief ein. Für einen Augenblick dachte er nach, dann schaute er auf seine Armbanduhr.

„Verdammte Scheiße!"

Jetzt ganz ruhig bleiben, sagte er zu sich. Du hast schon ganz andere Sachen überstanden. Wahrscheinlich war alles nur ein Bluff, um ihn zu verunsichern. Das hätte er gleich. Einige Sekunden starrte er auf das Handy, als würde die Lösung des Problems in Kürze auf dem Display erscheinen. Dann wählte er Bettinas Nummer.

Viermal hörte er das Rufzeichen, dann sprang ihre Mailbox an. Er probierte es ein zweites und ein drittes Mal – immer mit dem gleichen Ergebnis.

Seine Gedanken flogen hin und her. Was sollte er tun? Einfach ignorieren und nach Hamburg fahren? Oder Vanessa vergessen und Bettina suchen? Aber wenn er das tat, sah er Vanessa wahrscheinlich nie wieder. Andererseits – Bettina hatte ihm helfen wollen, er konnte sie nun nicht im Stich lassen. Wenn ihr etwas passierte, würde er sich sein Leben lang Vorwürfe machen.

„Leb wohl, meine Schöne“, murmelte er, als Vanessas Bild sich in seinem Kopf langsam auflöste und sein antrainierter Mechanismus für das Durchchecken von Fakten einsetzte.

Plötzlich bemerkte er wieder den Hunger, den er schon seit Stunden verspürte. Er öffnete den Kühlschrank, dessen Innenleben einen eher trostlosen Anblick bot. Ein angebrochener Joghurtbecher und eine Dose „Feine Heringsfilets in Tomatensoße“ versprachen überschaubare Gaumenfreuden.

Er nahm die Dose heraus, griff sich eine Gabel und setzte sich an den Küchentisch. Als er mit dem ringförmigen Verschluss das dünne Blech der Dose nach oben zog, spritzte die Tomatensoße unausweichbar in seine Richtung. Wie gut, dass das Polohemd rot war, dachte er. Dann schob er sich ein Stück Hering in den Mund und überlegte.

Offenbar hielt Orlow Bettina irgendwo gefangen, wo keine Gefahr bestand, dass sie irgendjemand zufällig entdeckte. Der Deutschrusse hatte mit Sicherheit keine Ortskenntnis, Voigt als Jäger und langjähriger Ortsansässiger umso mehr.

Es musste also irgendein Ort sein, den Voigt gut kannte. Wer aber kannte Voigt so gut, dass er eine Vorstellung von so einem Ort haben könnte? Hannes Gerdau hätte das sicher gewusst, aber den gab's ja nun nicht mehr. Sekunden später schlug er sich an die Stirn. Andi! Andi hatte den Kerl doch geradezu studiert, wusste aus Vorsichtsmaßnahmen doch alles über dessen Gewohnheiten. Aber halt. Was hatte Orlow mit der Bemerkung gemeint, er kenne den Bogenschützen? Hatte Voigt Andi vielleicht doch erkannt? Also, bloß Andi jetzt nicht noch mehr in die Sache hineinziehen. Andererseits war Andi ihm etwas schuldig.

Er drückte die Eins, die Taste, auf der er die Nummer seines Freundes als Kurzwahl gespeichert hatte. Der meldete sich schon nach dem ersten Rufzeichen.

„Andi, sag jetzt nichts. Ich muss dich etwas fragen, kann dir aber nicht erklären, warum ich das tue. Hast du verstanden?"

Andis Stimme klang brüchig.

„Nein. Aber du wirst einen Grund haben, das zu tun."

„Okay, können wir uns treffen? In einer halben Stunde auf dem Parkplatz an der 216. Dort, wo wir den falschen Wolf gesehen haben."

„Okay."

Dreißig Minuten später lenkte Corvin den Mercedes auf den Parkplatz an der Bundesstraße 216, auf dem ein leerer LKW-Anhänger und ein Dixi-Klo standen. Sekunden später sah er den alten Golf im Rückspiegel. Andi stieg aus, kam auf ihn zu und setzte sich auf den Beifahrersitz.

„Also, Rico, schieß los!"

Corvin lehnte sich zurück und sah seinen Freund an.

„Wo würde Horst Voigt etwas verstecken, was niemand finden soll?"

Andi zeigte sich von dieser Frage keineswegs überrascht und dachte kurz nach.

„Da gibt es sicher mehrere Möglichkeiten. Spontan fällt mir seine Jagdhütte ein."

„Wo ist die?"

„Ganz in der Nähe des Hohen Mechtin auf dem Weg nach Redemoißel."

„Kannst du mir das genauer erklären?"

„Okay, wenn du von Redemoißel kommst, sind es circa vier Kilometer durch den Wald. Dort steht an einer Kreuzung eine sehr auffällige alte Eiche mit viel Totholz. Dort zweigt rechts ein Weg, naja, vielmehr eine Treckerspur ab, und die führt zu der Hütte."

Corvin notierte die Angaben auf seinem Spiralblock.

„Danke, Andi, das ist schon mal was."

Er steckte den Block in die Tasche, schaute angestrengt aus dem Seitenfenster auf der Fahrerseite und wandte sich Andi plötzlich wieder zu.

„Bist du eigentlich sicher, dass du in deiner Rolle als Bogenschütze keine Spuren hinterlassen hast?"

Andi, der bisher mit Anspannung zugehört hatte, lachte auf.

„Im Gegenteil. Als ich zum Tatort gerufen wurde, habe ich mich extra wie ein Trampel im ersten Lehrjahr aufgeführt. Hat mir einen ordentlichen Rüffel von der Spusi eingebracht. Aber sollten jetzt irgendwelche Spuren von mir gefunden werden, gibt es dafür eine einfache Erklärung."

Andis Beschreibung war ziemlich genau. Ohne sich zu verfahren, hatte Corvin bald die Kreuzung mit der Eiche gefunden und lenkte seinen alten Mercedes auf den unbefestigten Weg. Vorsichtshalber hatte er aus der gut sortierten Werkstatt, die Hermann Schulz ihm hinterlassen hatte, ein kurzes Brecheisen, einen sogenannten Kuhfuß, einen Bolzenschneider, einen Zimmermannshammer und eine Kneifzange in den Kofferraum geladen. Eine Taschenlampe lag sowieso immer im Handschuhfach.

Die Jagdhütte, die sich mehr als ein windschiefer Schuppen herausstellte, stand nur wenige Meter vom Weg entfernt zwischen zwei großen Haselnusssträuchern und war schon in einiger Entfernung gut zu erkennen. Corvin steuerte den Wagen hinter ein Gebüsch, stellte den Motor ab und stieg aus. Er horchte. Außer dem Vogelgezwitscher, das im Wald immer vorhanden war, und dem leichten Rauschen, das der Wind in den höheren Bäumen erzeugte, war nichts zu hören. Er nahm den Kuhfuß aus dem Kofferraum, steckte den Hammer in den Hosenbund und ging langsam auf die Hütte zu, immer den nächsten Baum im Auge, hinter dem er notfalls Deckung finden konnte.

Jetzt war er schon so nah dran, dass er den Riegel und das Vorhängeschloss erkennen konnte, mit dem die Tür gesichert war. Auf der Vorderseite gab es ein einziges Fenster, durch das man aber nicht nach innen sehen konnte, weil ein großes Stück Pappe wie ein auseinandergefalteter Umzugskarton von innen dagegen gelehnt worden war.

Corvin machte einen Bogen nach rechts, denn er wollte erst einmal die Hütte umgehen. Das war einfacher gedacht, als getan, denn hinter der Hütte hatte sich ein umfangreiches Brombeergestrüpp ausgebreitet.

„Mist!“, stieß er zwischen den Zähnen hervor, als sich die Dornen in seinem Hosenbein verkrallten und er sich mit bloßen Händen davon zu befreien versuchte. Handschuhe müsste man jetzt haben, dachte er. Während ihm die Dornen in die Finger stachen, hörte er plötzlich Stimmen. Er unterdrückte den Schmerz und ging hinter dem Gebüsch in die Hocke. Offenbar kamen zwei Männer, die sich gedämpft unterhielten, geradewegs auf die Hütte zu. Vorsichtig zog er den Hammer aus dem Hosenbund, dessen Stiel sich beim Hocken in seine Hüfte bohrte, und legte ihn griffbereit neben sich. Die spitze Seite eines Latthammers stellte im Zweifelsfall schon eine ernstzunehmende Waffe dar. Er konnte sie zwar nicht sehen, merkte aber, dass die beiden stehen geblieben waren. Jetzt hörte er, dass die eine Stimme einer Frau mit einer ziemlich tiefen Stimmlage gehörte.

„Das kann nicht sein“, sagte die Frau, „an dieser Hütte sind wir schon einmal vorbeigekommen. Ich dachte, du kennst dich hier aus?“

Die Stimme des Mannes klang eingeschnappt.

„Natürlich tue ich das. Das war eine ganz andere Hütte, davon gibt es hier viele, wir sollten …“

Die Frau schnitt ihm das Wort ab.

„Unsinn. Das war diese Hütte. Wir sind im Kreis gelaufen.“

Corvin biss die Zähne zusammen, denn der Hammerstiel bohrte sich tief in seine Hüfte und die Brombeerdornen drückten sich durch die hockende Haltung immer tiefer in seine Wade.

Die Frau klang mürrisch.

„Mach, was du willst. Ich gehe jetzt jedenfalls in diese Richtung.“

Der Mann murmelte etwas, das Corvin nicht verstand, er hatte aber das Gefühl, dass dieser sich in dieselbe Richtung fortbewegte.

Langsam erhob er sich und zog die Ranke mit den Dornen aus seiner Kleidung. Dabei stach er sich mehrfach in die Finger.

Leise Flüche murmelnd umkreiste er die Hütte, bemerkte nichts Verdächtiges und ging mit langsamen Schritten auf die Tür zu. Immer wieder blieb er stehen und horchte, doch kein Laut drang aus dem Inneren.

Er hielt das Ohr an die Tür, dann klopfte er mit den Knöcheln seiner Faust vorsichtig dagegen. Keine Reaktion.

„Bettina“, raunte er, „bist du da? Kannst du mich hören?“

Keine Antwort. Er griff nach dem Kuhfuß und schob das flache Ende in einen Spalt zwischen Riegel und Tür. Dann drückte er das Eisen mit aller Kraft nach unten. Die Tür machte zwar einen verwitterten Eindruck, aber die Bretter bestanden aus altem Eichenholz und die hielten die Schrauben erstaunlich fest. Er setzte noch einmal an, sprang etwas in die Höhe, um den Druck zu verstärken, und spürte, wie die widerspenstigen Metallteile nachgaben. Ein kurzer Knall und der Riegel war aus dem Holz herausgebrochen.

Durch den plötzlichen Ruck hatte Corvin das Gleichgewicht verloren und war auf dem Waldboden gelandet. Die Tür flog auf und ein scharfer Geruch stach ihm in die Nase. Drinnen war es dunkel, nichts regte sich. Er überlegte, ob er jetzt zum Auto zurückgehen und die Taschenlampe holen sollte, doch da fiel ihm ein, dass auch sein Handy eine solche Funktion besaß. Er griff in die Tasche und Sekunden später erhellte ein schwaches Licht das Innere. Da es sich um einen einzigen Raum handelte, war ihm sofort klar, dass Bettina nicht dort sein konnte. Auf dem Boden lag eine alte, an den Seiten zerfetzte Wolldecke, auf der einige abgenagte Knochen lagen. Daneben der Rest eines Beines, das wohl einmal zu einem Reh gehört hatte, sowie ein Kothaufen. In der Ecke eine alte Emailleschüssel mit brackigem Wasser.

Ich kann mir denken, sagte Corvin zu sich selbst, was du hier versteckt hälst. Er schaltete das Handy auf Kamerafunktion und schoss ein paar Fotos von dem unangenehmen Fund.

Frustriert und mit einer gewissen Wut im Bauch ging er zurück zum Auto. Dann würde er eben noch mal von vorn anfangen. Er verstaute das Werkzeug im Kofferraum, setzte sich hinter das Steuerrad und wollte gerade den Motor starten, als sein Handy den Gitarrenriff von sich gab.

„Unbekannter Anrufer“, las er auf dem Display. Nicht schon wieder, dachte er, meldete sich dann aber mit einem unterdrückten Hallo.

Auf der anderen Seite hörte er jemanden atmen.

„Hallo, wer ist denn da?“

Die Stimme war so brüchig, dass er sie kaum verstehen konnte.

„Erik, hier ist Bettina. Hörst du mich?“

Corvin richtete sich kerzengerade auf.

„Bettina, wo bist du?“

Ihre Stimme klang jammervoll.

„Ich weiß es nicht. Sie haben mir während der Fahrt die Augen verbunden.“

Er bemühte sich um einen beruhigenden Tonfall.

„Wieso kannst du telefonieren? Ich dachte, sie hätten dir das Handy abgenommen?"

„Ich hab doch zwei. Ein privates und eins fürs Festival. Das letztere haben sie nicht gefunden."

„Kannst du dich denn frei bewegen?"

„Nein, sie haben mich am rechten Arm mit Handschellen irgendwo festgemacht. Ich glaube, es ist ein Heizungsrohr."

„Was ist das für ein Raum? Beschreib ihn mir."

Bettina machte eine Pause. Corvin hörte sie schlucken.

„Ich kann nicht viel sehen. Aber wir sind eine Treppe hoch gegangen. Der Raum ist ziemlich dunkel. Sie haben eine Kerze angezündet."

„Was für eine Kerze?"

„Eine ziemlich große. So wie in der Kirche. Sie steht in einem Pappkarton."

Corvin zuckte zusammen. So etwas hatte er schon einmal gehört. In dem Pappkarton befand sich wahrscheinlich Holzwolle oder etwas anderes, schnell Entflammbares.

„Bettina, steht der Pappkarton allein dort oder liegt etwas drum herum?"

„Ja, sie haben alte Stühle und Bretter drum herum gestellt und – ich glaube, da ist ein Plastikkanister."

Jetzt war alles klar, dachte Corvin. Mit diesem Trick ließ sich ein Haus anzünden, ohne in der Nähe sein zu müssen. Die Kerze brannte herunter, entzündete die Holzwolle, das alte Holz fing Feuer und der Kanister war vermutlich mit Benzin gefüllt. Ein bewährtes Rezept für Leute, die ein altes Haus abfackeln und die Versicherungsprämie kassieren wollten, ohne selbst als Brandstifter in Verdacht zu geraten, weil sie zum Zeitpunkt des Brandausbruchs nachweislich meilenweit davon entfernt waren. Wenn er Bettina nicht rechtzeitig fand, stand das Haus wahrscheinlich in kurzer Zeit mit ihr in Flammen. Was hatte Orlow gesagt? Sie haben zwei Stunden. Obwohl sein Herz schneller schlug, versuchte er, möglichst sachlich zu klingen.

„Bettina, jetzt hör mir genau zu. Bist du allein in dem Haus?"

„Ich glaube, ja. Seit die Männer weg sind, habe ich keine Geräusche mehr gehört."

„Du sagtest, du bist an ein Heizungsrohr gekettet, also kann man davon ausgehen, dass es ein Wohnhaus ist. Keine Scheune oder ein Stall."

„Ja, glaube ich auch. Es ist kalt und muffig und riecht ganz scheußlich."

Corvin dachte einen Augenblick lang nach.

„Dann steht das Haus wahrscheinlich schon länger leer. Hörst du irgendwelche Geräusche? Von einer Straße oder einem Hof?"

„Nein, es ist ganz still. Da sind nur so leise Nagegeräusche wie von Tieren. Ich glaube, das sind Ratten. Erik, hol mich hier raus. Sie haben mir nicht einmal etwas zu trinken hiergelassen. Mir tut alles weh!"

„Bettina, bleib ruhig. Ich werde dich finden, das verspreche ich dir. Jetzt konzentriere dich bitte. Wo haben sie dich geschnappt?"

„Ich kam von Breselenz. In Jameln habe ich an der Raiffeisen Tankstelle angehalten, weil mein Tank leer war. Da hat mir jemand von hinten eine Decke übergeworfen und ein zweiter Mann hat mich an den Beinen gepackt. Dann haben sie mich in einen Transporter geworfen. Vorher haben sie mir noch ein Tuch um die Augen gebunden."

Corvin atmete tief ein.

„Als sie wieder losfuhren, ist dir an der Straße etwas Besonderes aufgefallen? Kopfsteinpflaster oder so?"

„Nein, das war eine ebene Straße. Nach einigen Minuten hat es ziemlich geruckelt. Da sind wir wahrscheinlich über Eisenbahnschienen gefahren."

Corvin hatte das Handy zwischen Ohr und Schulter eingeklemmt, seinen Block und den Kugelschreiber aus der Tasche gezogen und machte sich Notizen.

„Dann weiter. Woran kannst du dich noch erinnern?"

„Wir sind auf der asphaltierten Straße gefahren, da gab es einige Kurven und einmal mussten sie ganz langsam fahren. Dann mussten sie halten, bevor sie rechts abgebogen sind. Ich glaube, wir sind durch einen Ort mit einer scharfen Kurve gekommen. Wieder geradeaus und dann sind sie nach ungefähr zwei, drei Minuten links abgebogen, da hat's wieder ziemlich geruckelt, wie auf einem Feldweg. Warte mal, kurz darauf müssen wir über eine Brücke gefahren sein, denn ich habe gehört, wie Enten vom Wasser aufgeflogen sind."

„Wie lange seid ihr dann gefahren?"

„Ungefähr zehn Minuten, dann sind sie irgendwo rechts abgebogen."

„Gibt es dort irgendwelche Anhaltspunkte?"

Bettina bekam plötzlich einen Hustenanfall.

„Entschuldige, ich habe so ein Kratzen im Hals. Ja, ich habe Kühe gehört. Viele Kühe, da muss irgendwo in der Nähe ein großer Kuhstall sein. Dann sind sie …" Ihre Stimme wurde leiser und begann zu zittern. „Erik, ruhig. Ich glaube da kommt jemand. Ich stecke das Handy in die Tasche. Sei bitte ganz ruhig."

Corvin horchte angestrengt in das Telefon. Viel zu hören war nicht, denn der Stoff der Hosentasche dämpfte sämtliche Geräusche. Er konnte nur hören, dass gesprochen wurde. Zu verstehen war nichts. Minuten vergingen. Sein Handy gab einen Piepton von sich, dann erlosch die Beleuchtung im Display.

„Mist!“, zischte er. „Dieser scheiß Akku!“

Er riss das Handschuhfach auf und holte das Aufladegerät heraus, das man an den Zigarettenanzünder anschließen konnte. Mit der anderen Hand zog er die offizielle Radwanderkarte aus dem Fach in der Tür, in der auch der kleinste Feldweg eingezeichnet war. Die hatte er sich gekauft, weil er sich nicht auf sein Navi verlassen, sondern seine alte neue Heimat wieder im Kopf haben wollte.

Er faltete die Karte auseinander und legte sie auf das Steuerrad.

„Also, da ist die Tankstelle an der B 248 bei Jameln“, murmelte er. „Wo könnten da Eisenbahnschienen sein?“

Kurz hinter Jameln wurde er fündig. Nichts wie los, dachte er.

Er startete den Motor und fuhr, so schnell es ging, in Richtung Osten.

Die Stimme des Mannes klang gereizt.

„Ich weiß nicht, was ihr euch dabei gedacht habt. Aber die Sache mit dem Mädel ist ziemlich kontraproduktiv.“

Den anderen schien das nicht aus der Ruhe zu bringen.

„Ich weiß zwar nicht, was das heißt, Chef, aber, wie sagt man bei euch? Damit haben wir ihm einen Denkzettel verpasst.“

Die Stimme des ersten schwoll an.

„Dummes Zeug. Sie bringt uns in Schwierigkeiten. Sorgt dafür, dass keine Spuren übrig bleiben. Ich sagte: Keine!"

Der andere nickte kurz und grinste.

„Sie können sich darauf verlassen!"

Corvin hatte die Eisenbahnschienen kurz hinter Jameln überquert und fuhr auf der Straße weiter Richtung Langenhorst. Er warf einen Blick auf seinen Notizblock, der auf dem Beifahrersitz lag. Einmal mussten sie ganz langsam fahren ... Vor ihm lag die Brücke von Langenhorst, die über die Alte Jeetzel führte. Hier musste man tatsächlich das Tempo drosseln. Er durchquerte das Dorf und bog dann nach rechts ab. Im nächsten Dorf, das Weitsche hieß, gab es in der Tat eine scharfe Kurve. Dann ging es weiter geradeaus. Wenn Bettinas Wahrnehmungen stimmten, war das jetzt zu weit. Komisch, dachte er, hatte er was übersehen? Das Dorf Rehbeck kam in Sicht. Corvin bremste und blieb stehen. Das ist mit Sicherheit zu weit, sagte er sich, fahr noch mal zurück. Er wendete. Tatsächlich, in der ersten Kurve hatte er übersehen, dass es einen unbefestigten Weg gab, der für den Fahrer von einem Gebüsch verdeckt wurde. Er bog ab und stellte fest, dass nur der erste Teil des Weges aus Schotter bestand.

„Da ist auch die Brücke, wo sie die Enten gehört hat", sagte er laut, als er die Jeetzel überquerte. Jetzt auf die Uhr schauen und zehn Minuten im angemessenen Tempo fahren. Wäre nicht die Anspannung in ihm gewesen, hätte Corvin die Fahrt durchaus genießen können. Die schmale Straße durchquerte eine liebliche Landschaft mit dichten Wäldern, Äckern und Wiesen. Weit und breit kein Haus und keine Menschen. Corvin blickte auf die Uhr. Noch circa zwei Minuten. Dann müsste irgendein Hinweis kommen. Doch es kam keiner. Die Landschaft blieb die gleiche. Vielleicht hatte sie sich in der Zeit geirrt, dachte Corvin, als er plötzlich meinte, das Brüllen von Kühen gehört zu haben. Er hielt an und ließ die Scheibe herunter. Tatsächlich. Das hörte sich nach einer größeren Ansammlung von Rindviechern an. Schon ein kurzes Stück weiter führte rechts ein Weg in Richtung des Dorfes Ranzau.

Aus einem großen, offenen Kuhstall drang das Muhen und Brüllen von mehreren Dutzend Rindern. Corvin stieg aus und schaute sich um.

Ein Mann mit einer blauen Latzhose und einer grünen Schirmmütze kam auf ihn zu. Erst schaute er auf das Hamburger Kennzeichen am Mercedes, dann auf Corvin.

„Na, gefällt es Ihnen hier?"

Corvin versuchte zu lächeln.

„Oh ja, hier würde ich gern ein Wochenendhaus haben. So ein bisschen abgelegen sollte es sein. Wo ich in Ruhe arbeiten kann. Wissen Sie, ob es hier so etwas gibt?"

Der Bauer schob die Unterlippe nach vorn.

„Nö, eigentlich nicht. Da gibt es nur das alte Haus da hinten am Ende des Weges. War mal ein Landarbeiterhaus. Aber das ist nichts für Sie. Steht schon sehr lange leer, kann man nur noch abreißen. Hin und wieder haben da mal Penner gehaust und junge Suffköppe gefeiert. Wenn das mal abbrennt, ich ruf nicht die Feuerwehr!"

Corvin grinste und tat so, als habe er alle Zeit der Welt.

„Anschauen kann ich es mir ja mal. Wem gehört es denn?"

Der Mann machte eine wegwerfende Handbewegung.

„Das gehört der alten Frau Reinhold, aber die kümmert sich überhaupt nicht darum."

Corvin hob die Hand.

„Okay, trotzdem danke für den Tipp."

Er setzte sich wieder ins Auto und fuhr ein Stück in den Wald hinein, stieg aus und ging zu Fuß weiter in die Richtung, die der Bauer ihm gezeigt hatte.

Das Haus war ein typisches Gebäude, wie es in Norddeutschland überall am Rande der Dörfer zu finden ist. Dieses Exemplar war allerdings in einem äußerst erbarmungswürdigen Zustand. Viele Dachpfannen hatte der Sturm bereits herausgerissen, keine Fensterscheibe war mehr heil. Müll aller Art war um das Haus verstreut, bereits aus der Entfernung konnte man das feuchte Mauerwerk riechen. Der Eingangstür fehlte die Klinke.

Corvin steckte den Zeigefinger in das vierkantige Loch und zog daran, doch die Tür war verschlossen. Er ging um das Haus herum. Zwischen allem möglichen Unrat entdeckte er eine Leiter. Sie bot keinen besonders vertrauenerweckenden Eindruck, besaß aber die Länge, die bis zum Fenster im ersten Stock reichte. Er richtete die Leiter, die an einigen Stellen mit Moos bewachsen war, an der Wand auf. Die erste Sprosse brach bereits, nachdem er einen Fuß daraufstellte und versuchte, das andere Bein nachzuziehen. Sie müssen ja nicht alle morsch sein, sagte er zu sich selbst und versuchte es bei der zweiten. Die hielt. Vorsichtig, immer wieder die Belastung vorher ausprobierend, stieg er Sprosse für Sprosse nach oben. Zwei weitere brachen, da er aber damit rechnen musste, hielt er sich besonders gut fest. Ein Fensterflügel stand offen, sodass er ungehindert in den Raum dahinter einsteigen konnte. Es roch nach Schimmel und Kot, und obwohl Corvin nicht gerade zimperlich war, verspürte er einen leichten Brechreiz.

„Bettina, bist du da?"

Er horchte ins Dunkel. Dann hörte er plötzlich ihre Stimme.

„Erik? Ich bin hier. Komm schnell."

Er öffnete die Zimmertür, die nur noch an einem Scharnier hing, und betrat den dahinterliegenden Flur. Von dem winzigen Gang ging eine zweite Tür ab. Er fasste an die Klinke. Die Tür war verschlossen.

„Bettina, geh von der Tür weg", rief er. Gerade wollte er einen Anlauf nehmen, soweit es auf dem kleinen Flur überhaupt möglich war, als er sie sah.

An einem hauchdünnen Faden seilte sie sich von der Decke oberhalb der Tür ab und Corvin starrte wie hypnotisiert auf ihre acht Beine. Kalter Schweiß bildete sich auf seiner Stirn.

„Erik, was ist? Hol mich hier raus!", hörte er Bettinas Stimme.

Corvin merkte, wie eine Lähmung von seinen Beinen aus nach oben kroch. Er konnte den Blick nicht von der Spinne abwenden.

„Erik, was ist denn?"

Du kindischer Idiot, sagte er zu sich selbst, schloss die Augen, nahm einen zweiten Anlauf und warf seine achtzig Kilo mit aller Kraft gegen die Tür. Er hätte sich gar nicht so anstrengen müssen, denn die Tür samt Rahmen und Spinnengewebe gab sofort nach und er flog mit ihr in den Raum direkt vor Bettinas Füße.

Die schaute ihn mit offenem Mund an und bekam kein Wort heraus. Er rappelte sich auf.

„Los komm, wir müssen hier raus."

Sie hob den rechten Arm mit der Handschelle, die mit dem anderen Ende an einem Heizungsrohr befestigt war, das oben in der Decke verschwand.

„Wie denn?"

Sein Blick ging rauf und runter.

„Mist und das Werkzeug habe ich natürlich im Auto."

Dann sah er den Riss.

„Wir haben Glück, das Rohr ist gebrochen. Nur verdammt weit oben."

Er überlegte einen Augenblick.

„Halt mich bitte nicht für pervers. Aber ich muss das jetzt machen."

Sie schaute ihn mit großen Augen an, als er in die Hosentasche griff, sein Handy herausholte und zwei Fotos von Bettina in ihrer skurrilen Situation schoss.

„Wir müssen was gegen die Schweine in der Hand haben."

Er fotografierte noch die Kerzen-Brandstifter-Konstruktion, dann löschte er die Flamme.

Als sei ihm seine Aktivität doch etwas peinlich, steckte er sein Handy schnell wieder ein und räusperte sich.

„Pass auf, ich hebe dich jetzt hoch. Dann stellst du dich auf den Heizkörper, ich versuche, das Rohr nach vorn zu biegen, und du ziehst die Schelle oben durch. Das müsste von der Höhe her gehen. Also los."

Er bückte sich, umfasste ihre Beine unterhalb der Pobacken und hob sie an.

„Jetzt versuch, dich auf den Heizkörper zu stellen", stöhnte er.

Beim zweiten Versuch gelang es. Mit unterdrückter Stimme und aufgerissenen Augen sah sie zu ihm hinunter.

„Erik, da kommt ein Auto."

Jetzt hörte er es auch. Ein Fahrzeug mit einem ziemlich lauten Motor näherte sich dem Haus.

Mit aller Kraft zog Corvin an dem unteren Teil des Rohres, sodass an der Bruchstelle eine Öffnung frei wurde.

„Jetzt zieh das Ding raus", zischte er.

„Ich komme da nicht an", jammerte sie.

„Stell dich auf die Zehenspitzen, ich halte dich."

Zu ihrem Schrecken hörten sie, wie in nächster Nähe des Hauses zwei Wagentüren zugeschlagen wurden.

Corvin biss die Zähne zusammen.

„Spring hoch, wenn du stürzt, fang ich dich auf."

Mit dem Mut der Verzweiflung machte Bettina einen Satz, befreite sich von dem Rohr, verlor das Gleichgewicht und stürzte auf Corvin.

„In einem schlechten Krimi müsste ich dich jetzt küssen", sagte er, als sie auf ihm lag, „aber die Zeit haben wir nicht."

Unten hörten sie, wie sich ein Schlüssel im Schloss drehte.

„Los, komm!"

Sie rannten in das zweite Zimmer. Corvin vergewisserte sich, dass niemand auf der Seite mit der Leiter stand und schob Bettina zum Fenster.

„Zuerst du, dann ich. Uns beide zusammen hält das alte Ding nicht."

Sprosse für Sprosse stieg Bettina hinab, ohne dass das brüchige Holz nachgab.

Jetzt hörte Corvin Stimmen und Schritte auf der Treppe.

„Geh zur Seite", zischte er nach unten.

Die dritte Sprosse brach unter seinem Gewicht, er riss sich die Haut an seiner linken Hand auf, dann sprang er. Hoffentlich hielten das seine Knöchel aus, dachte er im Fallen.

Da er früher Handball gespielt hatte, hatte sich bei ihm ein unausrottbares Gefühl entwickelt, wie man sprang, landete und sich dabei abfederte. Das funktionierte auch jetzt noch. Er kam wieder hoch, griff nach Bettinas Hand und rannte los.

„Los, lauf!"

Noch im Laufen hörten sie einen Fluch in einer Sprache, die sie nicht verstanden. Nach einigen Metern blieb Corvin plötzlich stehen. Bettina stoppte ebenfalls.

„Erik, was ist denn? Kannst du nicht mehr?"

Er warf ihr seine Autoschlüssel entgegen.

„Mein Wagen steht da vorn links im Wald. Lauf und setz dich rein!"

Da für eine Gegenfrage keine Zeit mehr blieb, lief sie los, weil sie ahnte, was er vorhatte.

Corvin griff erneut in die Hosentasche. Gerade rechtzeitg, um die beiden Männer, die jetzt hinter dem weißen Ford Transit mit dem Passauer Kennzeichen aufgetaucht waren, im Bild festzuhalten. Dann spurtete er los.

Der Mercedes mit Bettina am Steuer kam ihm im Rückwärtsgang entgegen. Er riss die Beifahrertür auf und sprang hinein. Sie trat auf das Gaspedal, sodass die Kieselsteine von den durchdrehenden Hinterrädern durch die Luft geschleudert wurden. Nach wenigen Minuten hatten sie die befestigte Straße erreicht.

„Ich muss dringend was trinken", stöhnte Bettina, „mir ist schon ganz schwindelig."

Corvin schaute sie von der Seite an.

„Wir sehen beide aus wie Sau. Fahr zu mir nach Hause. Wir finden sicher ein paar Klamotten für dich."

Trotz ihrer Schmerzen und dem Schrecken, der ihr noch im Genick saß, lächelte Bettina. Er schaute sie verwundert an.

„Was lächelst du? Meinst du, ich will diese Situation ausnutzen?"

Sie schüttelte den Kopf.

„Nein, ich habe mich nur gefreut, weil ich das erste Mal gehört habe, dass du ‚nach Hause' gesagt hast."

Nach zwanzig Minuten erreichten sie den Hof. Sie stiegen aus, wobei Bettina sich immer wieder umdrehte. Corvin schüttelte den Kopf.

„Keine Angst, die folgen uns nicht. Wenn die schlau sind, machen sie, dass sie so schnell wie möglich aus diesem Land verschwinden."

Er schloss die Tür auf und sie traten in die Diele.

„Bitte, Erik, ich muss jetzt unbedingt was trinken."

Er ging, so schnell er konnte, in die Küche, öffnete die Tür der Speisekammer, wo er vor zwei Tagen einen Kasten mit Mineralwasser abgestellt hatte.

Als er zurückkam, hatte Bettina bereits den Kopf in das Spülbecken gesenkt und den Wasserhahn aufgedreht. Sie ließ sich auf einen Stuhl fallen und schnappte nach Luft.

„So, das war die innere Spülung, wo kann ich jetzt unter die Dusche?"

Er zeigte mit dem Finger an die Decke.

„Geh nach oben. Gleich rechts ist das Badezimmer. Daneben Tante Friedas Schlafzimmer. In den Schränken wirst du schon irgendwas finden. Ich habe bisher alles so gelassen, wie es war. Ich gehe hier unten ins Bad."

Sie erhob sich mit etwas Mühe, machte ein paar Schritte zur Tür und blieb dann stehen, drehte sich um und Corvin bemerkte, dass ihr Tränen in die Augen stiegen.

„Erik, du hast mir das Leben gerettet. Ich weiß gar nicht, wie ich dir danken soll."

Sollte er sie jetzt in den Arm nehmen?, dachte Corvin. Aber irgendwie passte das nicht in die Situation. Er schüttelte den Kopf.

„Unsinn. Ich muss dir danken, ich war es doch, der dich in diese Situation gebracht hat. Und in der Sache mit deinem Vater bin ich noch so gut wie gar nicht weitergekommen, obwohl ich dir das versprochen hatte. Komm, wir machen uns jetzt erstmal wieder ein bisschen menschlich und dann koche ich uns einen extra starken Kaffee."

Das Wasser kochte gerade, als Bettina mit einem Handtuch um den Kopf die Treppe herunterkam. Sie hatte ein passendes T-Shirt und eine Wolljacke gefunden, nur die Hose war ein Stück zu kurz.

„Weißt du, was mich am meisten ärgert?", sagte Corvin, während er das heiße Wasser in den Filter goss. „Dass wir die Bilder nicht mehr haben, die du gemacht hast."

Sie grinste, nahm das Handtuch vom Kopf und rubbelte sich ein paarmal über die kurzen blonden Haare.

„Das würde ich so nicht sagen."

Corvin schaute sie verständnislos an. Bettina setzte sich und lächelte vielsagend.

„Ich habe dir doch erzählt, dass ich zwei Handys habe. Und weil mein privates manchmal spinnt, habe ich auch noch Aufnahmen mit dem gemacht, das ich immer fürs Festival benutze. Auf dem ist aber deine Nummer nicht gespeichert. Ich weiß sie zwar inzwischen auswendig, doch plötzlich ist sie mir auch nach großem Nachdenken nicht mehr eingefallen. Wie weggeblasen. Der Stress nehme ich an. Erst als sie mich festgekettet haben, konnte ich mich wieder erinnern. Und da habe ich dich sofort angerufen. Die Fotos schicke ich dir jetzt gleich."

Corvins Gesicht hellte sich auf.

„Das ist ja super. Ich habe mir nämlich unter der Dusche überlegt, dass ich so schnell wie möglich nach Hamburg fahre und mir da ein paar Kopien aus der Orlow-Akte hole. Dann machen wir eine schöne Dokumentation über die Tätigkeiten des Trio Infernal. Das Ganze gebe ich dir, du gehst damit zu Andi, der hocherfreut sein wird, und damit dürfte es mit der Karriere des Herrn Voigt zu Ende sein."

24

Wenn er schon nach Hamburg fuhr, konnte er eigentlich auch in Vanessas Galerie vorbeischauen, dachte Corvin und ertappte sich dabei, dass ihm die geheimnisvolle Exzentrikerin noch immer nicht aus dem Kopf gegangen war.

Für Minuten starrte er ins Leere, versuchte, den Gedanken zu verdrängen, und griff schließlich zum Telefon.

Am anderen Ende meldete sich sein alter Kollege Wolfgang Sievert, der ein wandelndes Quellenlexikon war und ihm mit der einen oder anderen Information schon des Öfteren weitergeholfen hatte.

„Hallo, Wolfgang, hier ist Erik. Ich bin morgen in Hamburg und wollte dich, wie versprochen, zum Bier einladen."

Sievert lachte.

„Mensch, alter Knabe, das nenne ich zuverlässig. Morgen Abend geht. Im ‚Koslowski'? Da waren wir doch schon eine Ewigkeit nicht mehr."

„Prima, Wolfgang, aber ich hab …"

Sievert fiel ihm ins Wort.

„Was brauchst du denn?"

„Okay, dann sind es schon zwei Bier. Ich brauche die Daten von Viktor Orlow. Erinnerst du dich an ihn? Du warst damals auch an der Sache beteiligt. Das gesamte Sündenregister mit allen Vorstrafen, Connections und so weiter. Würdest du mir das kopieren?"

„Ja, klar erinnere ich mich an den Kerl. Das ist nicht so aufwändig. Bringe ich morgen Abend mit. Halt stopp, ich sollte dir was von Walter mailen. Er selbst hat keinen PC zu Hause. Aber wo ich dich gerade am Ohr habe, kann ich es dir auch so mitteilen. Er sagte, ihm sei bei seiner Abschiedsfeier ein Name nicht eingefallen. Irgend so ein Typ aus einem Kaff bei dir da draußen. Lewinski hat er geheißen. Kannst du was damit anfangen?"

Corvin überlegte. Lewinski aus Gutfeitzen. Irgendjemand hatte den Namen in dem Zusammenhang neulich genannt. Richtig. Die verwirrte alte Frau, die vor Vanessas Haus gestanden hatte. Nein, der Mann hatte das gesagt: Oder die Lewinskis. Er Verkehrsunfall. Auch gleich tot. Dann hat Heinrich Wolf das Haus gekauft. Der ist ermordet worden. Und nun ist die Hexe auch weg … Dieser Lewinski hatte also auch mal in Vanessas Haus gewohnt, bevor Wolf es gekauft hat.

Sieverts Stimme klang etwas ungeduldig.

„Erik? Bist du noch dran?"

Corvin nickte heftig, was Sievert natürlich nicht sehen konnte.

„Oh, Wolfgang, entschuldige, ich musste erst mal nachdenken, in welchem Zusammenhang das war. Sag mal, werden Verkehrsunfälle mit Todesfolge eigentlich auch archiviert?"

„Eigentlich schon. Wann war denn dein Unfall und wer ist dabei umgekommen?"

„Das Jahr weiß ich nicht. Aber der Tote war eben dieser Lewinski."

„Wann war denn das ungefähr?"

„Keine Ahnung. Muss aber lange zurückliegen."

Corvin hörte Sievert laut einatmen.

„Sag mal, Erik, willst du mich verarschen? Was glaubst du denn, wie viele Lewinskis in den letzten Jahrzehnten bei Verkehrsunfällen getötet wurden?"

„Wolfgang, reg dich nicht auf. Das könnte schon was werden. Dieser Lewinski war der Einzige in seinem Dorf, und das hat einen Namen, den es bestimmt nur einmal auf der Welt gibt. In der Kombination sollte man ihn doch finden."

Sieverts Stimme klang mürrisch.

„Und? Wie heißt dein Dorf?"

„Gutfeitzen."

„Wie?"

„Gutfeitzen. G-u-t-f-e-i-t-z-e-n!"

„Na gut, ich versuch's mal. Aber versprechen kann ich nichts. Außerdem kostet das mindestens zwei Bier. Wir sind jetzt schon bei vier."

„Geht klar. Dann bis morgen Abend neunzehn Uhr bei Uli im ‚Koslowski'."

25

Die Galerie „Chamäleon“ in der Hamburger Schanzenstraße war vor dreißig Jahren mal ein Gemüseladen gewesen. Corvin kannte das Viertel noch aus seiner Jugendzeit, als es sich von einem kleinbürgerlichen Stadtteil zum Szenetreff verwandelte. Die meisten Leute, die hier wohnten, arbeiteten früher im nahegelegenen Schlachthof oder in Betrieben, die mit der Fleischverarbeitung beschäftigt waren. Inzwischen war diese Branche an den Stadtrand gezogen und eine bunte Mischung aus Kulturschaffenden, Revoluzzern und Yuppies hatte sich dieses Quartier zu eigen gemacht. Die dann so taten, dachte Corvin beim Anblick gelangweilt Galao trinkender Umgebungsmütter mit Kinderwagen, als sei es hier nie anders gewesen.

„Ab 16 Uhr geöffnet“, las Corvin auf einem handgeschriebenen Zettel, der an der ehemaligen Ladentür klebte.

Er dachte einen Augenblick lang nach, dann klopfte er lautstark an die Tür. Nachdem er das zum dritten Mal getan hatte, erschien eine Frau von etwa vierzig Jahren mit hochgesteckten roten Haaren und einer giftgrünen Designerbrille und warf ihm einen wütenden Blick zu.

„Können Sie nicht lesen? Wir haben noch geschlossen!“

Corvin fischte eine Visitenkarte der Polizei Dannenberg aus seiner Jackentasche und presste sie gegen die Glastür.

„Kriminalpolizei. Öffnen Sie sofort die Tür!“, forderte er mit dramatischer Stimmlage.

Die rote Frau schien nicht sonderlich beeindruckt, zuckte mit den Schultern und schloss dann mit widerwilligem Gesichtsausdruck die Tür auf.

„Was kann ich für Sie tun? Gefällt der Polizei unsere Kunst nicht?“

Mit Druck kam er hier nicht weiter, dachte Corvin und schaltete in den Charme-Modus.

„Entschuldigen Sie mein Eindringen, aber ich bin auf der Suche nach der Künstlerin Vanessa van Steen.“

Die Rothaarige hatte sich entschieden, ihren mürrischen Blick beizubehalten. Sie streckte die Hand aus und beschrieb einen Bogen.

„Wie sogar ein Polizist erkennen kann, ist das hier eine Ausstellung der von Ihnen gesuchten Künstlerin. Mit der Person kann ich leider nicht dienen. Da hätten Sie vorgestern kommen müssen. Zur Vernissage war sie noch da. Liegt was gegen sie vor?“

Corvin entschied sich, weiter zu lächeln.

„Nein, im Gegenteil, wir ermitteln wegen eines Einbruchs in ihr Atelier“, log er.

Die Galeristin entspannte sich.

„So? Davon hat sie gar nichts erzählt.“

Corvin zuckte mit den Schultern.

„Das war auch klug von ihr. Ich habe da noch einige Fragen zu klären. Wissen Sie, wo ich sie antreffe?“

Die Rothaarige nickte.

„Wenn Sie das nächste Flugzeug erwischen, können Sie in gut vier Stunden dort sein.“

Corvin schaute sie verständnislos an.

„Vanessa hat Deutschland verlassen. Sie ist zu Freunden nach Mallorca gezogen. Ihre künstlerische Mission in diesem Land ist beendet, hat sie mir mitgeteilt. Sie will auch keine Kontakte mehr hierher. Die hätten nur negative Schwingungen. Vanessa ist ja bekannt für ihre schnellen Entschlüsse. Anrufen können Sie sie übrigens nicht. Sie hat auch ein neues Handy mit einer neuen Nummer, die selbst ich nicht kenne. Wir kommunizieren über die E-Mailadresse ihrer Freunde. Ich weiß nicht mal ihre Anschrift."

Corvin bekam ein flaues Gefühl im Magen, bemühte sich aber, möglichst teilnahmslos auszusehen.

„Dann geben Sie mir die E-Mailadresse."

Die Galeristin zögerte einen Augenblick.

„Okay, warten Sie. Ich schreibe sie Ihnen auf."

Das „Koslowski" in Ottensen war um neunzehn Uhr noch ziemlich leer. In der „Wende", dachte Corvin, war es um diese Zeit schon rappelvoll. Der Lebensrhythmus, so schien es, war in der Stadt und auf dem Land doch sehr unterschiedlich.

Uli, der Wirt der Traditionskneipe, hatte ihn bereits vom Tresen aus entdeckt.

„Hallo, Rico, wie schön, dass du mal wieder da bist. Wolfgang hat euch schon angekündigt. Brauchst du wieder das Gästezimmer?"

Corvin ergriff lächelnd die Pranke des Hundertfünzig-Kilo-Mannes und schüttelte sie.

„Freut mich auch, Uli. Schön, mal wieder hier zu sein. Ja, wäre super, wenn ich hier mal wieder pennen könnte."

Uli lachte.

„Du doch immer, Rico. Deine Sachen sind auch alle noch da."

Hinter der Kneipe gab es eine kleine Zweizimmerwohnung, in der Corvin aus früheren Zeiten noch eine Kulturtasche, ein frisches Hemd, Socken und Unterwäsche deponiert hatte. Während seiner Sturm- und Drangzeit war es hin und wieder mal nötig gewesen, nicht zu Hause zu übernachten, und auf Uli konnte er sich immer verlassen. Der schwergewichtige Wirt wohnte in einer geräumigen Wohnung über der Kneipe. Das hatte auch den Vorteil, dass es niemanden störte, wenn es mal wieder lang und laut wurde.

„Das ist ja wie in alten Zeiten“, hörte er eine Stimme hinter sich sagen und eine kräftige Hand schlug auf seine Schulter. Von der Statur her war Wolfgang Sievert mehr ein Leptosom mit schmalen Schultern und spitzer Nase. Allerdings war er zäh und ausdauernd, ließ keinen Marathonlauf aus und war im Kopf noch schneller als auf den Beinen. Berühmt waren auch sein Supergedächtnis und sein Wissen über Informanten und deren Quellen. Was Sievert nicht herausfand, gab es nicht.

Corvin und Sievert umarmten sich.

„Uli, die nächsten vier Bier für Wolfgang gehen auf meinen Deckel.“

Uli nickte und griff drei Tulpengläser mit einer Hand aus dem Regal.

„Und die erste Runde geht aufs Haus.“

Nachdem die drei angestoßen und ein lautes „Ahhh“ beim Absetzen der Gläser von sich gegeben hatten, hob Sievert die Hand und legte einen Aktendeckel auf den Tisch.

„Bevor wir jetzt in einem Wust von Erinnerungen alter Männer versinken, will ich meiner Bringschuld nachkommen. Hier, bitte sehr.“

Er schob den Aktendeckel über den Tisch auf Corvin zu. Der strahlte.

„Oh, danke. Auf dich ist doch immer Verlass. Schaue ich mir nachher an."

Sievert grinste.

„Orlow war ja kein Problem und deinen Lewinski aus Gutfeitzen – den Namen werde ich jetzt nie mehr vergessen – habe ich übrigens auch gefunden. Aber deine Informationen waren völlig falsch. Nicht er ist bei dem Unfall ums Leben gekommen, sondern er hat im Suff jemanden totgefahren. Das war 1983. Der war damals dreißig, könnte also immer noch leben. Das geht aber aus der Akte nicht hervor. Kannst du dir ja morgen in Ruhe anschauen. Und nun sag mal, fühlst du dich auf dem Land wirklich wohl? Aber ganz ehrlich."

Und dann erzählte Corvin von den Leuten aus dem Wendland, von der bunten Mischung aus Bauern, Künstlern und schrägen Vögeln und von seinen ersten Versuchen als Gemüseanbauer.

Sievert lachte.

„Mensch, Erik, du klingst ja richtig beseelt. Hätte ich nie von dir gedacht. Ich habe dich immer für einen eingefleischten Stadtmenschen gehalten. Aber entschuldige, ich muss mal eben für kleine Jungs."

Sievert erhob sich und ging zur Toilette. Schön, wieder hier zu sein, dachte Corvin, aber auch schön, morgen wieder zurückzufahren. Das hatte beides was. Aber das Zurück wurde immer stärker.

Beiläufig hob er den Aktendeckel. Sievert hatte alle Kopien säuberlich gelocht und abgeheftet. Die ersten Seiten dokumentierten Viktor Orlows kriminelle Karriere. Die zwei Seiten danach waren wohl die Kopien von Kopien eines alten Polizeiberichts und kaum noch lesbar. Corvin beugte sich tiefer über das Papier.

Plötzlich war ihm, als hätte ein Blitz in seinen Kopf eingeschlagen. Er riss den Aktendeckel an sich, seine Augen rasten über die Zeilen.

„Das ist ja …, das glaub ich jetzt nicht“, stotterte er vor sich hin.

„Was glaubst du nicht?“

Uli hatte zwei frische Bier auf den Tisch gestellt. Corvin schaute ihn mit offenem Mund an.

„Jetzt wird mir alles klar!“

Inzwischen war auch Sievert vom Klo zurück und bemerkte sofort die seltsame Atmosphäre zwischen den beiden.

„Hab ich dir was Verkehrtes geliefert?“, fragte er scherzhaft.

Corvin schüttelte heftig den Kopf.

„Nein, ganz im Gegenteil. Bei mir ist gerade ein Knoten geplatzt, so groß wie ein Medizinball.“

Uli und Sievert schauten sich verständnislos an. Corvin atmete aus und lehnte sich zurück.

„Liebe Freunde, wenn ich euch die ganze Geschichte erzählen würde, säßen wir morgen früh noch hier. Das Beste wäre, ich fahre gleich zurück.“

Uli hob seine Pranke. „Das wirst du nicht tun. Außerdem kann ich dich nicht fahren lassen, weil du schon drei Bier intus hast. Damit würde ich mich strafbar machen. Oder willst du, dass ich die Polizei hole?“

„Ich kann mich nicht erinnern, dass die Polizei schon mal eine so schöne Dokumentation über die Aktivitäten von drei Dunkelmännern bekommen hat, von denen sie noch gar nichts weiß“, lachte Corvin und schlug demonstrativ mit der Faust auf den Aktendeckel.

Bettina schaute ihn fragend an. Corvin schob ihr die Akte über den Küchentisch.

„Das übergibst du jetzt bitte dem Andi und erstattest gleichzeitig Anzeige gegen die Orlow-Brüder. Andi wird schon wissen, wie er damit umgeht."

Bettina nickte.

„Danke, Erik. Das mache ich. Ich glaube auch nicht, dass der Bogenschütze noch etwas unternimmt. Ich hab da so ein Gefühl. Und, verdammt noch mal, es wird auch langsam Zeit, dass ich mich wieder um das Festival kümmere, wir kommen allmählich in die heiße Phase."

Corvin schüttelte den Kopf.

„Ich glaube, da täuscht dich dein Gefühl. Ich kann dir Genaueres aber erst sagen, wenn ich wieder zurück bin. Du musst ein paar Tage auf mich verzichten."

Bettina lachte.

„Das werde ich kaum aushalten, aber ich werde es versuchen. Ich muss jetzt los."

Sie standen beide auf, Bettina nahm die Akte an sich und gab ihm einen Kuss auf die Wange.

„Mach's gut und pass bitte auf dich auf!"

Er lächelte.

„Ich werde mich bemühen."

Nachdem sie gegangen war, wartete Corvin noch eine Viertelstunde, setzte sich dann in sein Auto und fuhr nach Gutfeitzen. Er parkte vor dem Haus, in dem er Vanessa das letzte Mal gesehen hatte, und betrat das gegenüberliegende Gehöft.

Der alte Mann stand auf dem Hof und spaltete Holz. Nicht mit einer Axt, sondern mit einem Spalter, der mit acht Tonnen Druck die Holzscheite auseinanderbrach. Er schaute kurz hoch, als Corvin auf ihn zukam, richtete sein Interesse dann aber doch lieber auf seine nagelneue Maschine.

„Eine tolle Erfindung, finden Sie nicht? Stellen Sie sich mal vor, ich müsste das alles mit dem Beil machen. Das könnte ich gar nicht mehr."

Corvin bückte sich und reichte ihm den nächsten Scheit.

„Ja, das ist schon eine ziemliche Erleichterung. Aber darf ich Sie was fragen?"

Der Alte nickte, ohne ihn anzuschauen.

„Wenn ich es beantworten kann – gern!"

Corvin lächelte ihn an.

„Könnten Sie solange die Maschine abstellen? Ich glaube, da spricht es sich leichter."

Der Alte zuckte mit den Schultern und drückte auf den roten Knopf. Augenblicklich war Ruhe.

„Danke. Sie hatten mir neulich erzählt, wer schon alles in dem Haus gegenüber gewohnt hat. Erinnern Sie sich?"

Wiederum nickte der Alte.

„Dabei erwähnten Sie auch den Namen Lewinski. Hieß er nicht Hermann?"

„Ja, so hieß er. Aber wir hatten wenig Kontakt zu der Familie."

Corvin zog Notizblock und Kugelschreiber aus seiner Jackentasche.

„Dann seien Sie doch bitte so nett und erzählen mir alles, was Sie über die Lewinskis wissen. Aber wirklich alles."

Er hatte lange mit sich gerungen, ob er es machen sollte. Er hatte es verworfen, aber immer wieder neu durchdacht. Eine ganze Menge Fragen war noch offen. Dann hatte er sich entschieden.

Der Mann am anderen Ende der Leitung hatte bereits an der Nummer erkannt, wer ihn da anrief.

„Hallo, Erik“, sagte Wolfgang Sievert und grinste, „ich hab schon auf deinen Anruf gewartet. Da drängt sich doch noch eine Menge Fragen auf, nicht wahr? Also, was willst du wissen?“

Corvin hatte inzwischen die Küche verlassen und sich auf die Bank neben der Haustür in die Sonne gesetzt.

„Kannst du den Standort eines E-Mail-Benutzers rauskriegen, der auf Mallorca wohnt oder dort zumindest ein Haus hat?“

„Das kommt drauf an. Auf Mallorca gibt es ja viele User, die ihre deutsche Adresse beibehalten haben. Was hat deine Adresse denn für ein Landeskürzel?“

Corvin schaute auf den Zettel, den die rothaarige Galeristin ihm mitgegeben hatte.

„Das Landeskürzel ist ein E und ein S.“

„Aha, das macht die Sache schon einfacher. Wenn dein Mann sich den Anschluss dort hat einrichten lassen, ist das nicht weiter schwierig. Könnte ja aber auch sein, dass er in Barcelona wohnt. Dann wird's schwieriger. Schau'n wir mal. Wenn ich was habe, mail ich es dir.“

Zwei Stunden vergingen. Da Corvin wusste, dass er sich auf Sievert verlassen konnte, hatte er bereits begonnen, seine Reisetasche zu packen. Wie lange würde er bleiben? Zwei Tage, drei Tage, vielleicht nur ein paar Stunden?

Immer wieder klickte er sein Postfach an, doch außer dem Angebot der Woche von Amazon und einer Warnung seines Virenkillers vor einem Trojaner war keine neue Mail eingegangen.

Und dann doch.

„Hallo, Erik“, schrieb Wolfgang Sievert, „dein Mann sitzt nördlich von Palma zwischen Valldemossa und dem Örtchen Deià. Muss ein großes Anwesen sein, es liegt an der Landstraße zwischen den beiden Orten und hat keine Hausnummer. Ungefähr bei Kilometer 4,3 aus Richtung Valldemossa. Mehr war nicht rauszukriegen. Hasta la vista. Wolfgang.“

Corvin griff erneut zu seinem Telefon und wählte die Nummer des Reisebüros in Dannenberg. Er hatte Glück. Es gab noch einen Einzelplatz in einer Maschine der Swiss International Airlines ab Hannover nach Palma. Dann musste er um drei hier losfahren, rechnete er aus. Egal, sagte er sich, hau dich jetzt aufs Ohr, stell deinen Wecker und dann sehen wir weiter.

26

Mit den Gerüchen in der Luft am Flughafen kamen immer gleich Urlaubsgefühle hoch, dachte Corvin, als er die Gangway hinunterstieg. Die Mischung aus Kerosin-Abgasen, Orangen, exotischen Blüten und Sonnenöl hätte ihm auch mit verbundenen Augen gesagt, dass er sich auf einem Flughafen im Mittelmeerraum befand. Im Café Son Sant Joan kaufte er sich einen doppelten Espresso und ein Sandwich mit spanischem Schinken, obwohl ihm mehr nach einem ausgiebigen Frühstück war. Aber die Spannung trieb ihn voran. Am Schalter des Autoverleihers Sixt mietete er sich einen Ford Fiesta, schaltete die Navigationsfunktion seines Smartphones ein und fuhr los. Er war schon des Öfteren auf Deutschlands beliebtester Ferieninsel gewesen. Mit Gabi zweimal, rechnete er nach, mit Ulrike einmal und mit der etwas prolligen Verena, die unbedingt nach S'Arenal hatte fliegen wollen. Aber das wollte er schnell wieder vergessen, denn dieser Urlaub war in einem wahren Fiasko geendet.

Die Damen hatten immer den Süden oder Südosten der Insel bevorzugt, darum war es das erste Mal, dass er den gebirgigen Nordwesten ansteuerte.

Schon eine halbe Stunde später hatte er Valldemossa über die gut ausgeschilderte Straße erreicht. In irgendeinem Kloster in dieser Gegend, fiel ihm sein Schulwissen wieder ein, hatte Chopin mit einer exzentrischen Schriftstellerin, die er vom Namen her zuerst immer für einen

Mann gehalten hatte, einen Winter verbracht. Die hatte darüber ein Buch geschrieben, aber der Inhalt war ihm entfallen. Komisch, dachte er, was man sich im Leben so alles merkte und was dann doch mit den Jahren wieder verschwand.

Nach kurzer Zeit hatte er die Carretera, die Landstraße, erreicht, die zum Künstlerdorf Deià führte. Er behielt den Kilometerzähler im Auge. Noch einen Kilometer, fünfhundert Meter, noch mal fünfhundert Meter und jetzt noch dreihundert Meter. Corvin bremste, fuhr den Wagen an den Straßenrand und schaute sich um.

Ein größeres Anwesen oder ein Haus waren nirgendwo zu sehen. Sollte Wolfgang sich getäuscht haben? In diesem Moment kam hinter einer Baumgruppe ein Kastenwagen zum Vorschein. Ein Citroen Berlingo mit der Aufschrift eines Lebensmittelhändlers, soweit Corvin das entziffern konnte.

Er wartete, bis der Wagen in Richtung Valldemossa abgebogen war, dann überquerte er die Straße. Wenn jemand Lebensmittel irgendwohin lieferte, dachte er, wird dort auch irgendein Haus sein. Hinter den Bäumen, aus seiner Fahrtrichtung relativ unsichtbar, ging tatsächlich ein Weg ab, der aber schon nach wenigen Metern in einer starken Linkskurve abknickte, sodass Corvin nicht sehen konnte, wohin er führte. Er ging zurück zum Wagen, ließ noch zwei weitere Lastwagen vorbeifahren, kreuzte die Landstraße und bog in den Weg ein.

Rund fünfzig Meter hinter der Kurve führte der Weg steil bergauf und schlängelte sich dann in engen Serpentinen abwärts durch Wälder aus niedrigem Nadelgehölz zum Meer hinunter.

Schon nach wenigen Metern konnte er das Anwesen sehen. Innerhalb einer hohen, kreisrunden Mauer stand ein großes Haupthaus im mallorquinischen Stil, weiß gekalkt mit grünen Fensterläden. Kreisförmig darum befanden sich vier kleinere Nebengebäude, eins davon mit einer verglasten Front und einem Pool, den man sowohl im Inneren des Hauses als auch unter freiem Himmel benutzen konnte.

Corvin hielt an und schaute einen Augenblick lang hinunter auf das beeindruckende Ensemble. „Nicht schlecht", sagte er laut zu sich selbst, „hier kann man leben."

Rund dreißig Meter bevor der Weg an einem hohen Tor endete, ließ er den Wagen stehen und ging zu Fuß auf das Anwesen zu.

Trotz seiner schönen Lage hatte der Komplex etwas Abweisendes. An dem rund vier Meter hohen, zweiflügeligen Tor aus dunklem Eichenholz stand kein Namensschild, nur ein Klingelknopf aus Messing war zu sehen. Er hatte auch sofort die Kamera auf einem hohen Mast bemerkt, die in alle Richtungen schwenkbar war.

Corvin drückte auf den Knopf. Es dauerte nur wenige Sekunden, bis die barsche Stimme einer Frau durch den kleinen Lautsprecher schnarrte: „Que quieres?"

Corvin schaute nach oben in die Kamera, da er davon ausging, dass man ihn irgendwo im Inneren des Hauses auf dem Bildschirm sehen konnte.

„Guten Tag. Mein Name ist Erik Corvin. Ich komme aus Deutschland. Sprechen Sie Deutsch?"

Ohne die Frage direkt zu beantworten, schnarrte die Stimme weiter.

„Was wollen Sie?"

„Ich bin ein Freund von Vanessa van Steen. Könnte ich sie bitte sprechen?“

Die Stimme wurde noch ein bisschen barscher.

„Von wem? Den Namen kenne ich nicht.“

Corvin versuchte, weiterhin freundlich zu klingen.

„Aber ihre Galeristin in Hamburg hat mir gesagt, dass sie sich hier aufhält. Haben Sie mich richtig verstanden? Vanessa van Steen!“

Jetzt wurde die Stimme grob.

„Ich sagte bereits, ich kenne keine Person dieses Namens, und jetzt verschwinden Sie, sonst rufe ich die Guardia!“

Corvin zuckte mit den Schultern.

„Dann entschuldigen Sie bitte die Störung.“

Da er davon ausgehen konnte, dass er durch die Kamera weiter beobachtet wurde, wandte er sich ab und ging den Weg zurück zum Auto, das außerhalb des kontrollierbaren Raumes parkte. Irgendetwas sagte ihm, dass Vanessa sich doch in dieser Festung aufhielt. Sollte er warten, bis die Sonne unterging und er im Schutz der Dunkelheit über die Mauer steigen konnte? Doch er verwarf den Plan sofort wieder, denn man konnte davon ausgehen, dass ein Anwesen, dass sich so gegen die Außenwelt absicherte, mit Bewegungsmeldern, Scheinwerfern und Alarmanlagen ausgestattet war. Vielleicht sogar mit scharfen Hunden.

Während er darüber nachdachte, hörte er ein Auto den Weg hinunterkommen. Er versteckte sich hinter seinem Wagen, behielt aber den Weg im Blick. Langsam näherte sich ein Toyota-Pickup, an den ein Anhänger mit einer hohen Plane angekoppelt war. Obwohl er kein Spanisch sprach, konnte Corvin aus der Aufschrift auf der

Plane und den mit viel Sorgfalt gemalten Blumen schließen, dass es sich um einen Gärtner handeln musste. Als das Gespann an ihm vorbeigefahren war, sah er, dass der Anhänger hinten offen und leer war. Wahrscheinlich, um nach getaner Arbeit Gartenabfälle abzutransportieren.

Corvin blieb weiterhin in geduckter Haltung und folgte dem im Schritttempo fahrenden Wagen, immer darauf bedacht, dass der Fahrer ihn im Rückspiegel nicht bemerkte. Im Vorbeifahren hatte er gesehen, dass es sich um einen einzelnen älteren Mann mit einem weißen Schnauzbart handelte.

Vor dem Tor hielt das Gespann, der Fahrer stieg aus und ging auf das Tor zu. Diesen Augenblick nutze Corvin und stieg so lautlos wie möglich in den Anhänger.

Der Fahrer hatte sich offenbar identifiziert, denn die Flügel des Tores öffneten sich weit. Corvin hörte, wie der Mann wieder einstieg, den Motor startete und dann langsam über knirschenden Kies weiterfuhr. Kurz darauf hielt er erneut, stellte den Motor ab und schlug die Tür zu. Den Geräuschen nach zu urteilen, hob er jetzt ein paar schwere Geräte von der Ladefläche des Pickups. Dann entfernten sich die Schritte.

Vorsichtig kroch Corvin auf allen Vieren an die Ladekante des Anhängers. Das Gespann stand auf einem breiten Weg, der mit weißem Kies bestreut war. Daran anschließend erstreckte sich eine große Rasenfläche, auf der in unregelmäßigen Abständen exotische Zierpflanzen, Obst- und Nadelbäume gepflanzt waren. Menschen waren keine zu sehen. Er setzte sich auf die Kante der Ladefläche, stützte sich mit beiden Händen ab und ließ sich auf den Rasen hinunter, um keine Geräusche auf dem Kies zu erzeugen.

Der Gärtner war inzwischen aus seinem Sichtbereich verschwunden. Nur das monotone Heulen einer Kettensäge zeigte an, dass er irgendwo auf dem Gelände seiner Arbeit nachging.

Das Nebengebäude, in dessen Nähe Corvin stand, erwies sich von dieser Seite als ein riesiger, offener Carport, in dem vier Fahrzeuge bequem Platz fanden. Mit schnellen Schritten bewegte er sich dorthin, da man im Schatten des Schleppdachs einen guten Überblick über das Gebäude und den Hof hatte.

Plötzlich nahm er aus dem rechten Augenwinkel eine Bewegung wahr. Er sah einen Arm mit einer Hand, die ein Glas von einem niedrigen runden Tisch nahm und dann wieder hinter der Rückenlehne eines großen Liegestuhls verschwand. Einen Augenblick später wurde das Glas wieder auf dem Tisch abgestellt. Die Person im Liegestuhl hatte ihm den Rücken zugekehrt, aus der Entfernung konnte er nicht mit Sicherheit sagen, ob es sich um einen Mann oder eine Frau handelte.

Lange musste er sich darüber allerdings nicht den Kopf zerbrechen, denn Sekunden später erhob sich die Person, um den Liegestuhl ein wenig weiter nach rechts in die Sonne zu schieben. Corvin sah eine groß gewachsene blonde Frau mit einer schwarzen Sonnenbrille und langem blondem Haar, das zu einem Pferdeschwanz zusammengefasst war. Sie trug einen weißen Bikini, und Corvin musste sofort an die legendäre Szene aus dem Bondfilm denken, in der Ursula Andress in einer solchen Badebekleidung dem Meer entsteigt. Offenbar verfügte sie aber nicht nur über eine perfekte Figur, sondern auch über sehr gute Augen. Sie machte eine einladende Handbewegung in Corvins Richtung.

„Kommen Sie ruhig aus Ihrem Beobachtungsposten hervor. Ich habe Sie längst bemerkt."

Corvin, der sich wie ein ertappter Spanner fühlte, trat ins Licht und ging ein paar Schritte in Richtung Pool.

„Entschuldigen Sie, ich suche eine alte Freundin. Vanessa van Steen ist ihr Name. Wissen Sie, wo sie ist?"

Die Blonde hatte sich wieder in den Liegestuhl gelegt und ihren Kopf, der oberhalb der Nase zu fast zwei Dritteln von der Sonnenbrille bedeckt wurde, von Corvin weggedreht.

„Und was wollen Sie von ihr?"

Corvin bewegte sich weiter auf den Pool zu.

„Ich will ihr eine Geschichte erzählen und sie fragen, ob ich mit der Interpretation recht habe."

Die Frau griff wieder zu ihrem Glas.

„Sie werden sie hier nicht antreffen. Aber erzählen Sie sie mir doch, ich höre auch gern Geschichten."

Sie zeigte auf einen bequemen Gartensessel auf der anderen Seite des runden Tisches, dessen Platte mit einem marokkanischen Mosaik verziert war, und machte eine einladende Handbewegung.

„Setzen Sie sich doch."

Er ließ sich in dem Sessel nieder und schaute sie von der Seite an.

„Ich muss Sie warnen. Sie werden diese Geschichte nicht verstehen, sie wird Sie eher langweilen."

Die Blonde schüttelte den Kopf, ohne ihn anzusehen.

„Das lassen Sie meine Sorge sein. Fangen Sie an."

Corvin lehnte sich zurück.

„Die Geschichte hat sich im Sommer 1983 ereignet. Sie handelt von vier Männern, von denen heute nur noch einer lebt. Sie spielt in Hamburg, einer großen Hafenstadt, von der ich annehme, dass Sie sie kennen.

Diese vier Männer kamen aus der Provinz und wollten – wie man in Männerkreisen so sagt – mal so richtig die Sau rauslassen. Der Mann, der das große Wort führte, hatte ein lohnendes Geschäft gemacht und die anderen dazu eingeladen. Alle hatten sehr viel getrunken, wollten aber doch noch mit dem Auto nach Hause fahren. Sie kamen nicht sehr weit. Schon nach wenigen Metern überfuhren sie eine Frau auf einem Zebrastreifen. Die Frau starb noch an der Unfallstelle. Passanten riefen die Polizei. Den Fahrer nahm die Polizei mit aufs Revier und sperrte ihn in eine Ausnüchterungszelle. Als er wieder zu sich kam und begriff, was er angerichtet hatte, nahm er sich das Leben. Er hinterließ eine Frau und Anna, seine Tochter, die damals noch nicht einmal ein Jahr alt war."

Corvin machte eine Pause.

„Wollen Sie auch noch wissen, wie die Männer hießen?"

Die Blonde schaute starr geradeaus.

„Wenn es für die Geschichte wichtig ist?"

Corvin nickte.

„Sehr wichtig sogar. Die Namen der Männer waren Hermann Lewinski, Heinrich Wolf, Johannes Gerdau und Rudolf Gerken. Lewinski war der Unglücksfahrer, und ich habe allen Grund anzunehmen, dass das dein Vater war, Vanessa. Oder soll ich lieber Anna zu dir sagen?"

Der Kopf der Frau fuhr herum.

„Du hast mich sofort erkannt?"

Corvin grinste.

„Du hast doch selbst einmal gesagt, dass du eine markante Stimme hast. Dein Äußeres kannst du verändern, aber nicht deine Stimme."

Die Frau nahm die Sonnenbrille ab und schaute Corvin direkt in die Augen.

„Und was weißt du über Anna Lewinski?"

Obwohl er es geahnt hatte, wusste er nicht, wie er sich von diesem Blick lösen sollte. Das Haus in Gutfeitzen, leere Farbdosen, Kopfsteinpflaster, geknackte Schlösser, dieses kalte Lächeln, dieser warme Körper, Mescal und Testosteron ... Enrico, reiß dich zusammen.

Für ein paar Sekunden starrte er sie an. Dann griff er in die Seitentasche seiner Jacke, holte sein Notizbuch hervor und überblätterte ein paar Seiten. Er bemühte sich um eine sachliche Tonlage.

„Wie gesagt, Anna war noch nicht mal ein Jahr alt, als das passierte. Ihre Mutter verkaufte das Haus an Heinrich Wolf und zog mit ihr nach Hamburg, wo sie in ihrem gelernten Beruf als Theaterschneiderin einen Job am Schauspielhaus bekam. Aber auch sie starb an einem Gehirntumor, als Anna gerade sechs Jahre alt war. Das Kind wuchs bei Pflegeeltern auf, einem Dozenten für Frühgeschichte und einer Logopädin, die sich rührend um das begabte Kind kümmerten. Anna entdeckte ihr künstlerisches Talent und studierte Freie Malerei an der Kunsthochschule Weißensee in Berlin. Das wissbegierige Mädchen belegte darüber hinaus etliche Kurse in verwandten Disziplinen, unter anderem im intuitiven Bogenschießen. Sie entwickelte mehrere Kunstkonzepte, in denen das Bogenschießen eine wichtige Rolle spielte."

Corvin ließ den Block sinken.

„Und jetzt sage mir bitte, was diese Maskerade soll."

Vanessa-Anna suchte mit den Füßen nach ihren Sandalen, fand sie und stand auf.

„Das ist keine Maskerade, mein Lieber, das bin ich selbst. Vanessa van Steen war eine Kunstfigur, der Lockenkopf eine Perücke und der exzentrische Auftritt eine perfekte Tarnung. Nirgendwo findet man einen durchgeknallten Künstler so normal wie bei euch im Wendland. Du brauchst dir nur ein paar große Steine in den Vorgarten zu stellen und behaupten, das sei konzeptionelle Kunst. Die Gemeinde der Kulturbeflissenen wird dich lieben und akzeptieren."

Inzwischen war auch Corvin aufgestanden.

„Du kannst also bestätigen, dass diese Geschichte in allen Details korrekt ist."

Sie schüttelte den Kopf.

„Nein. Du hast zwar fleißig recherchiert, aber trotzdem sind beide Geschichten falsch. Vermutlich, weil du nur die offiziellen Protokolle gelesen hast."

Corvin machte ein betretenes Gesicht.

„Dann ist es sicher nicht zu viel verlangt, wenn du mir die Version erzählst, die du für die Richtige hälst."

„Ist alles in Ordnung? Oder soll ich Pablo mit den Hunden rufen?"

Wie aus dem Boden gewachsen, stand plötzlich eine große, ganz in Schwarz gekleidete Frau hinter Vanessa-Annas Liegestuhl. Sie trug das lackschwarze Haar straff nach hinten verknotet, hatte eine scharf gebogene Nase und den Blick eines Raubvogels.

Vanessa-Anna lächelte sie an.

„Ja, alles in Ordnung, Marta. Aber es wäre nett, wenn Sie meinem Gast aus Deutschland ein Getränk bringen würden."

Sie drehte sich zu Corvin um.

„Was möchtest du trinken?"

Corvin hatte die barsche Stimme aus der Gegensprechanlage sofort erkannt. Man konnte davon ausgehen, dass der eben erwähnte Pablo und seine Hunde nicht minder humorlose Zeitgenossen sein mussten.

„Ich? Ja ... wenn ich einen Tonic mit Eis haben könnte?"

Die schwarzhaarige Frau würdigte ihn keines Blickes.

„In Ordnung. Ich komme gleich wieder."

Vanessa-Anna wandte sich wieder Corvin zu.

„Marta wirkt nur so mürrisch, in Wirklichkeit ist sie eine gute Seele. Das Anwesen gehört Freunden von mir. Wolfgang und Helene, Kunsthändler aus Düsseldorf. Die sind meistens auf Reisen. Aber auf Marta und Pablo können sie sich verlassen."

Sie nahm einen Schluck aus ihrem Glas.

„Nun zu der Geschichte. Es ist richtig, dass es vier Männer waren, die total betrunken in dem Auto saßen. Am Steuer saß aber nicht Hermann Lewinski, sondern Heinrich Wolf. Mein Vater vertrug keinen Alkohol und er muss in einem Zustand gewesen sein, in dem er keine Entscheidungen mehr treffen konnte. Nachdem sie die Frau überfahren hatten, hat Wolf meinen Vater, der auf dem Beifahrersitz saß, auf den Fahrersitz gezerrt und die anderen haben ihm geholfen. Auch der hochmoralische Hannes Gerdau."

Corvin runzelte die Stirn und wollte etwas sagen. Ließ es aber, weil ihm die inzwischen zurückgekommene Marta mit bösem Blick einen Tonic mit Eis auf den Tisch stellte. Erst als sie sich wieder entfernt hatte, nahm er vorsichtig einen Schluck.

„Und woher weißt du das alles?"

Vanessa-Anna setzte ihre Sonnenbrille wieder auf.

„An meinem achtzehnten Geburtstag überreichten mir meine Pflegeeltern einen Brief, den meine Mutter an mich geschrieben hatte. Wahrscheinlich kurz bevor sie starb und als ich noch ein kleines Kind war. In dem Brief stand auch, dass sie ein Tagebuch, den Abschiedsbrief meines Vaters und andere Dokumente, die bewiesen, was für ein Mensch dieser Heinrich Wolf war, in dem Haus versteckt hielt. Sollte ich ihren Brief nicht erhalten, so hatte sie sich gedacht, würden andere Menschen diese Dokumente finden und vielleicht öffentlich machen."

Corvin hatte aufmerksam zugehört.

„Und dann hast du beschlossen, dich an diesen Männern zu rächen."

Sie schüttelte den Kopf.

„Noch nicht. Es hat siebzehn Jahre gedauert, bis ich die Gelegenheit bekam, dieses Haus zu mieten. Die Dokumente hatte ich bald gefunden, denn in dem leeren Haus gab es eigentlich nur unter den Fußbodendielen ein Versteck. Und genauso war es auch. Ich habe alles gelesen und war danach völlig fertig.

Heinrich Wolf war noch ekliger, als ich ihn mir vorgestellt hatte. Immer wieder erschien er ungebeten in dem Haus und schlug vor, die Miete herabzusetzen, wenn ich ein bisschen nett zu ihm wäre. Ich habe ihn gefragt, ob er zu dem, was er schon alles auf sein Gewissen geladen hatte, noch einen Inzest hinzufügen wollte."

Corvin schaute sie verständnislos an.

„Das verstehe ich jetzt nicht."

Vanessa-Anna hob die Hand.

„Lass mich zu Ende erzählen. Es hat lange gedauert, bevor ich überhaupt darüber reden konnte, nachdem ich es im Tagebuch meiner Mutter gelesen hatte. Es war knapp zwei Jahre vor diesem schrecklichen Unfall. Meine Mutter hatte sich gerade mit meinem Vater verlobt. Während eines Schützenfestes hat Wolf sie in eine Scheune gelockt und dort vergewaltigt. Wenig später hat sie gemerkt, dass sie schwanger war. Sie hat Hermann Lewinski, den ich Vater nenne, nichts davon gesagt. Aber mein biologischer Vater war Heinrich Wolf.

Als ich ihm das erzählte, wurde er kreideweiß und hat alles abgestritten, aber ich hatte ja die Dokumente meiner Mutter, und ein Vaterschaftstest hätte den Rest bewiesen. Er ist dann in das Haus eingebrochen, weil ich vorher die Schlosszylinder ausgetauscht hatte. Er wollte unbedingt diese Aufzeichnungen haben. Daraufhin habe ich beschlossen, die Sache zu Ende zu führen. Qualvoll sollten er und seine Mitwisser sterben. Qualvoll und mit Stil. Und mit einem Gruß meines Vaters auf der Pfeilspitze."

„Mitwisser sagst du? Wussten sie denn auch von der Vergewaltigung?"

Sie stand von ihrem Liegestuhl auf und Corvin sah, wie die Wut in ihren Augen flackerte.

„Er hat sich vor ihnen damit gebrüstet. Sie haben geschwiegen. Er hat meinen Vater in den Selbstmord getrieben. Sie haben geschwiegen. Und als meine Mutter nach dem Tod meines Vaters in materielle Not geriet, haben sie ihr nicht geholfen. Und sie haben zugeschaut, als das Haus zwangsversteigert wurde und Wolf der einzige Bieter war. Alles aus Angst, in die Sache hineingezogen zu werden."

Corvin schaute sie lange an.

„Aber Rudolf Gerken lebt noch."

„Ja, und er wird auch weiterleben. Den Rest seines Lebens, allerdings mit der Angst, dass es auch ihn erwischt, denn nach dem Tod von Wolf und Gerdau waren ihm die Zusammenhänge mit Sicherheit völlig klar. Und dann ist da noch mein Mitleid mit Bettina, die sich um einen Mann sorgt, der nicht ihr Vater ist, den sie aber liebt. Ich kann das gut nachvollziehen, aber eine Strafe musste er haben."

Sie nahm ein Badelaken, legte es sich um die Schultern und setzte sich wieder. So, als habe ihre eigene Erzählung sie trotz der warmen Temperaturen zum Frösteln gebracht.

„Was wirst du jetzt tun? Deine ehemaligen Kollegen benachrichtigen?"

Corvin dachte einen Augenblick lang nach, dann schüttelte er den Kopf.

„Warum sollte ich das tun? Ich werde mich nicht zum Richter machen. Alle meine Fragen zu dieser Geschichte sind beantwortet, und das Gefühl, das man Rache nennt, ist mir nicht fremd, das kannst du mir glauben. Wie du damit leben willst, ist deine Sache."

Er ging einen Schritt auf sie zu und schaute ihr für eine lange Minute in die Augen.

„Leb wohl, Vanessa, Anna oder wie auch immer. Und sag deinem Cerberus, sie möge mir das Tor öffnen und darauf verzichten, mich zu massakrieren."

Dann drehte er sich um und ging auf das Haupthaus zu, um so schnell wie möglich diese unwirkliche Situation zu verlassen und so lange wie möglich seine in Auflösung befindliche Fassung zu bewahren.

27

In der ersten Nacht, in der Corvin wieder in dem großen Bett auf seinem Hof im Wendland schlief, hatte er einen merkwürdigen Traum.

Er war auf der Flucht. Eine wütende Meute schrecklicher Gestalten war hinter ihm her, doch so sehr er sich bemühte – seine Füße klebten am Boden. Erst im letzten Augenblick, als der Mob bereits mit Klauen nach ihm griff, konnte er sich fortbewegen, aber seine Beine waren schwer wie Blei. Er stolperte davon und gelangte an einen Abgrund. Da bemerkte er auf der anderen Seite eine Frauengestalt. Ihr Gesicht war nicht zu erkennen, aber er sah, wie sie ihm zuwinkte, er solle doch springen. Der Lärm der Meute hinter ihm wurde lauter und so nahm er all seine Kräfte zusammen und sprang. Doch es reichte nicht. Kurz bevor er die andere Seite des Abgrunds erreichte, stürzte er ab und fiel und fiel …

Der Gitarrenriff seines Handys riss ihn in die Realität zurück. Zu spät, denn die Mailbox war schon angesprungen.

„Hallo, Erik, hier ist Bettina. Ich wollte nur hören, ob du wieder da bist. Ich brauche wieder mal deine Hilfe. Bitte melde dich, so schnell du kannst."

Corvin sank zurück in sein Kissen. Der Traum war noch frisch, zerfloss aber von Sekunde zu Sekunde. Ein schlechtes Gefühl blieb.

Langsam ordneten sich seine Gedanken. Was sollte er Bettina sagen? Die Wahrheit über Vanessa? Oder sollte er so tun, als wisse er gar nichts und sei der schlechteste Ermittler aller Zeiten?

Egal. Er begab sich in eine aufrechte Position, drückte auf die eingespeicherte Nummer und Sekunden später hatte er Bettina am Ohr. Sie klang abgehetzt.

„Erik! Wie schön, dass du wieder da bist. Wie gesagt, ich brauche deine Hilfe, aber wie, das würde ich dir gern direkt sagen. Kann ich zu dir kommen?"

Er ließ sich wieder fallen.

„Ja, komm nur, ich bin allerdings im Moment noch ziemlich neben der Spur."

Sie lachte angestrengt.

„Das macht nichts. Ich bin gleich da."

Sie hatte nicht übertrieben und war offenbar unter Aufhebung der Straßenverkehrsordnung zu ihm gelangt. Trotzdem war es ihm bis dahin gelungen, einen Kaffee zu kochen, der jetzt in zwei Tassen dampfte. Er mochte es, wenn sie unter Stress stand, wenn all ihre Sinne angespannt waren und ihre Kämpfernatur zur vollen Entfaltung kam.

„Ich ..."

„Ich ..."

Er machte eine beschwichtigende Handbewegung.

„Bitte nicht beide gleichzeitig. Darf ich anfangen? Ich habe eine gute und eine schlechte Nachricht für dich."

Sie atmete hörbar aus.

„Bitte. Habe ich eine Wahl, welche ich zuerst hören möchte?"

Er schüttelte den Kopf.

„Nein. Die gute Nachricht ist, dass du dir um deinen Vater keine Sorgen mehr zu machen brauchst. Die schlechte ist, dass ich dir nicht erklären kann, warum das so ist."

Sie schaute ihn irritiert an.

„Danke. Im Moment schwierig zu begreifen, aber ich vertraue dir. Wenn du das so sagst, dann ist es gut, und Gegenfragen sind wahrscheinlich nicht gestattet."

Er nickte. Bettina fuhr fort.

„Ich habe ein Problem. Du weißt, das Festival beginnt in vier Tagen, und unser Höhepunkt ist leider im Arsch. Sorry, aber es ist so."

Corvin grinste.

„Kannst du dich bitte etwas genauer ausdrücken?"

Bettina strich sich ein paar Strähnen aus dem Gesicht.

„Die Band, auf die alle warten, ist die Countryrock-Truppe ‚East of Bourbon'. Und gestern hat sich der Solo-Gitarrist beim Holzspalten die linke Hand eingeklemmt. Doc Neumann hat ihm einen schönen dicken Verband mit dem Hinweis gemacht, das der dort mindestens drei Wochen bleiben muss. In drei Wochen ist das Festival allerdings mehr als beendet. Ungefähr zwei Drittel der Besucher wird das Eintrittsgeld zurückverlangen."

Corvin goss sich eine weitere Tasse Kaffee ein.

„Bedauerlich. Aber warum erzählst du mir das?"

Bettina erhob sich von ihrem Stuhl.

„Lieber Erik, du hast mir am Anfang unserer Bekanntschaft erzählt, dass du früher auch Musik gemacht hast. Aber das sei lange her. Ich bin nun schon so einige Male hier in deinem Haus gewesen. Und da ist mir nicht verborgen geblieben, dass in Tante Friedas ehemaligem Schlafzimmer ein aufgeklappter Koffer mit einer Fender

Stratocaster steht, die nicht so aussieht, als sei sie lange nicht mehr gespielt worden. Glaub mir, ich habe ein Auge dafür."

Corvin hob die Hand.

„Moment, ich kann dir das ..."

Bettina schnitt ihm das Wort ab.

„Lass mich ausreden. Du kennst sicher den Spruch: Das Internet vergisst nicht. Und darum habe ich festgestellt, dass eine Countryrockband mit dem Namen ‚Rico & Friends' noch vor gut eineinhalb Jahren im Hamburger ‚Logo' aufgetreten ist und wegen des großen Erfolgs ein zweites und ein drittes Konzert angesetzt wurde. Nicht zuletzt, so die Kritik in der Morgenpost, wegen des großartigen Sologitarristen Erik Corvin. Ist das richtig?"

Corvin atmete hörbar aus.

„Du möchtest also, dass ich ..."

Sie nickte heftig.

„Ja, dass du einspringst. Ich weiß, du kannst das."

Er schüttelte den Kopf.

„Nein, Bettina, auf keinen Fall. Ich bin raus, völlig raus. Ich müsste ein halbes Jahr üben, um wieder reinzukommen. Ich ..."

Sie schnitt ihm abermals das Wort ab.

„Erik, ich flehe dich an. Sie spielen ausschließlich Klassiker. CCR, Lynyrd Skynyrd, Marshall Tucker, Alabama ... die kennst du alle. Wenn du mich liebst, tu es bitte."

Er drehte sich ruckartig um.

„Was hast du gesagt?"

Sie begann zu stottern.

„Ich meinte ... ich wollte sagen – tu es mir zuliebe."

Corvin starrte sie eine Weile an.

„Hast du eine Playlist?"

Aus ihrem verzweifelten Gesichtsausdruck wurde plötzlich ein strahlender. Sie griff in ihre Umhängetasche.

„Hier ist die Liste mit allen Titeln, Tonarten und Akkorden. Und hier ein Stick mit Demos. Weiß du was? Du rettest mir ein zweites Mal das Leben."

Sie umarmte ihn, zog ihn an sich und Corvin kam es vor, als wäre dieser Kuss ein Siegel für alles, was sie zusammen erlebt hatten.

Nach einer gefühlten Ewigkeit löste sie sich von ihm.

„Es tut mir leid, aber ich muss los."

Sie küsste ihn noch einmal auf den Mund, griff nach ihrer Tasche und eilte zur Tür. Dort blieb sie stehen und drehte sich um.

„Halt, das habe ich dir noch gar nicht erzählt. Horst Voigt ist von all seinen Ämtern zurückgetreten und es heißt, die Staatsanwaltschaft ermittle gegen ihn. Erstmal ist er abgetaucht. Übrigens stand gestern in der Zeitung, dass es tatsächlich Wölfe gewesen seien, die drei Schafe am Deich bei Soven gerissen haben. Das hat auch dein Freund, der Wolfsberater, inzwischen bestätigt. Nun hätte der Voigt reichlich Gelegenheit gehabt, sich öffentlich aufzupusten. Kann er aber nicht mehr. Schlechtes Timing, findest du nicht?"

Beide lachten, Bettina warf ihm eine Kusshand zu und schloss dann die Tür hinter sich.

Corvin ließ sich auf einen Küchenstuhl fallen. Ganz schön viel auf einmal, was in den letzten Wochen mit ihm passiert war. Selbst für einen hartgesottenen Cop, für den er sich früher immer gehalten hatte.

Jammer hier nicht rum, sagte er zu sich selbst, das ist dein neues Leben. Er griff zu der Liste, die auf dem Tisch lag. Bettina hatte recht. Er kannte alle Stücke, hatte sie irgendwann alle gespielt.

„Dann woll'n wir mal", sagte er laut, stand auf und ging die Treppe nach oben, wo seine geliebte Stratocaster im Koffer lag und auf ihn wartete.

Vier Tage später stand er auf der Bühne nahe der Elbe, nervös und schwitzend wie vor seinem ersten Schulkonzert. Die Bannmeile zwischen der Bühne und dem erlebnishungrigen Publikum kam ihm vor wie ein tiefer Abgrund, der ihn zu verschlingen drohte. Doch die Jungs von „East of Bourbon" erwiesen sich als sympathische Routiniers, und schon nach dem ersten Stück glitten seine Finger wieder wie von selbst über das Griffbrett.

Und dann begann das Publikum frenetisch zu klatschen, zu stampfen und zu tanzen. Unter ihnen Frank, Beatrix, Andi, Karin, Robert, Bettina und all die anderen. Als er ein furioses Solo bei „Sweet home Alabama" improvisierte, das vom Applaus fast übertönt wurde, hob er ab und begann zu schweben. Und als er den Abgrund überwunden hatte und sicher auf die andere Seite gelangte, wusste er, dass er angekommen war.

Die Personen

Enrico (Erik) Corvin: Hamburger Kriminaloberkommissar mit Wurzeln im Wendland
Andreas (Andi) Feindt: Corvins Freund und Kollege
Bettina Gerken: Organisatorin des Elbrockfestivals
Vanessa van Steen: exzentrische Künstlerin
Frieda Schulz (Tante Frieda): Vermieterin und mütterliche Beraterin von Corvin
Frank Matthes: Wirt im Wendenhof
Horst Voigt: Rinderzüchter, Kreistagsabgeordneter, Jäger und Choleriker
Hannes Gerdau: Bauingenieur und Naturschützer
Viktor Orlow: ein aus Osteuropa stammender Spezialist für dunkle Geschäfte
Werner Voss: Leiter Kriminalkommissariat Dannenberg und neuer Chef von Corvin
Hermann Kröger: Legende unter den Wendländer Jägern. Kennt alles und jeden.
Robert Münster: promovierter Biologe, Forstwirt, ehrenamtlicher Wolfsberater

Weitere Krimis im Ellert & Richter Verlag

Carola Christiansen
Die rätselhafte Frau
440 Seiten
978-3-8319-0739-7

Wer ist die Frau, die schwerverletzt am Hamburger Elbstrand aufgefunden wird? Das Wenige, woran sie sich erinnert, scheint direkt aus einem Thriller von der Bestsellerliste zu stammen. Mit Glück überlebt sie einen zweiten Mordversuch im Krankenhaus. Als Hauptkommissar Adam aus Hamburg-Altona zu ermitteln beginnt, wird im Schulterblatt die verstümmelte Leiche einer vermissten Frau aufgefunden. Zwei rätselhafte Fälle, bei denen nichts ist, wie es zu sein scheint. Als sich die Ermittler den Bruder der Vermissten und seine Villa auf Mallorca genauer ansehen, tauchen neue Ungereimtheiten auf. Überdies schaltet sich auch ein ungewöhnliches Detektivbüro in den Fall ein und ermittelt auf eigene Faust. Adam, der Einmischung hasst, muss sich anstrengen, alle Fäden in der Hand zu behalten.

Serienkiller für einen neuen Mozart

Sebastian Knauer
Mörderisches Mozart-Kind
Ein Musikkrimi
304 Seiten
978-3-8319-0731-1

Kopfschuss an der polnischen Osteeküste, Messer im bayerischen Nationalpark, Stahlseil in den Donauauen – alles keine schönen Todesarten für begabte Mozart-Musikerinnen. Die Ermittler der Wiener Soko „Klangkörper" sind ratlos. Wer steckt hinter den mysteriösen Serienmorden an den jungen Frauen? Zusammen mit der Wiener Kommissarin Larissa Bost bekommt schließlich der Hamburger Detektiv Pit Koch einen entscheidenden Tipp. Um seinen Traum zu verwirklichen, entwickelt der vermögende Unternehmer Steven Briggs einen mörderischen Plan.

In einer einzigen Nacht und durchaus mit Vergnügen gelesen.
Dr. Ulrich Leisinger, wissenschaftlicher Leiter des Mozarteums in Salzburg

Ein Krimi über die Macht der Musik

Sebastian Knauer
Tödliche Kantaten
Ein Musikkrimi
192 Seiten
978-3-8319-0429-7

Ein geheimnisvoller Fund unter Johann Sebastian Bachs Grabplatte in der Leipziger Thomaskirche und der Besuch eines fast schon vergessenen Bekannten bringen den Hamburger Detektiv Pit Koch auf die Spur verschollener Originalwerke des großen Barock-Komponisten. Sie führt ihn ins heutige London und an die Westküste der Vereinigten Staaten – nach Los Angeles – sowie ins Hamburg des frühen 18. Jahrhunderts, wo sich das Orgelgenie aus Thüringen seinerzeit so auffällig oft blicken ließ ... Korrupte Kunsthändler, manische Sammler, Musiker in Lebensgefahr: Dieser Krimi über die Macht der Musik schlägt den Leser ab der ersten Seite in den Bann. Sebastian Knauer bietet ein actionreiches Abenteuer, das bis hin zum Superschurken alles bietet, was ein kriminelles Lesevergnügen braucht. Am Schluss stehen die Buchstaben B.A.C.H. und geben ein neues Rätsel auf.

Wahre Geschichten, die spannender, schockierender und monströser sind als jeder Krimi

Klaus Püschel / Bettina Mittelacher
Der Tod gibt keine Ruhe
Faszinierende Fälle aus der Rechtsmedizin
328 Seiten
978-3-8319-0735-9

Warum musste ein Mensch sterben, so plötzlich und völlig unerwartet? Was musste das Opfer ertragen? Was genau ist in den letzten Augenblicken seines Lebens geschehen? Rechtsmediziner Klaus Püschel, seit vier Jahrzehnten international gefragter Experte seines Fachs, hat alles gesehen, analysiert und rekonstruiert, was Menschen anderen Menschen antun. Und Gerichtsreporterin Bettina Mittelacher hat in zahllosen Prozessen mit angehört, wie Menschen zu Gewaltverbrechern wurden und durch welche Hölle ihre Opfer gegangen sind.

Tote schweigen nicht
256 Seiten
978-3-8319-0660-4

Tote lügen nicht
288 Seiten
978-3-8319-0702-1

Der Autor

Rolf Dieckmann, freier Journalist und Autor, hat viele Jahre für Zeitungen und Magazine gearbeitet. Die längste Zeit für den *stern*. Sein erzählerisches Debut lieferte er mit zwei Romanen aus der Toskana um den charismatischen Spieleerfinder Robert Darling („Die Toskana-Verschwörung“, „Das Geheimnis der Totenstadt“, Lübbe). Er wohnt in Hamburg und im Wendland, wo sein altes Bauernhaus im Laufe der Zeit immer mehr zum Lebensmittelpunkt geworden ist.

Bibliografische Information der Deutschen Nationalbibliothek
Die Deutsche Nationalbibliothek verzeichnet diese Publikation in der Deutschen Nationalbibliografie; detaillierte bibliografische Daten sind im Internet über http://dnb.d-nb.de abrufbar.

ISBN 978-3-8319-0740-3

Titelfoto: Thorben Vogel, Recklinghausen
Text: Rolf Dieckmann, Hamburg
Lektorat: Sophie Niemann, Hamburg
Covergestaltung: BrücknerAping Büro für Gestaltung GbR, Bremen
Gesamtherstellung: CPI books GmbH, Leck

www.ellert-richter.de
www.facebook.com/EllertRichterVerlag